추억
수리 공장

추억
수리 공장

이시이 도모히코 장편소설

양지연 옮김

김영사

추억 수리 공장에 오신 여러분을 환영합니다.

추억 수리 공장의 솜씨 좋은 장인들은
아프고 슬픈 추억을 수리해
아름다운 추억으로 만들어드립니다.

친구가 없는 열 살 소녀 피피는 유일한 친구였던 할아버지가 남
긴 로봇인형을 고치기 위해 신비한 추억 수리 공장에 들어갑니다.

수수께끼에 휩싸인 공장장 즈키, 흰 수염의 다정한 장인 지사마
와 솜씨 좋은 직공들, 아침에는 소녀, 점심에는 어른, 밤에는 할
머니가 되는 레이디·미스·미시즈·마담과 장난감 박물관장 에르네,
세계를 여행하는 곰인형 미샤,

그리고 외로운 소녀 피피는 자신이 맡은 임무를 통해
세상을 헤쳐나갈 용기를 얻습니다.

하지만 피피가 살던 세계에 이상한 일이 일어납니다.
사람들의 행복을 돈으로 바꾸려는 검은 양복을 입은 남자들이
사람들에게서 추억을 빼앗기 시작합니다.

사람들이 추억을 잃어갈 때마다
공장으로 운반되어 오는 추억도 점점 줄어듭니다.
그들은 정말 추억 수리 공장을 없애려는 걸까요⋯⋯.

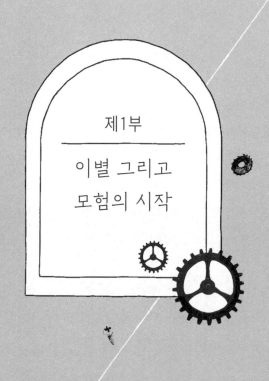

제1부

이별 그리고
모험의 시작

제1장

장인이 되고 싶은 아이 피피

고장 난 장난감이나 물건을 수리해드립니다.

카이저 슈미트 수리 공방

작은 공방 앞에 세워진 낡은 철제 간판이 흔들거립니다.

높은 벽돌 건물로 둘러싸인 광장이 노을에 물들고 돌계단이 싸늘하게 식어갈 무렵, 끼익 소리를 내며 문이 열리고 초록색 코트를 입은 소녀가 공방 안으로 머리를 쑥 들이밉니다.

활처럼 휜 눈썹에 동그란 눈. 자그마한 얼굴에 걸맞지 않은 커다란 입에서 새어나온 하얀 입김이 주근깨 가득한 뺨에 어른거립니다.

등에는 가죽 책가방을 메고 양팔로는 상자를 안은 여자아이가 어깨로 문을 밀면서 조심스레 들어오더니 한숨을 돌립니다. 눈앞에는 여자아이 머리 높이의 카운터가, 카운터 뒤쪽에는 선반이 가지런히 놓여 있습니다. 천장까지 꽉 채워진 선반에는 주인을 기다리는 장난감과 이런저런 물건들이 새근새근 단잠을 자고 있습니다.

여자아이는 살금살금 발소리를 죽이며 걸어가 카운터 위에 상자를 놓고는 선반 틈새를 살핍니다. 안쪽은 작업실인 모양인데 부서진 물건들이 산처럼 쌓여 있습니다. 칠이 벗겨진 양철 장난감, 작동을 멈춘 타자기, 가지 않는 벽시계가 보이고, 닳아해진 가죽 가방과 구두가 축 늘어진 채 포개어 있습니다. 왠지 이 공방은 시간이 흐르지 않는 듯합니다.

코트를 벗고 소리 나지 않게 조심조심 공방으로 들어갔더니 나무 작업대가 보입니다. 천장에 대롱대롱 매달린 램프가 작업대 주위를 은은하게 비춥니다. 누군가 앉아 있는 듯한데 서류와 공구에 둘러싸여 모습은 보이지 않습니다. 칙칙칙…… 석유난로가 내는 소리만이 조용한 공간을 채웁니다.

여자아이는 숨소리조차 내지 않으려 입을 막은 채 조심스레 한 발 한 발 내딛는데, 작업대 건너편에서 나직하고 차분한 목소리가 들립니다.

"피피, 엄마한테는 말하고 왔니?"

여자아이는 움찔 어깨를 움츠립니다.

"할아버지, 내가 온 거 어떻게 알았어?"

여자아이는 한숨을 쉬더니 작업대 뒤쪽으로 돌아갑니다.

"뭐 하고 있었어?"

단정히 빗어 넘긴 긴 은발에 한쪽 눈에는 확대경을 낀 키 큰 노인이 보입니다. 이 공방의 주인 카이저 슈미트입니다. 커다란 주머니가 대여섯 개나 달린 가죽조끼를 입고 닳아 해진 가죽의자에 등을 둥글게 말고 앉아 있습니다. 핀셋을 잡은 손이 쉬지 않고 움직입니다.

피피의 눈이 반짝거리고 주근깨 가득한 뺨은 분홍빛으로 물들었습니다. 작업대에는 양철로 만든 인형이 누워 있습니다. 어른 팔꿈치에서 손끝 길이 정도의 양철통 안으로 톱니바퀴가 엿보이는데 손과 발을 움직일 수 있게 설계된 인형인 듯합니다.

"무슨 인형이야?"

"인형이라기보다는 로봇이라고 하는 편이 낫겠구나."

할아버지가 몸을 일으켜 세우고 팔짱을 낍니다.

"어디서 본 것 같은데?"

피피도 할아버지를 흉내내듯 똑같이 팔짱을 낍니다.

"뭐 같니?"

달걀 모양 얼굴에 오른쪽 눈에는 초록색, 왼쪽 눈에는 파란색 돌이 박혀 있습니다. 두 눈 사이에 위치한 코뼈는 모래시계 속을 흐르는 모래 같고, 얇은 입술은 일직선으로 꽉 다물어져 있습니다. 여자 같기도 하고 남자 같기도 합니다.

"아!"

피피가 한쪽 팔을 쭉 뻗습니다.

"광장 시계탑에 있던?"

"응. 시계탑에 있던 자동인형이란다."

"선생님이 그러던데? 시계탑은 이제 낡아서 움직이지 않는대. 그래서 곧 철거한다고."

"그럴 일은 없을 거다. 그 시계는 몇백 년이 지나도 끄떡없게 만들어졌거든. 톱니바퀴를 손질하고 낡은 부품만 교체하면 다시 잘 돌아갈 거야."

"정말?"

"벌써 어두워졌구나. 그런데 왜 왔니?"

"아! 할아버지한테 보여주고 싶은 게 있어서."

주름이 깊이 파인 할아버지의 눈꼬리에 흐뭇한 미소가 번집니다. 새파란 눈이 다정스레 피피를 바라봅니다.

"엄마한테 전화부터 하자."

전화 다이얼을 돌리는 소리가 공방에 울려 퍼집니다.

그사이 피피는 양철 로봇을 뚫어져라 바라봅니다. 로봇은 램프 불빛을 받아 은은하게 빛났지만 표정은 왠지 울고 있는 듯이 보였습니다.

"집에 못 가고 있구나. 불쌍해라."

그 순간 로봇 머리가 까딱 움직이며 피피 쪽을 향합니다.

피피가 뒷걸음질치는데 바로 뒤에서 할아버지가 말합니다.

"자, 집에 갈 때는 데려다주마. 보여주고 싶다는 게 뭐냐?"

"이리 와봐!"

피피는 할아버지 손을 잡아끌어 카운터로 향하더니 눈짓으로 상자를 가리킵니다. 그러고는 긴 의자에 털썩 앉아 양손으로 턱을 받친 채 초롱초롱한 눈으로 할아버지를 올려다봅니다.

"열어봐."

할아버지가 손으로 상자를 더듬습니다. 굵고 거친 손가락과 두꺼운 손톱. 기름과 도료로 얼룩진 장인의 손입니다.

"오!"

커다래진 할아버지의 눈이 피피를 바라봅니다.

상자 뚜껑이 열리며 목재와 점토로 만든 집이 모습을 드러냅

니다. 도화지로 둘러싸인 정원에 세모꼴 집이 서 있고 점토로
만든 나무에는 곤돌라가 달렸습니다.

"오, 정말 근사한데!"

"공작 수업 시간에 만들었어. 요정을 만나는 집이야."

"요정을 만나는 집이라. 허허. 정말 훌륭하구나."

할아버지 얼굴에 흐뭇한 미소가 번집니다.

"그런데 다들 이상하대. 누가 이런 걸 갖고 싶겠냐면서."

"난 그런 생각 안 드는데."

"우리 반에선 리나가 칭찬을 제일 많이 받았어."

"시장님 댁?"

"응."

"리나는 뭘 만들었는데?"

"프로그램으로 움직이는 인형. 태블릿으로 조종하는 거야."

"그런 걸 다 만들 줄 아는구나."

"아니, 가게에서 팔아. 엄청 비싸. 조립하는 걸 아빠가 도와
줬대. 다들 깜짝 놀랐어."

"흠, 피피는 혼자서 이걸 만들었잖아."

"그렇긴 하지만……."

"누가 어떻게 생각하든 상관없어. 피피가 만든 물건이 누군

가에게 소중한 물건이 된다면 그걸로 충분하지 않을까?"

"누군가라니 누구?"

"할아버지와 아빠와 엄마 그리고 친구들."

피피가 고개를 떨굽니다.

"난 친구 없는데."

"리나는? 어릴 적엔 여기 자주 놀러왔잖아."

"초등학교에 들어가고부터는…… 나랑 안 놀아."

"왜?"

"다들 내가 이상하대."

"흠."

잠시 생각에 잠기던 할아버지는 작업실에서 양철 로봇을 가지고 나와 카운터에 눕힙니다.

"피피, 이 아이 얼굴이 어때 보이니?"

할아버지는 피피 옆에 앉아 피피의 어깨에 손을 얹습니다.

피피가 인형의 얼굴을 물끄러미 바라보며 대답합니다.

"슬퍼 보여."

"그렇구나. 내가 보기엔 웃는 것처럼 보이는데."

"그런가? 내가 하는 말은 다들 이상하다고 하니까 할아버지 말처럼 웃고 있는 건지도 몰라."

"흠. 피피가 보기에 우는 얼굴로 보인다면 그걸로 된 거야."

할아버지가 빙긋이 웃습니다.

"이 아이 이름은 프리츠란다."

"프리츠……."

"피피, 언젠가 네 마음을 알아주는 친구를 꼭 만나게 될 거야. 그때까지 프리츠를 친구로 삼으면 어떨까? 속상한 일이나 슬픈 일이 있을 때면 프리츠에게 말하렴."

"할아버지에게 말하면 안 돼?"

"물론 그래도 되지. 하지만 할아버지를 만날 수 없을 때는 프리츠에게 말하면 된단다. 피피의 이야기를 들어줄 친구를 만날 때까지 말이야."

피피가 고개를 살짝 끄덕입니다.

"있잖아, 할아버지."

"응?"

"할아버지도 속상하거나 슬픈 일 있어?"

"물론 있지."

"그럴 땐 어떻게 해?"

"상처받은 추억이 아름다운 추억이 되기를 기다린다고 해야 할까?"

"얼마나 기다려야 해?"

"그건 모른단다. 몇 년, 또는 몇십 년이 걸리기도 하니까."

"그렇게나 오래?"

피피의 얼굴빛이 금세 어두워집니다. 피피는 다시 고개를 푹 숙입니다.

"나쁜 일이나 슬픈 일은 없었으면 좋겠어."

할아버지가 피피의 어깨를 끌어안으며 선반에 놓인 인형들을 가리킵니다.

"여기에 오는 물건들은 모두 상처를 입었거나 망가진 것들이지. 이런 물건들이 하나하나 고쳐져 다시 태어나듯이 상처 입은 추억도 언젠가는 아름다운 추억으로 바뀔 수가 있단다."

"하지만 슬픈 일을 떠올리면 마음이 아파."

"지금은 그럴지도 모르지. 그렇다고 잊으려 애쓸 필요는 없단다. 잊으려 해도 잊히지 않는 법이니까. 계속 떠올리다 보면 받아들일 수 있게 되지. 그 시간이 짧을 때도 있지만 정말 긴 시간이 걸릴 때도 있어. 하지만 시간을 들이면 들일수록 추억은 아름답게 닦이는 법이야."

"할아버지가 시간을 들여 고친 물건들처럼?"

"그럼."

"있잖아, 할아버지."

"응?"

"어른이 되면 나도 할아버지처럼 장인이 될 거야."

할아버지가 살포시 웃습니다.

"그럼, 그럼. 나중에 피피가 이 공방에서 많은 추억을 되살려 주렴."

"응."

피피는 할아버지에게 어깨를 기대며 얼굴을 붉힙니다.

✿

피피는 카를레온시에서 태어났습니다.

카를레온은 오래전부터 이어내려온 공업도시로, 장인들의 솜씨가 뛰어나 카를레온 수제품은 전 세계 누구나 인정할 만큼 명성이 자자했습니다. 벽으로 둘러싸인 카를레온은 성문이 있던 곳에서 길이 사방팔방으로 뻗어나갔는데 아주 먼 옛날에는 수많은 사람과 말이 오갔다고 합니다.

하지만 지금은 차선이 몇 개나 되는 간선도로가 좀 더 큰 도시와 도시를 곧바로 이어주어서 카를레온은 그 사이의 한 지점에 지나지 않습니다. 도시를 남북으로 가르며 흐르는 강물의 남쪽에는 구시가지가 미로처럼 뒤얽혀 있는데, 봄이 되면 꽃가게들이 쳐 놓은 차양이 거리를 알록달록 수놓습니다.

강 북쪽은 신시가지로 회색 빌딩들이 높이 치솟아 있습니다. 줄지어 늘어선 오피스빌딩과 쇼핑센터가 사람들을 조급하게 빨아들였다 내뱉기를 반복합니다. 카를레온은 강을 경계로 거울을 비추듯 과거와 현재가 마주보고 있습니다.

피피의 할아버지 카이저 슈미트는 고장 난 장난감이나 물건을 수리하는 장인으로 직공들이 무척 존경하는 인물입니다. 카를레온은 물건을 만드는 일 못지않게 고치는 일도 중요하게 여겼습니다.

학교가 끝나면 피피는 으레 할아버지의 공방으로 달려갑니다. 할아버지는 고장 나서 못 쓰게 된 물건의 부품을 조합해 세상에 단 하나밖에 없는 물건을 만들어내기도 합니다. 한밤중에 냉장고까지 살금살금 갈 수 있도록 바닥 끌리는 소리가 나지 않는 슬리퍼, 태양열로 달걀을 삶을 수 있는 그릇, 바닥이 이중이어서 밤중에 엄마 몰래 주스를 마실 수 있는 컵. 할아버지 손을 거치면 고장 난 물건이 마법처럼 생명을 얻어 새로 태어납니다.

할아버지는 오전 일을 마치면 마을 한가운데 있는 시계탑광장으로 산책을 갑니다. 학교가 일찍 끝나는 날에는 피피도 함께 걷습니다.

낡은 교회와 시청사로 둘러싸인 광장은 구시가지와 신시가지를 잇는 다리의 구시가지 쪽 바로 옆에 있는데 주말이 되면 사람들로 늘 북적입니다.

교회 꼭대기에는 카를레온의 상징인 시계탑이 뾰족하게 솟아 있습니다. 태양 모양을 한 시계 위에는 낮과 밤을 나타내는 천구의가 반짝거립니다. 정오가 되면 종소리가 온 마을에 울려 퍼지고 문이 열리면서 자동인형이 나타납니다. 오르간 소리와 함께 성인과 천사인형이 빙글빙글 돌며 행진합니다.

서둘러 광장을 오가던 사람들도 자동인형이 나타나면 발길을 멈추고 시계탑을 올려다봅니다. 정신없던 도시가 그때만은 잠시 멈춰 숨을 고릅니다.

성인들의 행진이 끝나면 어릿광대와 곰인형이 등장해 경쾌한 리듬을 울립니다. 어른도 아이도 미소 띤 얼굴로 인형을 바라봅니다. 하지만 그 뒤를 따라 혼자서 고개를 갸웃거리며 머뭇머뭇 따라가는 작은 양철로봇에 시선을 두는 사람은 거의 없습니다. 그 양철로봇이 바로 프리츠입니다.

반년쯤 전, 봄바람이 유난히 심하게 불던 날입니다. 광장의 시계는 11시 59분을 가리킨 채 멈췄습니다. 그 후로 카를레온에서는 정오를 알리는 종소리를 들을 수 없습니다.

시계가 고장 났다는 걸 알았을 때 피피는 할아버지를 따라 시계탑광장으로 향했습니다. 광장에서는 리나의 아빠인 물라노 카를레온 시장이 확성기를 손에 쥔 채 소리치고 있었습니다.

"이 오래된 시계탑을 고치려면 돈이 엄청나게 듭니다. 재정 위기 속에서 여러분의 소중한 세금을 관리하는 저로서는 하루 속히 후원자를 찾아 최신식 시계로 바꾸어 귀중한 돈과 시간을 낭비하지 않는 것이 무엇보다 중요하다고 생각합니다. 물론 시계탑은 박물관에 기증해서……."

리나의 아빠가 소리칠 때마다 확성기가 비명을 질러대며 피피의 귀를 찌릅니다. 할아버지는 시장의 말은 들리지 않는지 가만히 시계탑만 올려다봅니다.

✿

피피가 할아버지에게서 프리츠를 받은 지 얼마 되지 않은 어느 날, 할아버지가 돌아가셨습니다.

피피는 할아버지가 돌아가실 때의 일이 전혀 기억나지 않습니다. 엄마와 아빠 말로는 피피도 그때 옆에 있었다고 하는데, 기억을 떠올리려고만 하면 머리가 빙빙 돌고 눈이 따끔거리며 뭔가가 기억을 끄집어내지 못하게 방해합니다.

피피의 기억 속엔 너무 많이 울어 딸꾹질이 멎지 않아 장례식 내내 혼자 집에 있던 일만 남아 있습니다.

✿

하굣길, 피피의 발걸음이 시계탑광장으로 향합니다.

교회가 돌바닥에 커다랗게 그림자를 드리우고 스테인드글라스에 반사된 빛이 돌 위에 얼룩덜룩 그림을 그립니다. 코트 깃을 세운 채 광장을 걷는 사람들은 아무도 할아버지의 죽음을 슬퍼하지 않는 것 같습니다.

시계탑을 올려다보니 반쯤 열린 문 안쪽으로 하루에 한 번밖에 볼 수 없었던 인형들이 보입니다. 들이치는 비바람을 맞아 마치 눈물을 흘린 뒤처럼 얼룩지고 더러워졌습니다. 사람들은 아무도 시계탑에는 신경쓰지 않고 스마트폰만 들여다보며 광장을 지나갑니다.

"피피, 오늘은 혼자 왔니?"

뒤돌아보자 베레모를 쓴 왜소한 남자가 긴 빗자루를 든 채서 있습니다. 열 살인 피피보다는 분명 키가 클 텐데, 허리가 굽어서 마치 무릎 위에 머리가 놓여 있는 것 같습니다.

"모리 할아버지."

"카이저는 어디 갔나? 요새 통 보이지 않네."

모리는 교회 관리인입니다. 말수가 적고 사람들과 잘 어울리지 못하는 모리를 꺼리는 사람도 많았지만 할아버지는 모리 덕분에 광장이 늘 깨끗하고 빛이 난다며 만날 때마다 고맙다는 인사를 건넸습니다.

"식탁 수리를 맡겼는데 찾으러 가야겠구나."

모리는 물건을 소중히 다루었고 뭔가 고칠 일이 있으면 할아버지의 수리 공방을 찾아오곤 했습니다.

할아버지는 아직 충분히 쓸 만하다거나 이건 꽤나 복잡하다고 고장 난 물건에 말을 걸며 순식간에 원래대로 고쳐놓았습니다. 그럴 때면 모리는 소년 같은 눈빛으로 할아버지의 굵고 거친 손을 지그시 바라보았습니다.

하지만 식탁 수리는 아주 오래전 일입니다. 모리는 할아버지가 돌아가신 일을 잊어버린 것 같습니다.

"그럼 또 보자. 카이저한테도 안부 전해주렴."

모리는 그렇게 말하며 시계탑을 올려다보더니 중얼거립니다.

"언제쯤 고쳐지려나……."

교회 뒤쪽 관리실로 걸어가는 모리의 뒷모습을 보며 피피의 눈에 눈물이 그렁그렁 맺힙니다.

부옇게 된 눈이 초점을 되찾자 광장에 접한 시청사 앞에 새까만 양복을 입은 남자 셋이 서 있는 게 보입니다. 세 사람 모두 검은색 가방을 들고 끝이 뾰족하고 번쩍거리는 검은 구두를 신었습니다.

가운데 남자는 파란빛을 내는 사각형 손목시계에 대고 뭔가 말을 합니다. 오른쪽 남자는 손에 쥔 카메라로 주위를 찍고, 왼쪽 남자는 태블릿 피시를 조작하고 있습니다.

"저 사람들 뭐 하는 거지?"

피피는 발끝이 얼어붙는 듯했습니다.

남자들은 한동안 시청사를 뚫어져라 쳐다보다가 붐비는 인파 속으로 사라졌습니다.

제2장
수리 공방 방문객

피피의 엄마는 늘 공방에 처박혀 일만 하는 할아버지를 싫어했습니다. 어렸을 적 아빠가 놀아주지 않아 외로웠던 기억만 남아 있기 때문입니다.

"난 할아버지처럼 장인이 되고 싶어."

이 말을 듣던 엄마의 얼굴이 잊히지 않습니다.

엄마는 슬픔에 찬 얼굴로 말했습니다.

"피피, 여자아이는 장인 같은 거 하는 거 아니야."

그 후 피피는 자신의 마음을 드러내지 않게 됐습니다.

엄마는 할아버지와는 정반대 사람과 결혼했습니다. 바로 지금의 피피 아빠입니다. 엄마는 외동딸이었는데 아빠가 아내 성을 따라 가족 모두 슈미트라는 성을 썼습니다.

아빠는 시청에 근무하는데 틈만 나면 자기는 11월 11일 11시 11분 11초에 태어났다고 자랑합니다.

"규칙을 철저히 지키고 시간을 정확히 지키는 게 무엇보다 중요해. 늦잠을 잔다거나 아무 일도 안 하고 멍하니 있거나 지각하는 일은 당치않아. 아침마다 그날 할 일을 정하고 행동하면 하루하루 충실한 인생을 살 수 있어."

아빠는 늘 똑같은 시간에 일어나 한결같은 동작으로 커피를 마시고 오믈렛을 먹습니다. 케첩을 뿌리는 방향도 정해져 있습니다. 가로로 일직선을 긋는 게 최단 거리라고 말합니다. 빙글빙글 돌리면서 뿌리면 더 맛있는데 말이죠!

한번은 피피가 아빠에게 물었습니다.

"11월 11일 11시 11분 11초에 태어났다면 11초는 아빠의 머리가 나온 시각이야? 다리가 나온 시각이야?"

아빠는 어이없다는 표정으로 대답했습니다.

"피피, 무슨 그런 쓸데없는 생각을 하니! 그런 거 생각할 시간 있으면 어떻게 해야 목표를 향해 계획적으로 살아갈지 생각하렴."

"피피, 도대체 넌 누굴 닮은 거니? 할아버지처럼 되진 말자!"

엄마가 입버릇처럼 말합니다.

전에는 엄마 아빠도 지금보다 훨씬 여유가 있었습니다. 휴일이면 공원에 가거나 차를 타고 멀리 놀러가기도 했습니다. 아빠와 엄마가 늘 초조하고 여유가 없어진 건 시계탑이 멈춰버린 무렵, 물라노 시장이 개혁을 부르짖으면서부터입니다.

개혁이 무슨 뜻인지 피피는 잘 알지 못했지만 아빠와 엄마는 말끝마다 일하는 방식을 개혁해야 한다거나 노동시간을 개혁해야 한다는 말을 했습니다. 그래서 피피는 지금까지 했던 것을 바꾸는 것이 개혁인가보다고 막연히 이해했습니다.

"일하는 시간이 너무 길어. 잔업시간을 아예 없애야 해."

"한 사람 한 사람의 부담이 너무 커. 일하는 사람을 늘려서 노동시간을 제대로 관리해야 해."

개혁을 하면 도시는 풍요로워지고 모두가 여유롭고 행복하게 살 수 있다고 했습니다. 하지만 피피는 개혁이란 게 시작되고부터 엄마 아빠와 훌쩍 멀어져버린 것만 같습니다. 아빠와 엄마가 피피를 소중히 여긴다는 건 압니다. 하지만 왠지 피피의 마음을 깊이 헤아려주지는 못한다는 생각이 듭니다.

외로운 마음이 들 때면 피피는 프리츠에게 말을 걸었습니다.

"프리츠, 할아버지가 보고 싶어."

양철로봇이 슬픈 얼굴로 피피를 쳐다봅니다.

✿

어느 날 방과 후, 집에 가려고 시계탑광장을 지나가는 피피를 리나가 불러 세웁니다.

"피피, 잠깐만?"

리나는 머리부터 발끝까지 피피와는 다릅니다. 물라노 시장의 외동딸로 신시가지에 있는 고급 아파트에 삽니다. 얼굴도 예쁘고 몸가짐은 새치름하고 공부도 잘합니다. 언제나 새 인형과 게임을 가지고 다녀서 여자아이들은 모두 리나와 친해지고 싶어 합니다.

"가방에 든 게 뭐야?"

리나는 피피의 책가방 위로 얼굴을 내민 프리츠를 가리켰습니다. 할아버지가 돌아가신 후 피피는 프리츠를 가방에 넣어 늘 함께 다녔습니다.

"아무것도 아냐."

피피는 고개를 숙이며 리나 옆을 지나가려 했습니다.

"이상한 인형이네. 그거 어디서 났어?"

리나를 따르던 여자아이들이 피피를 둘러쌉니다.

"피피, 너 요즘 우리랑 안 놀더라."

"그러게? 맨날 할아버지 공방에 가는 거 아냐?"

피피는 학교가 끝나면 친구들과 논다고 거짓말을 하고 저녁까지 할아버지 공방에서 시간을 보냈습니다.

리나가 슬픈 표정을 꾸며내며 어른스런 말투로 말합니다.

"애들아 잠깐. 할아버지가 돌아가셨다니 불쌍하잖아. 게다가 우리 할아버지랑 피피네 할아버지는 아는 사이야."

"리나 할아버지와 피피 할아버지가?"

"응."

"하지만 리나 할아버지는 장인 그만두지 않았어?"

"맞아."

"선생님이 말했잖아. 장인이 하는 일은 이제 없어진다고."

"아직도 물건을 수리하는 사람들이 있나보네?"

"그러니 우리 마을이 바뀌지 않지."

맞아, 맞아! 날카로운 소리가 귀에 꽂힙니다.

리나는 득의양양한 표정으로 모두를 둘러본 뒤 피피의 책가방으로 손을 뻗었습니다.

"잠깐 좀 보자."

피피는 고개를 저으며 손을 뒤로 뻗어 책가방을 꽉 붙잡았습니다.

"뭐야? 그냥 잠깐 보는 것도 안 돼?"

리나의 목소리는 소름이 끼치도록 차가웠고 피피를 둘러싼 여자아이들의 표정도 험악해졌습니다.

몸집이 큰 건축사의 딸이 피피의 팔을 거세게 움켜쥡니다. 그때 아첨꾼 광고회사 사장 딸이 피피의 책가방에서 프리츠를 빼냅니다.

"이리 내!"

피피는 자기도 놀랄 만큼 꽥 소리를 질렀습니다. 리나 무리가 흠칫 놀라 뒷걸음질칩니다.

"뭐야? 재수없어. 헐어빠진 인형 하나 가지고 이렇게 화를 내다니."

리나가 도도한 얼굴로 한 발 앞으로 나옵니다.

"어디 가져가보시지!"

광고회사 사장 딸이 계산 빠른 은행원 딸에게 프리츠를 던집니다. 피구를 하다 혼자 코트에 남겨진 아이처럼 피피는 오른쪽, 왼쪽으로 뛰어다니며 프리츠를 되찾으려고 발버둥칩니다. 프리츠가 리나의 손으로 넘어갑니다.

"자, 돌려줄게!"

피피가 매달리자 리나는 프리츠를 하늘 높이 던졌습니다. 태양에 잡아먹힐 듯이 날아올라가는 프리츠를 쫓아 피피가 달려갑니다. 열린 책가방에서 필통이 덜컹덜컹 소리를 냅니다.

"앗!"

돌부리에 발이 걸려 넘어지면서 피피의 얼굴이 바닥에 세차게 부딪힙니다. 코가 시큰하고 입속에 짭짜름한 피맛이 번집니다. 멀리서 프리츠가 콰당 부서지는 소리가 들리더니 트럭이 지나가는 소리가 땅을 울립니다.

"어머, 어쨌든 난 돌려줬어."

"맞아! 네가 못 받은 거야!"

여자아이들의 웃음소리가 울려 퍼집니다.

그 후 시커먼 덩어리가 피피의 기억을 삼켜버린 것 같습니다. 정신을 차려보니 할아버지와 나눈 추억이 담긴 프리츠가 산산이 부서져 돌바닥에 참혹하게 나뒹굴고 있습니다.

피피는 눈물을 흘리며 잔해를 하나하나 주워 모아 웃옷으로 감쌌습니다.

✿

피피는 상처투성이가 된 다리로 할아버지 공방까지 걸어갔습

32

니다. 공방으로 향할 때면 늘 힘차고 당차던 발걸음이 오늘은 비틀거립니다.

주인 잃은 공방엔 덧문이 내려지고 자물쇠가 걸렸습니다. 피피는 웃옷을 현관 바닥에 두고 우편함에 팔을 집어넣습니다. 할아버지는 피피가 언제라도 들어올 수 있게 우편함에 이중 바닥을 만들어 열쇠를 숨겨두었습니다.

문을 밀자 끼익 소리를 내며 문이 열리고 먼지와 곰팡이 냄새가 코를 찌릅니다. 손을 더듬어 스위치를 누르자 지잉 소리와 함께 카운터에 불이 켜집니다. 선반에는 먼지를 뒤집어쓴 인형들이 먼 곳을 바라보고 있습니다.

공방에는 할아버지가 남긴 도구와 물건이 산더미처럼 쌓여 있습니다. 피피는 프리츠를 감싼 웃옷을 작업대에 올려놓자마자 실이 뚝 끊긴 꼭두각시 인형처럼 의자에 털썩 주저앉았습니다. 광장에서 일어난 일이 꿈이었기를 바라며 눈을 감습니다.

덜덜 떨리는 손으로 옷을 펼칩니다. 맨 먼저 프리츠의 팔이 보입니다. 연결 부위가 끊어지고, 미끈한 곡선을 그렸던 몸통은 뒤틀리고, 태엽은 어떻게 아물려 있었는지조차 알아보기 힘듭니다. 머리는 몸통에서 떨어져나가고 오른쪽 초록색 눈은 사라졌습니다. 왼쪽에 파란 눈동자만 하나 남아 슬픈 눈빛으로 피피를 바라봅니다.

피피는 펜치를 손에 들고 구부러진 목의 연결 부분을 펴 보려 합니다. 하지만 단단한 양철판은 끄떡도 안 합니다.

피피의 뺨이 분노로 실룩이더니 눈물이 뚝뚝 떨어집니다.

"프리츠, 미안…… 정말 미안."

울다 지친 피피는 작업대에 엎드린 채 잠이 들었습니다.

✿

달달달달달…….

이상한 소리에 피피는 눈을 떴습니다.

눈을 뜨는 순간 천장에서 떨어지는 먼지가 제일 먼저 보였습니다. 램프 빛을 받아 반짝반짝 빛나는 먼지는 마치 춤추는 눈송이 같습니다. 선반이란 선반은 다 덜덜덜 흔들립니다. 일어나려 했지만 몸이 말을 듣지 않습니다.

덜덜 흔들거리는 소리에 섞여 기묘한 목소리가 들립니다.

"이런저런 일이 있기 마련……."

"카이저는……."

"정말 이 바쁜 와중에……."

피피는 작업대에 고개를 모로 누인 채 오른손을 움직여봅니다. 달라붙은 김을 떼어내듯 검지손가락을 움직이면서 엄지손가락에 힘을 줍니다. 겨우 머리를 들어 소리가 나는 쪽으로 돌렸습니다.

자세히 보니 기괴한 그림자가 움직이고 있습니다. 생김새는 사람이지만 사람 몸집보다는 훨씬 작고 그림책에서 본 도깨비 같습니다. 둥글게 휜 오다리에 가늘고 긴 팔다리, 볼록 튀어나온 배.

도깨비는 정리대 문을 열어 머리를 집어넣고는 '아니야, 이건 아니야, 달라……' 하고 중얼거리며 뭔가를 찾습니다. 가끔씩 팔짱을 낀 채 다리를 달달 떠는데 그때마다 건물이 흔들렸습니다.

이상하게도 무섭지는 않습니다. 피피는 꿈을 자주 꾸어서 지금 눈앞에 벌어지는 일이 꿈이거나 꿈과 현실 사이 어디쯤에서 벌어지는 일이겠거니 했습니다.

이제 곧 꿈에서 깨어날 겁니다. 하지만 도깨비의 모습은 사라지지 않습니다. 몸을 일으키자 의자가 끼익 소리를 냅니다.

"어?"

도깨비가 우뚝 멈추더니 피피를 바라봅니다.

피피의 눈이 휘둥그레집니다. 도깨비의 키는 피피만 한데 얼굵은 남자 어른 얼굴입니다. 마늘같이 생긴 코 위에 둥근 안경을 걸치고 안경 너머로 큼직한 눈이 번득입니다. 미간 주름이 깊이 패여 마치 꽉 쥔 주먹 같습니다. 입꼬리는 오른쪽으로 솟아올라가 웃는 것 같기도 하고 화난 것 같기도 합니다.

도깨비는 눈을 찡그리며 피피를 바라보다가 흠 콧소리를 내더니 다시 선반 쪽으로 몸을 돌립니다.

"저기."

도깨비는 동작을 멈추고 머리만 빙글 뒤쪽으로 돌립니다.

"내가…… 보이니?"

그러고는 커다란 배를 돌리려는 순간, 짧은 비명을 지르며 그 자리에 웅크려 앉습니다.

"아이고, 허리야!"

도깨비는 왼손으로 허리를 누르면서 그 자리에 얼어붙어 서 있는 피피에게 오른손으로 손짓합니다.

"잠깐! 이리 좀 와봐."

"네?"

"얼른!"

피피가 다가가자 도깨비는 허리를 쑥 내밀고는 끙끙댑니다.

"여기, 여기를 눌러."

피피는 조심조심 엄지손가락으로 도깨비의 허리 부근을 눌렀습니다.

"아야! 아야, 아야! 아, 좀 더 오른쪽, 아니 왼쪽인가? 아, 거기, 거기."

살집이 두툼해서 손가락이 잘 들어가지 않습니다.

"여기서 뭐 하세요?"

"아야! 아야야! 카이저를 만나러 왔는데 없는 것 같아서 말이야. 맡겨놓은 물건을 찾는 중이야."

도깨비는 할아버지를 잘 아는 듯했습니다. 피피가 무심코 힘을 빼자 도깨비가 소리칩니다.

"계속 눌러. 더 세게! 카이저는 어딜 간 거야. 여행이라도 갔나? 수첩에도 답장이 없고!"

"할아버지는……."

"뭐?"

"할아버지는…… 돌아가셨어요."

도깨비의 몸에서 스윽 힘이 빠집니다.

"그랬군. 그래서……."

도깨비는 이제 괜찮다고 손짓하더니 일어나 허리 상태를 확인하려는 듯 등을 펴고 멍한 눈으로 중얼거립니다.

"이런저런 일이 있기 마련이지."

피피는 한 번도 입 밖에 낸 적 없는 말을 하고 나자 가슴이 아렸습니다.

"카이저는 언제?"

"죄송해요. 기억이 안 나요."

"왜지?"

"할아버지가 돌아가셨을 때의 기억이 없어요."

"기억이 없다고?"

"네."

"넌 누구니? 나를 볼 수 있다는 건……."

"전 피피예요. 카이저 슈미트는 우리 할아버지예요."

"아."

도깨비가 주먹으로 손바닥을 탁 쳤습니다.

"그래, 넌 여기서 뭐 하니?"

"저는, 그러니까……."

"뭐야! 꾸물대지 말고 얼른 말해."

"이 로봇을 고치고 싶어서."

"아! 이건 카이저가?"

도깨비가 프리츠를 내려다보며 팔짱을 낍니다.

"흠, 과연 훌륭해. 그런데 왜 이렇게?"

"망가졌어요."

"흠, 이런저런 일이 있기 마련이지."

"저기, 아저씨는 할아버지랑……."

"음, 오랫동안 알고 지낸 사이야. 유감이군. 뭐, 이런저런 일이 있기 마련이지."

도깨비는 미간을 찌푸리며 잠시 생각에 잠기더니 손을 휘휘 흔들며 공방 한구석으로 걸어갑니다.

"아, 이런! 일이 있는데. 그럼 난 간다. 안녕."

"저기!"

"왜?"

도깨비는 두 손으로 허리를 받친 채 목만 돌려 피피를 바라봅니다.

"할아버지를 아세요?"

"똑같은 질문은 질색이다."

"아, 그러니까 할아버지 친구예요?"

"친구? 흥! 그렇게 단순한 관계가 아니야. 뭐, 굳이 말하자면 동지라는 표현이 정확하겠지."

"아저씨도 장인이세요?"

"질문이 많구나. 너한테 일일이 설명하다간 해가 지고 말겠다. 난 장인이 아냐. 난 카이저랑 지사마가 고친 물건을 주인에게 돌려주는 일을 해. 뭐, 말하자면 카이저랑 지사마랑 나는 공동사업자와 비슷하지. 비슷했다고 말해야겠군. 뭐 이런저런 일이 있기 마련이지."

"지사마?"

"넌 아무것도 모르는구나! 지사마를 모르다니."

도깨비는 흥 콧방귀를 뀌더니 목을 꺾어 똑똑 소리를 내며 돌아섭니다.

"지사마는 아시토카 공작소 대표로 이쪽 세계에서는 모르는 사람이 없는 장인이야."

"이쪽 세계요?"

"네가 보기에는 저쪽인가?"

"지사마라는 분은 장인인가요?"

"직공들을 지휘해 납기일 안에 일을 완성하는 것. 그것이 지사마의 일이야. 물론 지사마 자신이 세상에 둘도 없는 장인이기도 하지. 지사마와 어깨를 겨룰 만한 사람은 네 할아버지뿐이었어."

공방이 덜덜덜덜 흔들립니다. 도깨비가 다시 다리를 떱니다.

선반에 놓인 도구와 부품이 금방이라도 떨어질 것 같습니다.

"아저씨는 누구세요?"

"이름을 물을 때는 자기 이름부터 말해야지."

피피는 아까 말했는데 속으로 웅얼대면서 다시금 이름을 말합니다.

"죄송합니다. 피피 슈미트예요."

"또 사과하는군. 늘 죄송합니다, 미안합니다, 하고 다니면 정작 중요한 때에 제대로 사과를 할 수 없게 돼."

피피는 '죄송합니다' 하는 말이 또 튀어나올 것 같아 침을 꿀꺽 삼켰습니다.

"내 이름은 즈키다. 카이저는 훌륭한 장인이었어. 정말 안타까운 일이야. 뭐, 이런저런 일이 있기 마련이지."

즈키는 팔짱을 낀 채 중얼중얼 혼잣말을 이어갑니다. 앞으로 어떻게 하지? 지사마에겐 뭐라고 해야 하나? 납기일을 맞출 수 있을까?

피피는 작업대로 눈을 돌렸습니다. 램프 빛을 받으며 누워 있는 부서진 프리츠가 두 사람의 대화에 귀를 기울이고 있는 것처럼 보입니다.

"즈키."

"왜?"

"저 로봇인형은 할아버지가 주신 거예요. 저……."

"뭐? 꾸물대지 말고 얼른 말해."

"지사마라면 망가진 로봇인형도 고칠 수 있을까요?"

"그건 지사마가 결정할 일이야. 난 몰라."

"네."

피피는 말을 잇지 못하고 고개를 떨굽니다.

"저 인형을 어떻게든 고치고 싶은 거냐?"

"네."

즈키가 피피의 눈을 찬찬히 들여다봅니다. 눈길을 피하고 싶었지만 피피도 가만히 그 눈을 쳐다봅니다.

즈키가 씩 웃습니다.

"따라와라. 고치고 싶으면 네가 직접 하면 되지."

즈키는 빙그르르 돌아서서 둥글게 휜 오다리로 뒤뚱뒤뚱 걸어갑니다.

"네? 아!"

피피는 서둘러 프리츠를 웃옷으로 감쌌습니다.

하지만 어디로 가는 걸까요? 눈앞에는 선반으로 꽉 찬 벽밖에 없습니다.

즈키는 선반 앞에 서더니 미간에 엄지손가락과 검지손가락을 대고 고개를 숙인 채 꼼짝도 않습니다.

"저기……."

"쉿!"

즈키가 한쪽 손을 내밀어 피피의 말을 잘랐습니다.

"앗!"

피피가 소리를 질렀습니다.

공방 모퉁이에 있던 선반 한가운데가 갈라지면서 길이 생겨났습니다.

"흠, 가자. 저쪽으로 가는 길이 떠오르지 않으면 길은 열리지 않거든."

즈키는 선반 사이로 미끄러지듯 몸을 밀어넣었습니다. 선반 저쪽에는 완만하고 긴 계단이 놓여 있습니다. 즈키의 발끝이 캄캄한 어둠 속으로 빠져들어갑니다.

피피는 즈키를 따라 한 발 한 발 계단을 내려갔습니다. 뒤돌아선 즈키가 불안으로 가득찬 피피의 얼굴을 보더니 눈썹을 치켜올립니다.

"뭐야, 처음 가보니?"

"네."

"그렇군. 카이저가 이 길 얘기는 하지 않았나보군."

스키는 혼자 중얼거리며 계단을 내려갑니다.

아무리 내려가도 스키의 등만 어렴풋이 보일 뿐 눈앞은 깜깜합니다. 피피는 점점 불안해집니다.

"죄송하지만……."

"사과하는 버릇 고치라고 하지 않았니?"

"아…… 그러니까, 스키."

"왜?"

"앞으로 얼마나 더 걸릴까요? 너무 멀리 가면 엄마와 아빠가……."

지금쯤 집에선 피피가 돌아오지 않아 걱정하고 있을 게 뻔합니다.

"걱정 마. 이쪽과 저쪽은 시간이 다르니까."

"시간요?"

"조금만 더 가면 되니 참아. 이쪽, 아니 절반쯤 왔으니 저쪽인가? 너만 그런 건 아니지만 저쪽 세계 사람들은 늘 앞일만 생각하더구나. 앞일은 절대 알 수 없는데 말이다."

머릿속이 빙빙 도는 것 같고 생각이 정리되지 않습니다. 절반쯤 왔다는 말은 지금 온 거리만큼 더 걸어가야 도착한다는 말이겠지요?

즈키가 피피의 머릿속을 들여다보기라도 한 듯 말합니다.

"목적지를 아는 길은 빠르다고 느끼는 법이지. 반대로 어디로 가는지 모를 때는 멀게 느껴지고. 특히 괴로울 때는 더욱 그렇단다. 그럴 땐 앞일을 생각하지 말고 그저 천천히 한 걸음 한 걸음 내딛는 수밖에 없어."

다리가 아파 이제 더는 못 걷겠다 싶을 때 즈키의 어깨 너머로 출구처럼 보이는 사각형 빛이 나타났습니다.

제3장

톱니바퀴광장 갱

"잘했다."

즈키가 뒤돌아섭니다.

"걸었더니 허리가 훨씬 낫군."

빛을 빠져나가자 커다란 세모꼴 공간이 펼쳐집니다. 좌우 벽
이 천장으로 비스듬히 솟아 있고 천장에 난 창에서 쏟아져 들
어오는 빛이 기다란 양탄자처럼 바닥을 환히 비춥니다.

"뭘 그러고 섰니! 가자."

빛의 양탄자는 초등학교 수영장 두 개를 이어놓은 길이는 됩
니다. 좌우로 나무의자가 늘어섰는데 절반쯤 지나자 의자 방향
이 서로 마주보는 형태로 바뀝니다.

피피는 바깥의 빛에 녹아들어 가는 즈키의 등을 쫓으며 걸어

갔습니다.

건물을 나서자 널찍한 광장이 나옵니다. 긴 계단을 한참 내려왔는데도 해가 하늘 높이 떠 있습니다. 광장을 둘러싼 건물의 벽들은 분홍색, 파란색, 초록색이고 하얀 창문틀에는 색색의 꽃이 늘어져 있습니다.

오가는 인파로 광장은 시끌벅적합니다. 사람처럼 생겼다고 말하는 편이 맞을 법한 기묘한 생김새를 한 자도 있습니다. 손과 발이 작은 가지 모양인 여자, 목을 한껏 젖혀 올려다봐야 할 만큼 키가 크고 뚱뚱한 남자들, 얼굴만큼 큰 귀를 늘어뜨린 여자와 종 모양 코에 멋들어진 수염을 기른 남자……

멈춰 선 피피를 곁눈으로 살피던 즈키가 웃으며 말합니다.

"꿈이 아니야. 나한테는 네가 사는 세상 사람들이 오히려 이상하게 보여."

피피는 즈키가 이끄는 대로 광장을 빠져나가 큰길로 향했습니다.

식당에선 기묘하게 생긴 사람들이 이쪽 세계에선 본 적 없는 음식을 먹고 알록달록한 음료수가 흘러넘치는 잔을 기울이며 담소를 나눕니다.

고깃덩어리가 걸린 주방에서는 누군가의 그림자가 바쁘게 움직입니다. 퍽퍽 내리치는 칼 소리에 피피가 몸을 움칠합니다.

투명한 유리로 된 가구점, 나무속 같은 건물 안에 식물이 빼곡히 들어찬 꽃집, 시시때때로 색깔이 바뀌는 액체를 병에 넣어 파는 가게…… 이것저것 쳐다보느라 피피의 걸음이 느려져 즈키를 놓칠 뻔한 순간, 즈키가 오른손을 들며 멈춰 섭니다.

"자, 여기서 잠깐 기다리자."

"어?"

피피는 눈을 비볐습니다. 방금까지도 쭉 뻗었던 길이 두 갈래로 갈라진 것처럼 보였기 때문입니다. 잘못 본 것이 아니라 진짜였습니다. 길이 왼쪽으로 흘러가고 다른 길이 오른쪽에서 다가와 방금 걸어온 길과 이어지려 합니다.

"이곳은 갱이라고 해. 톱니바퀴라는 뜻이지."

"길이 움직이는 건가요?"

"돌아가는 건 중심부야. 갱에서 나가려면 가야 할 길이 오기를 기다려야 해. 공장으로 향하는 길은 다음다음 차례야."

"마을 한가운데가 돌면서 바깥길과 연결된다는 건가요?"

"그렇지."

첫 번째 길이 천천히 지나갑니다.

포플러 가로수길 너머에서 분수가 물보라를 내뿜습니다. 길 가는 사람들은 드레스와 파티 복장으로 꾸미고 양산을 쓴 채 뽐내며 걸어갑니다.

"흥, 대낮부터 한가하군."

즈키는 가로수길을 걷는 사람들이 마음에 들지 않나봅니다.

"광장은 어떻게 해서 움직이는 거예요?"

"아까 말했잖아, 톱니바퀴라고. 땅속 깊숙한 곳에 톱니바퀴가 있어."

"만날 장소를 정할 땐 어떻게 해요?"

"그런 건 그때가 돼봐야 알지. 이봐, 난 똑같은 질문 여러 번받는 건 질색이야. 한 번 말한 건 기억해둬. 머릿속에 집어넣어. 중요한 건 기억력이니까."

"네."

"이제 우린 공장으로 갈 거야. 공장에서 일할 수 있는지 없는지는 너한테 달렸어."

"일을 해요?"

"당연하지. 넌 지사마가 오냐오냐하면서 카이저의 유품을 그냥 고쳐줄 거라고 생각했니?"

프리츠를 싸맨 웃옷을 쥔 피피의 손에 힘이 들어갑니다.

일을 한다는 건 어떤 걸까요? 프리츠를 고치려면 꼭 공장에서 일을 해야만 할까요?

쿵쿵거리는 둔탁한 소리와 함께 두 번째 길이 걸어온 길과 연결됩니다.

"갱은 네가 사는 세상에서 말하는 반나절에 한 바퀴 돌아. 길은 열두 개야. 또 묻고 싶은 게 있니?"

"이 길에 지사마의 공장이 있나요?"

"지사마와 나의 공장이지. 이 길을 곧장 가면 그 끝에 우리의 아시토카 공작소가 있어."

즈키는 씩 웃고는 흰 다리를 뻗으며 앞서 걸어갑니다.

길에는 벽돌을 만드는 공장이 이어집니다. 직공들이 땀 흘리며 다양한 물건을 만들고 있습니다. 가구와 일용품, 장난감과 가죽용품 같은 것입니다. 톱밥 냄새가 떠다니고 쓱싹쓱싹 나무를 자르는 소리, 챙챙 금속이 부딪치는 소리가 새파란 하늘 위로 퍼집니다.

"여긴 한트베르커 거리, 장인 거리야. 이쪽 세계에서 쓰는 물건은 대부분 여기서 만들지."

수백 미터는 걸은 듯합니다. 막다른 곳에 돌로 쌓은 벽이 있고 그 너머로 탑이 몇 개 솟아 있습니다.

왼쪽으로 돌아 오른쪽 벽을 따라 걷자 가로로 기다란 엄청나게 큰 건물이 나타납니다. 흰 벽에 지붕은 주황색입니다. 벽은 온통 넝쿨에 휩싸여 금방이라도 건물이 땅으로 끌려내려갈 것만 같습니다.

"다 왔어."

즈키는 피피 키의 세 곱절은 되어 보이는 커다란 문 앞에 섭니다.

"여기가 바로 아시토카 공작소야."

두 손으로 양쪽 문을 밀자 탁 트인 드넓은 홀이 나타납니다. 머리 위로 건물을 잇는 복도가 교차하고 상하의가 연결된 작업복을 입은 직공들이 분주하게 오갑니다. 직공들 옷은 파란색 아니면 노란색인데 몇 명은 빨간색 옷을 입고 있습니다.

"다녀오셨어요, 즈키."

발밑에서 소리가 났습니다.

생쥐와 똑같이 생긴 남자가 두 사람을 올려다봅니다. 키는 피피의 무릎 바로 밑까지밖에 안 옵니다. 발꿈치를 가지런히 모으고 등을 꼿꼿이 세운 채 겨드랑이에는 종이 다발을 끼고 있습니다.

"응, 로노."

"늦도록 돌아오시지 않아 걱정했습니다. 이분은?"

"아, 카이저의 손녀야. 유감스럽게도 카이저가 세상을 떠났다는군."

"세상에!"

로노라 불린 생쥐처럼 생긴 남자가 슬픈 얼굴로 고개를 숙입니다.

"유감입니다. 할아버님은 훌륭한 장인이셨습니다."

피피는 가슴이 메어 고개를 들지 못합니다.

"지사마는?"

"지금 방에 계실 겁니다. 좀 전에 식사를 마쳤거든요."

"빨리 끝냈군."

"예, 서두르지 않으면 납기일을 맞출 수 없다고."

"그렇지. 좋아, 가자."

"아, 즈키."

로노가 즈키를 불러 세웁니다.

"왜 무슨 일 있나?"

로노는 겨드랑이에 낀 종이 다발을 빼냅니다.

"또 반품입니다. 보세요, 여기요. 잘못 보냈나 싶어 장부를 대조하며 확인했는데 받는 곳은 제대로 적혀 있습니다."

즈키가 종이 다발을 받아들고 눈을 좌우로 휙휙 굴립니다.

"흠, 이런저런 일이 있기 마련이지."

즈키는 누구에게랄 것도 없이 중얼거리고는 다시 걸어갑니다. 피피는 뭔가 하고 싶은 말이 있는 듯한 얼굴로 로노에게 머리 숙여 인사하고 즈키 뒤를 쫓아갑니다.

홀 중앙에는 기둥을 겸한 엘리베이터가 있고 기둥을 이루는 철골 사이로 와이어와 톱니바퀴가 보입니다.

"서둘러. 꾸물대지 말고!"

즈키가 엘리베이터에 타다가 휙 돌아보며 소리칩니다.

"아, 네!"

피피가 미끄러지듯 엘리베이터에 타자마자 문이 닫히면서 톱니바퀴가 맞물리는 소리가 나더니, 엘리베이터가 천천히 올라갑니다. 꼭대기 층을 가리키는 전구가 깜박거리고 철제 화살표가 기웁니다.

피피는 둥글고 작은 창문을 내다봅니다.

도면을 펼치고 뭔가 열심히 토론하는 노란색 작업복을 입은 젊은 직공들, 의자에 앉은 채 생각에 잠긴 늙은 직공의 모습이 위에서 아래로 흘러갑니다.

"카이저 손녀."

"아, 네."

"할아버지가 돌아가실 때의 일을 기억 못 한다고 했지?"

"네."

"그렇다면 카이저가 마지막에 고치던 게 뭔지도 기억 안 나겠네?"

"예, 모르겠어요. 죄송해요."

"사과하지 않아도 된다니까."

즈키는 뭔가를 골똘히 생각하는 듯합니다.

꼭대기 층은 중앙홀의 뻥 뚫린 천장 그 위에 있습니다.

엘리베이터 문이 열리자 붉은 융단이 깔린 복도가 이어집니다. 천장에서 늘어진 램프의 불빛이 흔들릴 때마다 융단의 털이 일렁입니다.

"가자."

즈키가 잰걸음으로 복도를 걸어갑니다.

양쪽 벽에는 액자가 빼곡히 걸려 있습니다. 새의 날개를 한 비행기, 지네 모양 관절을 가진 로봇, 프로펠러로 나는 거대한 도시……

"와!"

"멍하니 있지 마. 지사마는 성격이 급하니까."

복도 끝에 나무 문이 보입니다.

"저기가 지사마 방이야."

판 하나로 만들어진 멋진 문에는 나무 한 그루가 새겨져 있습니다. 땅에서 뻗어나온 나무줄기가 구름을 뚫고 하늘 높이 솟아올라 달과 별에게 자기 나뭇가지 하나씩 내주고 있습니다.

"여기서부턴 혼자서 가거라. 난 할 일이 있다."

"네? 같이 안 가세요?"

"그래. 이런저런 일이 있기 마련이니까. 지사마랑 얘기하면 길어져서."

"어떻게……."

"지사마 앞에선 쓸데없는 말을 해선 안 돼. 그럼 또 보자."

즈키는 돌아서 총총걸음으로 사라집니다.

피피는 문을 마주하고 섰습니다. 침을 꼴깍 삼키고 문을 똑똑 두드렸습니다.

"네, 네."

날카로운 고음의 목소리가 문 너머에서 울립니다.

"들어와요."

온몸이 부들부들 떨립니다. 피피는 프리츠를 싼 웃옷을 추스르며 어깨로 문을 밀고 방으로 들어섰습니다.

실내는 흰 연기에 휩싸여 마치 안개 속 같습니다. 벽 한쪽에 낡은 서적이 빽빽이 꽂혀 있습니다. 방 한가운데 초록색 소파가 놓였고 테이블 위에는 책들이 높게 쌓였습니다.

"누구신가요?"

피피는 소리가 난 쪽을 바라봅니다. 거대한 작업대에서 연기가 자욱하게 올라옵니다.

"저기."

"즈키는 같이 안 왔나요? 뭐, 어차피 즈키랑 얘기하다 보면 피곤하니 아무래도 괜찮지만요."

"네. 즈키는 일이 있다고."

"그런가요? 나도 일이 복잡해졌어요. 잘 정리해두지 않으면 다음 일을 못 하겠어요."

"저기."

"일이란 게 그런 겁니다. 일단 해보는 거예요. 되면 기쁘고, 안 되면 잊어버리고, 다시 하고. 그렇게 되풀이하는 거지요."

지사마는 잠시 말을 멈추더니 묻습니다.

"당신은?"

"피피입니다. 카이저 슈미트의 손녀예요."

피피는 입 밖으로 심장이 튀어나올 것 같아 말을 제대로 이을 수가 없습니다. 지사마는 아무 말 없이 피피의 다음 말을 기다립니다.

피피는 프리츠를 싼 웃옷의 무게를 느끼며 입을 뗐습니다.

"할아버지가 주신 로봇을……."

그러다가 중요한 말을 잊은 걸 알아차리고는 말합니다.

"할아버지는 돌아가셨어요."

흰 연기 너머 지사마의 움직임이 멈춘 것이 느껴졌습니다.

"그렇군요. 카이저가 죽었군요."

푸 소리가 나며 유난히 큰 연기가 피어오릅니다.

"저기!"

피피가 한 발 앞으로 나서며 다시 말을 꺼냅니다. 목소리가 파르르 떨립니다.

"할아버지가 주신 로봇 좀 고쳐주세요."

지사마가 연기 저편에서 얼굴을 든 것 같습니다.

"고친다는 말을 그리 가볍게 써서는 안 돼요. 한번 고장 난 물건은 쉽게 원래대로 돌아갈 수 없으니까요."

느릿한 목소리에서 위엄이 느껴집니다.

"죄송합니다."

피피는 몸을 움츠리며 힘없이 한 걸음 물러납니다.

"그걸 거기에."

"네?"

"카이저가 준 걸 보여주세요."

"아, 네."

피피는 테이블에 웃옷을 올려놓고는 떨리는 손으로 펼쳤습니다.

지사마가 의자에서 일어나 성큼성큼 소파를 향해 걸어옵니다. 베이지색 앞치마를 걸친 꼿꼿한 자태에서도 위엄이 느껴집니다. 지사마의 풍채는 무척 인상적입니다. 머리가 매우 크고 귀를 덮은 흰머리가 칠 대 삼으로 가르마를 타고 있습니다. 날렵한 코 아래쪽은 풍성한 수염으로 뒤덮이고 두툼한 눈썹 밑 바다거북 등딱지로 만든 안경테 너머로 커다란 눈동자가 바삐 움직입니다.

지사마는 소파에 앉아 몸을 앞으로 내밀며 헛기침을 한 뒤 안경을 밀어올리고는 자상한 눈빛으로 피피를 바라봅니다.

"이름은?"

"저기……."

"이 인형 이름요."

"아, 프리츠예요."

"왜 프리츠를 수리하고 싶은가요?"

"할아버지가 주신 소중한 물건이라서요."

"소중한 물건이라 원래대로 고치고 싶다?"

"네."

"그것만으로는 모르겠네요."

"그러니까······."

머릿속에 떠오른 말이 그대로 입 밖으로 흘러나옵니다.

"할아버지와 함께한 추억을 원래대로 돌려놓고 싶어서요."

"흠. 하지만 프리츠는 여기 이렇게 있어요. 부품이 많이 없어지긴 했으나 망가졌다고 해서 카이저와 함께한 추억이 사라지는 건 아니지 않을까요?"

"그럴지도 몰라요. 하지만 이대로는 할아버지와 함께한 추억이 영원히 망가진 채로 남게 될 것 같아서. 또······."

지사마는 고요한 눈길로 피피의 말을 기다립니다.

"전 할아버지가 돌아가실 때의 일을 기억 못 해요. 프리츠를 원래대로 고쳐놓으면 다시 할아버지를 만날 수 있지 않을까 싶어서요."

떨리는 목소리로 말을 마친 피피가 고개를 푹 숙입니다.

지사마는 잠시 피피를 바라보다가 후훗 하고 침묵을 깨며 웃습니다.

"알겠습니다."

지사마는 소파에 몸을 기댄 채, 벽을 기듯이 뻗어나간 나팔 모양의 소리 전달관을 향해 소리칩니다.

"토코! 토코 있나요?"

몇 초 뒤 나팔 모양의 관 저편에서 소리가 들립니다.

"예! 지사마, 무슨 일입니까?"

"신참입니다. 책상과 침대를 준비해주세요. 그리고 로노에게 공구를 한 세트 갖춰달라고 해요. 새것이 아니어도 괜찮아요."

"예, 알겠습니다."

"그럼 부탁할게요."

소리가 사라지자 방은 다시 적막에 휩싸입니다. 지사마는 등을 꼿꼿이 세운 채 천천히 작업대로 돌아갑니다.

"이곳에서 일하도록 허락하겠습니다. 내일부터 여기서 실력을 갈고닦으세요. 그리고 카이저가 남긴 물건을 혼자 힘으로 고치기 바랍니다. 그때까지 프리츠는 제가 맡아두겠습니다."

놀란 피피가 우두커니 서 있자 지사마는 푸 하며 연기를 내뿜습니다.

"나머지는 토코한테서 들으세요. 이렇게 땡땡이치고 있으면 즈키한테 혼나거든요. 납기일이 며칠 안 남아서요. 까다로운 일이에요. 하지만 소중한 것일수록 복잡하기 마련이지요. 아, 복잡해. 복잡해."

피피는 숨을 크게 들이마시고 대답합니다.

"예, 열심히 하겠습니다."

이렇게 피피는 아시토카 공작소에서 일을 하게 됐습니다.

제4장

검은 양복을 입은 남자들

그 무렵 피피가 지금 있는 세계에서 볼 때 저쪽 세계, 즉 피피가 원래 살던 세계의 카를레온시청 안내실에 검은 양복을 입은 남자가 들어섰습니다. 피피가 시계탑광장에서 목격한 세 남자 중 한 사람입니다.

남자가 안내실 직원에게 묻습니다.

"시장님 계신가요?"

시청에는 하루에도 수백 명의 사람이 드나듭니다. 개혁이라는 이름 아래 합리화된 시스템을 도입해 민원창구를 따로 마련한 다음부터 시장실로 손님을 들여보내는 일은 거의 없습니다.

"실례합니다만 무슨 일로 오셨습니까?"

안내실 직원은 익힌 대로 대답합니다.

"개혁을 도와드리러 왔습니다."

"미리 약속하셨나요?"

"아니오."

"시장님은 바쁘셔서 갑자기 찾아오시면……."

"분명 시장님은 제 얘기에 관심이 있을 겁니다."

"그렇지만……."

검은 양복을 입은 남자가 입을 꾹 다물고 안내직원을 뚫어져라 쳐다봅니다.

남자 뒤에 한 명, 두 명 사람이 늘어납니다. 이대로 있다가는 작은 소동이 일 듯합니다.

직원은 합리적이면서도 부드럽게 방문객을 응대하라는 교육을 받았습니다. 제대로만 하면 안정적으로 월급을 받을 수 있겠지만 사람들에게서 조금이라도 불만이 나오거나 문제가 생기면 점수가 깎이고 맙니다. 시장 비서실에 전화를 걸었지만 받지 않습니다.

'이런 데서 실수해선 안 돼. 이제 막 학교를 졸업했으니 앞으로 몇 년간은 학자금을 갚아야 하는데.'

"정말 죄송합니다만……."

직원이 얼굴을 들었는데 검은 양복을 입은 남자의 모습이 보이지 않습니다.

그 시각, 검은 양복을 입은 남자들이 시청 칠층 복도를 걸어갑니다. 남자는 어느 순간 세 명으로 늘었습니다.

시장실 옆 회의실에서는 중대회의가 열리고 있습니다. 문에 종이가 붙어 있습니다.

카를레온 개혁회의

이 년 전 시장에 당선된 물라노는 카를레온을 대대적으로 개혁해 새로운 도시로 탈바꿈하려 합니다.

긴 회의 테이블 앞에 물라노 시장을 중심으로 열 명 남짓한 전문가가 한 줄로 앉고, 벽 쪽에는 직원들이 긴장한 모습으로 앉아 있습니다.

피피의 아빠가 마이크를 손에 들고 일어납니다.

"전문가 여러분, 귀중한 의견 감사합니다. 그럼 시장님의 인사말을 듣겠습니다."

시장이 큰 키에 다부진 몸을 뒤로 젖히며 일어나 양복 단추를 여미면서 거만한 표정으로 입을 열었습니다.

"카를레온은 오래전부터 공업도시로 발전해왔습니다. 과거에 이 도시에서 만든 상품은 전 세계로 뻗어나가 높은 평가를 받았습니다."

나이가 많은 전문가들이 고개를 주억거립니다.

"그러나 시대의 변화는 깊은 전통을 지닌 이 도시에도 어김없이 불어닥쳤습니다. 카를레온은 다시 태어나야 합니다."

머리가 긴 젊은 남자가 고개를 주억거립니다.

"더욱 심각한 일은 장시간 노동입니다. 기술 진보로 인간이 하지 않아도 되는 일이 늘고 있습니다. 하지만 이 도시는 그런 부분에서 대단히 뒤처졌습니다. 아침부터 밤까지 일하며 아무리 애를 써도 생활은 전혀 나아지지 않습니다!"

똑똑해 보이는 안경을 쓴 여성이 고개를 주억거립니다.

"우리는 변해야만 합니다. 낡은 굴레를 벗어던지고 인간이 하지 않아도 되는 일은 기계와 컴퓨터에 맡기고 좀 더 여유롭고 충실하게 생활해야만 이 도시가 굴러갈 수 있습니다."

시장이 눈짓을 보내자 화면에 도표가 나타납니다.

"카를레온 개혁을 위한 계획표입니다."

가로로 길쭉한 도표에는 앞으로 오 년 동안 추진할 카를레온 개혁방안이 적혀 있습니다. 대기업 투자를 받아 구시가지를 재개발하고 공장자동화를 실현하면 시의 재정은 적자에서 흑자로 바뀌고 상향곡선을 그리며 성장한다는 내용입니다.

"잠깐 한마디만 하겠습니다."

나이 많은 전문가가 떨리는 손을 들었습니다.

"예."

"그 개혁을 진행하면 직공들은 어떻게 됩니까?"

시장은 예상했던 질문이라는 듯 피피의 아빠를 바라봅니다.

"슈미트."

피피의 아빠가 답변합니다.

"걱정 안 하셔도 됩니다. 개혁이 진행되면 직공들의 일이 훨씬 수월해져서 가족과 함께 지내는 시간이 늘고 자기 시간도 가질 수 있습니다. 과로로 병이 나는 일을 막고 생산성도 높아질 것으로 기대합니다."

나이 든 전문가는 웅얼웅얼 혼잣말을 하며 양손을 무릎에 내려놓습니다.

시장이 테이블 반대쪽에 앉은 직원들을 바라봅니다.

"교섭 진행 상황은 어떤가?"

안경 쓴 마른 직원이 머뭇머뭇 일어납니다.

"그게 말씀드리기 죄송하지만."

"뭔가?"

"서명을 잘 안 해줘서 고전하고 있습니다."

"고전하다니 무슨 말인가?"

"그러니까 개혁에 반대하는 직공들이 예상 밖으로 많아서."

시장 얼굴에서 핏기가 가셨습니다.

"그런 보고는 자네들 평가점수를 깎아먹을 텐데 알고나 하는 소린가?"

직원은 얼굴이 새파래진 채 고개를 푹 숙입니다.

얼굴이 불그레하고 몸이 뚱뚱한 직원이 일어납니다.

"정말 죄송합니다. 조금씩 모으고는 있습니다만 조합을 설득하는 데 시간이 걸려서 과반수를 넘기려면 시간이 좀……."

"그 말을 한 지 벌써 몇 달이 지난 줄 아나?"

"예. 하지만 직공들은 일자리를 잃는 게 아닌가 하고……."

시장의 낯빛이 점점 붉어집니다.

그때 회의실 문을 두드리는 소리가 나더니 비서가 들어왔습니다.

"시장님. 시장님을 뵙고 싶다는 분이 찾아왔습니다."

"중요한 회의니까 아무도 들여보내지 말라고 했잖나!"

"예, 그런데 그게……."

"뭐야?"

"개혁을 추진할 방법을 알려준다고 합니다."

비서 등 뒤에는 검은 양복을 입은 남자들이 서 있습니다.

세 사람 모두 언뜻 봐서는 구별이 안 될 만큼 얼굴이 똑 닮았습니다. 칠 대 삼으로 가르마를 탄 새까만 머리. 사각형 얼굴 중앙에는 자를 대고 펜으로 그린 듯한 눈, 코, 입이 자리를 잡고 있습니다. 넥타이, 구두, 셔츠, 가방 모두 까맣습니다.

가운데 남자가 시장에게 새까만 명함 한 장을 내밉니다. 육각형 마크 아래 회사 이름만 덩그러니 적혀 있습니다.

시장이 명함에서 얼굴을 들었습니다.

"저는 메모리체인 회사의 요원입니다."

"공교롭게도 이곳은 회사가 아니오. 개혁에 관심이 있다니 담당자에게 연락을 취하라고 하겠소. 보다시피 지금은 중요한 회의 중이라."

가운데 남자가 가는 눈을 살며시 뜹니다.

"물라노 시장님, 실례인 줄 압니다만 현재 개혁이 계획대로 진행되지 않는다고 들었습니다."

시장은 한숨을 쉬며 팔짱을 꼈습니다.

"오랜 역사와 전통을 지닌 도시를 바꾸려면 고통이 따르기 마련이니까."

"말씀하신 대로입니다. 미래를 통찰하는 시장님의 생각을 시민들이 따라오려면 시간이 걸립니다."

"흠."

"시장님은 도시를 바꾸려고 합니다. 하지만 낡은 사고방식에 사로잡힌 사람들, 변화를 두려워하는 사람들을 움직이는 일은 간단치 않습니다."

"맞는 말이오."

가운데 남자가 시장의 눈을 똑바로 쳐다보며 말을 잇습니다.

"그래서 개혁을 반드시 성공시킬 방법을 제안하려 합니다."

"허어."

시장은 정체 모를 남자의 말을 듣고 있는 게 화가 났지만 개혁을 추진할 방법을 안다는 말을 무시할 수가 없었습니다.

"알았소. 일단 얘기를 들어봅시다."

개혁회의는 그렇게 중단되었습니다.

✿

피피의 아빠와 다른 직원들은 벽 쪽에 서고 시장은 검은 요원들과 마주 앉았습니다.

"개혁을 추진할 방법이란 게 뭡니까?"

가운데 남자가 고개를 끄덕이며 왼쪽 남자에게 눈짓을 합니다. 왼쪽 남자가 태블릿 피시를 조작하자 언제 접속했는지 화면에 영상이 나타납니다. 오른쪽 남자는 그 자리에서 나오는 대화를 모두 기록하려는 듯 빠르게 키보드를 두드립니다.

"저희가 독자적으로 실시한 여론조사 결과를 먼저 보여드리겠습니다."

흑백으로 된 원그래프가 나타납니다.

"개혁 찬성 23.5퍼센트, 반대 73.5퍼센트, 기타 3퍼센트."

시장의 눈썹이 파르르 떨리며 치켜올라갑니다.

"어디서 이런 숫자를!"

시장이 직원들을 노려봅니다. 모두 바짝 움츠러든 채 고개를 젓습니다.

가운데 남자는 표정 하나 달라지지 않은 채 말을 잇습니다.

"이는 저희가 독자적인 방법으로 계산한 숫자입니다. 이대로는 개혁 진행이 어렵다고 볼 수밖에 없습니다."

"그건 알죠."

"하지만 걱정 안 하셔도 됩니다. 다수결은 목소리 큰 사람들이 목소리 작은 사람들에게 자신들의 의견을 따르라고 말하는 방식에 지나지 않습니다."

"하고 싶은 말이 뭐요?"

"사람들의 생각을 바꿀 수 있습니다."

"오호."

시장은 마음의 동요를 들키지 않으려 잠시 뜸을 두었습니다.

"꼭 좀 듣고 싶군, 그 방법."

가운데 남자도 시장처럼 뜸을 들입니다.

"이 도시의 추억을 없애는 겁니다."

"추억을 없앤다?"

"예, 기억을 없앤다고 바꿔 말해도 되겠습니다만."

시장은 어이없다는 표정과 실망스럽다는 표정이 섞인 얼굴로 의자에 몸을 기대었습니다.

"이 도시 시민들을 모조리 기억상실자로 만들어라 그런 말이오?"

"아닙니다. 없애는 것은 지금의 기억이 아닙니다. 과거의 추억입니다."

"구체적으로 말해보시오!"

왼쪽 남자가 태블릿 피시의 화면을 만집니다. 화면에 카를레온의 역사가 나타납니다.

"카를레온은 그동안 뛰어난 수제품을 만들어 도시의 발전을 일구어 왔습니다."

지도와 영상이 나타나더니 십 년 단위로 과거를 거슬러 올라갑니다.

"과거에 이 도시가 생산한 물건은 전 세계에서 큰 호평을 받았습니다."

"그거야 알지. 난 이 도시의 시장이라고."

"정말로 아시나요?"

"무슨 뜻이오?"

"예를 들어 시장님은 과거 카를레온에서 만든 물건을 실제로 갖고 계십니까?"

"내 아버지가 바로 물건을 만드는 장인이었소. 과거의 것은 기록물과 박물관에서 봤지. 이 도시 제품이 훌륭하다는 건 누구나 다 아는 사실이오."

"바로 그겁니다."

"뭐가 말이오? 무슨 말을 하는지 도통 모르겠군."

"다시 말해 이 도시가 생산한 물건이 훌륭하다는 것은 사람들의 기억 속에 있는 추억에 지나지 않습니다."

"그거야 바보, 멍청이라도 알 거야."

"아닙니다. 모릅니다. 이 도시가 소중히 지켜온 것, 남기려 하는 것은 추억 속에만 존재한다는 말입니다."

"흠."

"그렇다면 그 추억을 없애면 어떻게 될까요?"

"자세히 좀 말해봐요!"

"시장님은 방금 이 도시에서 만든 물건에 관한 것은 기록물과 박물관에만 남아 있다고 하셨습니다."

"당연한 말 아니오?"

"바로 그겁니다."

남자의 목소리에 한층 힘이 실립니다.

"이 도시 사람들은 과거에 뛰어난 물건을 만들었다고 합니다. 그러나 지금은 그 물건을 실제로 보지도 만지지도 못합니다. 다만 추억 속에서 그렇게 믿을 뿐입니다."

"그게 어떻다는 말이오? 그래서 더 복잡한 것 아닌가?"

남자가 막힘없이 말을 이어갑니다.

"개혁에 진척이 없는 이유는 옛날이 좋았다는 추억 때문입니다. 사람들의 사고는 과거에 발목이 잡혔습니다. 멈춰 있죠. 그 기억을 조금씩 그리고 확실하게 바꾸어 쓰기만 하면 됩니다."

"흠, 역사를 고치겠다는 말인가? 그런 일이 오늘 같은 시대에 가능하다고 생각해요?"

가운데 남자의 얼굴에 슬쩍 미소가 번집니다.

"가능합니다."

제5장

장인 수업 시작

"네가 신입이구나."

지사마의 방에서 나오자 피피보다 한두 살 많아 보이는 소년이 서 있습니다. 눈썹이 두텁고 눈이 큽니다. 뾰족한 귀에 걸린 밤색 머리카락이 바람에 살랑입니다. 노란색 작업복을 입은 소년은 뛰어왔는지 숨을 몰아쉬면서 환하게 웃습니다.

"난 토코. 토코 비네마야. 반가워!"

"피피. 피피 슈미트예요. 반가워요."

피피가 꾸벅 머리를 숙이자 토코가 씽긋 웃습니다.

"즈키한테서 들었어. 카이저 슈미트의 손녀라며? 대단해. 아시토카 공작소에 온 걸 환영해. 바로 공장을 구경시켜줄게."

토코는 햇살을 담뿍 받은 열매처럼 생생한 에너지로 가득차 있습니다. 피피의 가슴이 두근두근 뜁니다.

"그럼 창고부터 순서대로 돌까?"

엘리베이터로 일층까지 내려갑니다. 중앙홀은 직공들로 북적입니다.

"휴식시간이라서 그래. 미스가 만든 시폰케이크를 먹을 기회를 놓치고 말았지만 어쩔 수 없지, 뭐."

토코는 건물 정면에서 봤을 때 왼쪽 복도로 향합니다. 직공들이 접시에 담긴 케이크를 먹으며 이야기를 나누고 있습니다.

"미스의 케이크는 최고거든."

천창에서 쏟아지는 빛을 받아 복도가 반짝입니다.

피피가 토코를 쫓아가며 묻습니다.

"이곳에선 어떤 물건을 만들어요?"

"이것저것. 여긴 수리 전문이니까."

"수리 전문?"

"아, 딱 맞춰서 왔네."

복도 끝은 밖으로 활짝 열려 있습니다. 트럭 몇 대가 서 있고 힘센 장정들이 나무상자와 자루를 손으로 들어 옮깁니다.

"전 세계 곳곳의 고치기 어려운 물건들이 이곳으로 모여. 그런 물건을 수리해서 원래대로 돌려놓는 것이 우리 일이야."

물건을 나르던 남자가 토코의 어깨에 손을 얹으며 키득 웃습니다.

"우리 일이라고? 토코, 아주 출세했네."

"뭐…… 아직 견습생이지만, 아마도 곧."

남자들은 호탕하게 웃어 젖힌 뒤 열심히 해라, 손을 흔들고는 다시 분주하게 물건을 나릅니다. 토코가 머리를 긁적이며 발을 옮깁니다.

"물건을 창고로 옮긴 후에는 언제 어디에서 어떤 물건이 도착했는지 확인하지."

창고는 초등학교 체육관 정도로 널찍합니다. 나무 상자와 자루가 산더미처럼 쌓여 있고 선별된 물건은 컨베이어 벨트에 놓여 흘러갑니다.

생쥐 얼굴의 남자, 로노의 모습이 보입니다. 물건에서 봉투를 꺼내 천장에서 내려온 바구니에 던져 넣고 있습니다. 바구니에는 끈이 달려서 끈을 잡아당기면 다시 주르르 천장으로 올라갑니다.

"저건 물건 주인이 보낸 편지야. 지사마가 편지를 일일이 다 읽어."

"모든 편지를 다요?"

"응, 지사마는 늘 이렇게 말하지. 고치는 건 물건이 아니다, 주인의 추억이다. 그래서 이곳을 추억 수리 공장이라고 불러."

"추억 수리 공장."

"그럼 다음으로 가볼까?"

둘은 창고를 나와 복도로 걸어갑니다.

"지금은 가장 바쁜 시기야. 한 해가 저무는 시기엔 다들 지난 일들을 되돌아보잖아? 그만큼 우리가 할 일도 늘어나지. 반대로 뭔가를 추억할 틈이 없는 여름엔 이곳도 한가해. 그때 휴가를 가지. 내년 여름엔 어디로 갈까나."

토코가 창고 옆방에서 걸음을 멈춥니다.

"이곳은 분류실. 내일부터 네가 일할 곳이야."

분류실은 창고의 절반 크기입니다. 공항의 수하물 찾는 곳처럼 창고에서 흘러나온 컨베이어 벨트가 여러 갈래로 갈라져나갑니다.

"이곳에선 도착한 물품을 분해하고 분류해. 신입들이 맨 처음 하는 일이야. 나도 한동안 여기서 일했어. 자, 봐."

피피는 토코를 따라 피부가 갈색인 소년 뒤에 섭니다.

빨간 작업복을 입은 소년이 알람시계를 분해하고 있습니다. 종이 떨어져나가고 망치도 부러졌습니다. 소년은 핀셋으로 태엽과 톱니바퀴를 하나하나 꺼내 테이블에 늘어놓습니다.

"하나라도 잃어버리면 큰일 나거든. 집중력이 필요해."

피피가 반짝거리는 눈으로 토코의 옆얼굴을 흘깃거립니다.

"한번은 무심코 재채기를 한 거야. 그 바람에 부품이 이리저리 날아가버렸어. 정말 눈앞이 캄캄하더라고. 찾을 때까지 밥도 못 먹고 잠도 못 잤어. 한밤중이 돼서야 겨우 찾았는데 정말 다행이었지."

추억에 잠긴 토코가 피피를 바라봅니다. 당황해서 눈을 내리까는 피피의 뺨이 발그레합니다.

"왜 그래?"

"아뇨, 죄송합니다."

토코는 미소를 짓고는 다시 걸어갑니다.

라디오와 시계, 오븐과 난방기구, 다리미에 타자기, 구두와 옷, 액세서리도 있습니다. 우리 주위에 있음 직한 물건이란 물건은 죄다 모여 있는 듯합니다.

중앙홀로 돌아갔습니다. 가로로 긴 건물은 어디에서든 반드시 중앙홀로 통하게 된 구조 같습니다. 해가 꽤 기울어 반들반들하게 닦인 마룻바닥 위로 기둥 그림자가 길게 드리웁니다.

"자, 다음은 이층이야. 내가 일하는 곳이지."

엘리베이터를 탑니다. 지사마의 방으로 갈 때는 몰랐는데 지하도 있는 것 같습니다.

이층은 기둥만 있을 뿐 칸막이 하나 없이 뻥 뚫려 있습니다. 목제작업대가 빽빽이 놓였습니다. 작업대에는 부품이 산더미처럼 쌓여 있고 망치소리, 드릴소리만이 들립니다.

"이곳은 직공실. 분류실에서 선별한 부품을 고치고 조합하는 곳이야. 가끔은 처음부터 다시 만들 때도 있어."

토코는 목소리를 낮추고 입에다 손가락을 갖다 댄 채 작업대와 작업대 사이를 걸어갑니다. 한쪽 눈에 확대경을 낀 직공들이 온 정신을 기울여 부품을 만지고 있습니다. 푸른 작업복을 입은 까까머리 직공 뒤에서 피피의 걸음이 멈춥니다.

등을 동그랗게 만 채 작업에 몰두하는 직공의 손에 너덜너덜해진 가죽구두가 보입니다. 발목까지 올라오는 짙은 밤색 구두입니다. 구두는 시든 채소처럼 축 늘어졌는데 발끝 부분은 가죽이 벗겨지고 밑창과 겉이 쩍쩍 갈라졌습니다.

직공은 구두 밑창을 새로 대고 있습니다. 뼈마디가 울툭불툭한 손가락은 하얀 가루로 뒤덮이고 손톱 밑은 항아리 밑동처럼 볼록하게 부풀었습니다. 숨결에도 날아가버릴 만큼 가느다란 못이 밑창에 하나둘 박힙니다. 구두 밑창에 박힌 수십 개의

못이 아름다운 곡선을 그리며 은은히 빛납니다.

"저분은 구두 전문가야. 지사마 구두도 저분이 고쳐."

시간이 멈춘 게 아닐까 싶습니다. 심장이 콩닥거리고 손가락은 직공의 손을 좇으며 꿈틀댑니다. 피피의 머릿속에 푸른색 작업복을 입고 작업대에 앉은 자신의 모습이 떠오릅니다.

"토코."

정신을 차리고 돌아보니 즈키가 다가오고 있습니다.

"즈키! 안녕하세요!"

"끝났나? 그럼 내일부터 바로 일하도록 하지. 열심히 해봐."

"네, 먼저 분류부터 하는 거죠?"

"그렇지. 다음 일은 지사마랑 의논해볼게. 이거 받아라."

즈키는 겉표지가 가죽으로 된 수첩을 건넵니다. 아무 무늬도 없는 수첩입니다. 가죽표지의 촉촉한 감촉이 왠지 낯설지 않습니다.

"이건 작업일지야. 오늘부터 모든 걸 적어둬. 중요한 건 기억력이야. 자기 전에 그날 일을 떠올려보고 이튿날 아침 또다시 펼쳐볼 것. 토코, 넌 쓰고 있니?"

토코가 가슴을 쫙 펴며 큰 소리로 대답합니다.

"그럼요! 벌써 쉰네 권째예요!"

"그렇군, 그렇군."

즈키가 피피의 눈을 들여다봅니다.

"매일 밤 적으렴. 인간은 뭔가를 한 바로 직후에는 팔십 퍼센트를 기억해. 자기 전에는 오십 퍼센트로 줄어들지. 아침에 일어나면 그 절반 이상을 잊어버려. 그러니 자기 전에 반드시 하루를 돌아보면서 정리해야 해."

즈키는 그럼, 하고 손을 휘휘 흔들면서 엘리베이터 쪽으로 걸어갑니다.

"즈키는 정말 대단해. 낱낱이 기억해. 어떤 물건이 들어왔는지, 물건이 얼마나 되는지, 무엇을 어떻게 고쳐야 하는지 모두 머릿속에 있어. 우리가 빠뜨린 걸 마치 예언자처럼 알아맞힌다니까!"

피피는 수첩을 바라봅니다. 겉표지에 'P. S.'라고 새겨져 있습니다.

"피피 슈미트, 네 이름이네. 다시 한번 환영해!"

토코가 손을 내밉니다.

피피가 얼굴을 붉히며 손을 맞잡습니다.

"네! 열심히 할게요."

어느새 해가 졌습니다.

"배고프지? 저녁 먹으러 가자."

두 사람은 일층으로 내려가 중앙홀을 끼고 창고 반대쪽으로 향했습니다.

"이곳이 식당이야. 아침, 점심, 저녁 그리고 간식 시간에도 여기로 오면 돼."

수많은 테이블이 놓여 있고 직공들은 이야기를 나누며 저녁을 먹고 있습니다. 주방은 식당을 내다볼 수 있게 배치되었고 피어오르는 수증기와 함께 고기 굽는 냄새가 번져갑니다.

토코가 직공들 뒤에 줄을 서며 피피에게 식판과 식기를 건네줍니다. 음식을 받아 든 두 사람은 빈 테이블을 찾아 마주 앉았습니다.

두툼하게 자른 로스트비프에 산처럼 볼록한 으깬 감자, 버터향이 감도는 양파수프를 한입 머금자 온몸에 힘이 솟는 듯합니다.

"토코는 왜 여기서 일해요?"

"그거야 당연히 지사마 밑에서 일하는 게 꿈이니까! 여기 있는 사람 모두 그럴걸. 그리고 언젠가 자신의 공방을 차리는 거야. 몇 년 어쩌면 몇십 년이 걸릴지도 모르지만. 피피, 너도 그래서 여기 온 거 아냐? 켁켁!"

토코가 로스트비프를 급하게 목으로 넘기면서 가슴을 탁탁 칩니다.

피피는 할아버지의 유품을 고치고 싶어서 왔다는 말을 할까 말까 망설입니다.

"컥, 컥…… 왜?"

고기를 삼키느라 눈이 빨개진 토코가 피피의 얼굴을 빤히 쳐다봅니다.

"아뇨, 죄송합니다. 아무 일도 아니에요."

피피는 고개를 숙이고 으깬 감자를 입에 넣었습니다.

저녁 식사를 마치고 샤워를 한 후 피피는 식당 옆에 있는 침실로 갔습니다. 나무로 된 이층 침대가 방 끝에서 끝까지 이어져 있습니다. 잠자는 사람, 조용히 얘기를 나누는 사람, 빙 둘러앉아 카드놀이를 하는 사람도 있습니다. 하루를 충실히 마친 직공들의 뿌듯한 만족감이 공기 속에 고요히 흐릅니다.

피피의 침대는 토코 바로 옆입니다. 피피를 위해 침대에는 커튼이 처져 있습니다.

토코는 샤워를 한 뒤 젖은 머리를 수건으로 말리며 크게 하품을 합니다.

"자, 하루의 마지막 일은 일기를 쓰는 거야. 난 좀 전에 했어.

아함…… 잘 자."

말을 끝마치지도 못하고 토코는 곯아떨어집니다.

피피는 즈키가 준 수첩을 펴고 오늘 일을 떠올려봅니다.

즈키를 따라 이쪽 세계에 온 일, 이쪽 세계는 피피가 사는 저쪽 세계와는 시간이 다르게 흐른다는 것, 아시토카 공작소는 '추억 수리 공장'이라 불린다는 것, 저쪽 세계에서 망가지거나 고장 난 물건들이 이쪽 세계로 보내진다는 것, 양철로봇 프리츠는 피피가 직접 고쳐야 한다는 것, 이 공장에서 일하도록 허락을 받았고 내일부터 '분류실'에서 일하게 된 것, 미스(?)의 시폰케이크는 무척 맛있을 듯하다는 것.

고개를 드니 어느새 침실 불이 꺼지고 잠에 빠진 직공들의 숨소리 합창만이 흐릅니다.

피피는 일기 마지막에 이렇게 적었습니다.

나도 할아버지 같은 장인이 되고 싶다.

그리고 깊은 잠에 빠져들었습니다.

꽃

피피가 즈키를 따라 이쪽 세계로 온 이튿날. 카를레온의 날짜가 어제에서 오늘로 바뀌려고 할 무렵입니다.

엄마는 불안한 얼굴로 아빠가 돌아오기를 기다리고 있습니다. 늘 정확하게 똑같은 시간에 집에 돌아오는 아빠가 한밤중이 되도록 오지 않아서입니다.

드디어 돌바닥을 구르는 타이어 소리가 가까워지더니 집 앞에서 차가 멈춥니다.

"늦었네. 미안."

현관문을 연 아빠는 핼쑥해 보입니다.

"어떻게 된 거야? 왜 이렇게 늦었어?"

아빠 어깨 너머로 검은 자동차와 검은 양복을 입은 남자 셋이 보입니다. 깜깜한 어둠 속에서 사각형 얼굴만이 공중에 둥둥 떠다닙니다.

아빠는 뒤돌아보며 남자들을 향해 고개를 숙입니다.

"데려다주셔서 고맙습니다."

가운데 남자가 머리를 숙입니다.

"연락 기다리겠습니다."

사각형 얼굴에는 얼음 같은 미소가 떠 있습니다.

"함께 이 도시를 개혁합시다."

남자들을 태운 차가 어둠 속으로 사라집니다.

"여보."

멍하니 차를 배웅하던 아빠가 정신을 차립니다.

"아, 아아."

"감기 들겠다. 얼른 들어가자. 그런데 피피가 이상해."

"피피가?"

"응. 어제 아버지 공방에서 자고 있었잖아? 아침에 병원에 갔다 오고 하루 집에서 쉬게 했는데……."

벽시계가 낮 1시를 가리킵니다. 이 집의 주인이었던 카이저가 여러 차례 수리한 벽시계입니다.

장화 모양의 빨간 컵 두 개에서 김이 올라옵니다. 카를레온의 겨울철 명물인 약초를 넣어 끓인 따뜻한 와인입니다.

"피피는?"

"방에서 자. 의사 선생님은 별일 아니래. 충격을 받은 모양이니까 주말 동안 푹 쉬는 게 좋겠대."

엄마는 무릎 위로 눈을 떨굽니다.

"온몸이 상처투성이가 되어서 왔기에 학교에 연락했거든. 그

랬더니 물라노 부인이 커다란 과자상자를 들고 찾아와서는 정
말 미안하다고……."

"시장님네?"

"응. 리나랑 싸운 것 같아. 시계탑광장에서 아버지가 준 로봇
인형을 서로 잡으려 하다가 피피가 넘어졌대."

"아, 그래서 공방에……."

"응. 그런데 병원 다녀오고는 계속 잠만 자."

"의사가 괜찮다고 했다면서?"

"응. 그렇지만 왠지 멍해 보이고, 정신이 딴 데 간 것 같아.
혹시 따돌림을 당하는 게 아닐까 싶어서 걱정돼."

"리나랑은 옛날부터 사이가 좋았잖아. 시장님네 딸이 설마."

"음, 그래도."

엄마가 이층을 올려다봅니다.

"피피, 매일 아버지하고만 놀아서 친구가 없었을 거야."

"아버님이 그렇게 갑작스레 돌아가셨으니……."

"그런데 피피는 그때 일이 전혀 기억 안 나나봐."

"할아버지의 죽음을 받아들일 수 없는 건지도 모르지."

"아 참, 회의는 어땠어?"

"아, 그게…… 아까 그 사람들이."

"응."

"개혁을 추진할 방법을 제안하고 싶다면서 오늘 회의하는데 갑자기 들어왔어."

"괜찮아? 저 사람들 왠지……."

"나도 처음엔 좀 그랬거든. 그런데……."

아빠는 와인으로 입을 축이며 회의실에서 일어난 일을 떠올립니다.

✿

"저희는 사람들이 추억을 보관하는 일을 돕습니다."

가운데 남자가 아무런 감정이 실리지 않은 딱딱한 목소리로 말합니다.

"뭐요?"

시장이 눈살을 찌푸립니다.

"무슨 소리요? 아까는 추억을 지운다고 했다가 이번엔 보관한다니, 앞뒤가 안 맞잖아."

"아닙니다. 같은 말입니다. 사람은 과거에서 미래를 향해 살아갑니다. 현재에서 미래로 수많은 과거의 추억을 계속 만들어

가죠. 사람들은 끊임없이 생겨나는 과거에 파묻혀 미래는 생각조차 못 하고 삽니다."

"추억에 묶여 앞으로 나아가지 못한다는 말인가요?"

"그렇습니다. 그래서 저희가 사람들의 추억을 보관하고 맡아두는 것입니다."

"어떻게?"

"다양한 방법을 씁니다."

왼쪽 남자가 태블릿 피시를 만집니다. 화면에 육각형 프레임이 나타나더니 벌집처럼 퍼져갑니다. 사진과 이미지, 일기와 일상생활의 데이터, 친구 관계부터 일 관련 네트워크……. 수많은 정보가 꼬리에 꼬리를 물고 뻗어나가나 싶더니 하나로 모여 겹쳐지면서 메모리체인 회사 로고로 바뀝니다.

"인터넷에 기록된 추억을 매일 다시 보는 사람이 있을까요? 사람들은 적는 순간 잊어버립니다. 다시 돌아보는 일도 없습니다. 저희가 추억을 보관하는 일을 돕는다면 추억에 사로잡혔던 사람들은 안심하고 과거를 잊고 눈앞의 행복만을 생각하게 될 것입니다."

회의실에 긴 침묵이 흐릅니다.

"그 방법을 적은 계획서가 여기 들어 있습니다."

남자가 테이블에 새까만 메모리카드를 올려놓습니다.

"계획은 정확하고 치밀하게 실행해야만 합니다. 직원 중에 적임자가 있습니까?"

시장은 잠시 생각하더니 긴 다리를 다시 꼬며 피피의 아빠를 쳐다봅니다.

"슈미트."

"아, 예."

"자네가 책임지고 검토해보게."

검은 요원들은 얼음장 같은 미소를 띠며 천천히 피피의 아빠 쪽을 바라봅니다.

"사람들에게서 과거의 추억을 빼앗고 지금 이 순간의 일만을 생각하게 만들면 미래는 우리 생각대로 이루어집니다."

✿

따뜻했던 와인이 어느새 싸늘하게 식었습니다.

"당신이 그 계획을 맡게 된 거야?"

"아니, 아직 모르겠어. 우선은 검토해보고 다음 회의 때 보고해야 해."

"왠지 섬뜩하게 들려."

"응. 하지만 그 사람들 말에도 일리는 있어. 이 도시는 옛 전통에 지나치게 얽매여 있어. 이대로는 시대의 변화를 따라가지 못해."

"응."

"그리고……."

아빠는 고개를 들어 이층을 바라봅니다.

"피피도 할아버지와 함께한 추억에만 빠져 있지 말고 미래를 생각했으면 싶어."

"그건 그래."

엄마도 천장을 올려다보며 중얼거립니다.

제6장
서둘러야 하는 일일수록 천천히

"피피! 아침이야!"

피피는 토코의 씩씩한 목소리에 눈을 떴습니다. 수첩을 품에 안은 채 잠든 모양입니다. 방 안이 어둑어둑한 걸 보니 아직 날이 밝지는 않은 듯합니다.

"여긴 아침이 빨라. 뭐, 금세 익숙해질 거야."

"안녕히 주무셨어요. 토코 씨."

"그냥 토코라고 불러. 토코 씨라니까 쑥스럽네."

직공들은 이불을 척척 개더니 작업복으로 갈아입습니다.

침대 옆 사물함을 열자 빨간색 작업복과 구두가 들어 있습니다. 사이즈는 딱 맞았지만 구두가 무거워 발을 들기가 힘듭니다.

"그건 안전용 구두. 발끝에 철판이 들어 있어. 뭔가가 떨어지거나 못 같은 걸 밟았을 때를 대비해서 신는 거야. 금방 익숙해질 거야. 신입들한텐 이런저런 일들이 많이 일어나니까 눈에 확 띄도록 빨간색 작업복을 입어. 신입 연수가 끝나면 노란색. 장인시험에 합격해 장인이 되면 파란색 작업복을 입지."

토코는 노란 작업복의 단추를 여미면서 파란 작업복을 입은 직공을 동경 어린 눈빛으로 바라봅니다.

"장인시험요?"

"이 공장에서 일할 자격이 있는지 시험을 보고 지사마에게 능력을 인정받는 거야. 한참 후 일이겠지만."

"시험에서 떨어지면 어떻게 돼요?"

"이곳에서 일할 수 없게 되지. 실력이 우선이니까. 직공의 세계는 냉정해."

"그렇군요."

피피가 주춤주춤 걸으며 대답합니다. 중력이 두 곱절인 행성에 온 느낌입니다.

"그리고 이건 공구 가방이야. 로노가 줬어."

토코가 어깨에 메는 가방을 줍니다.

"분류실에서 일할 땐 펜과 수첩, 드라이버와 핀셋 정도만 있으면 돼. 자, 파이팅! 우선 아침부터 먹자. 든든히 먹고 분류실로 가. 거기서 로노가 할 일을 알려줄 거야."

토코가 방긋 미소 지으며 엄지손가락을 치켜듭니다.

"드라이버, 핀셋, 펜과 수첩……. 으아!"

가죽수첩을 펴던 피피가 소리를 지릅니다. 어젯밤 써놓은 페이지 옆에 동글동글한 필체로 답장이 써 있습니다.

우리 공장에 온 걸 환영한다.

앞으로 매일 그날 있었던 일, 느낀 일, 배운 일을 쓸 것.

나중에 하겠다고 미루면 안 돼. 낮에 말했듯이 사람은 직후엔 이십

퍼센트, 밤이 되면 오십 퍼센트, 다음 날 아침이면 팔십 퍼센트를

잊어버리니까. 잊어버리기 전에 쓰고 기억해. 일을 할 때는 모든 것

을 적고 머릿속에 집어넣는 게 가장 중요해. 중요한 건 기억력이야.

그럼.

스키

한밤중에 스키가 적었을까요? 하지만 피피는 밤새 수첩을 꼭

95

껴안고 잤습니다. 피피는 여우에게 홀린 기분으로 수첩을 품에 안고 달렸습니다. 사실은 구두가 무거워서 펭귄처럼 뒤뚱거리는 걸음걸이였지만……

그 무렵 지사마의 방에서는 즈키와 지사마가 아침회의를 하고 있습니다.

즈키가 후루룩 하고 커피를 마십니다.

"로노가 그러는데 반품이 세 배로 늘었다고 합니다. 세 배."

"즈키, 과장이 또 심하군요. 저는 두 배라고 들었습니다."

지사마가 하얀 연기를 내뿜습니다.

"어쨌든 무슨 일이 일어나고 있는 게 분명해요."

즈키는 팔짱을 낀 채 의자에 책상다리를 하고 앉습니다.

"확실히 수리하는 데 시간이 오래 걸리는 물건이 있긴 해요. 물건을 받고 나서 반년이나 일 년 정도 뒤에 수리해서 보내잖아요. 그러면 맡긴 기억이 없다며 돌려보내요. 아무래도 이건 좀 이상해요."

즈키가 다리를 떨자 테이블이 덜덜 흔들립니다. 지사마는 익숙한지 커피 잔을 손에 든 채 유유히 커피를 마십니다.

"시대는 변합니다. 늘 그대로일 수는 없으니까요. 뭐, 어쩔 수 없어요. 아무튼 일은 끝내야죠. 카이저가 맡았던 일도 있으니."

"카이저에게 맡겼던 일은 모두 가져왔습니다. 어려운 것들뿐이어서, 지사마, 죄송하지만 부탁드립니다."

"흠, 좀 더 젊은 애들에게 맡기고 싶은데 재능 있는 사람이 드무네요."

"카이저의 손녀, 오늘부터 여기서 일합니다."

"카이저는 어쩌다가?"

"그게 기억이 안 난다는군요."

"그렇군."

"지금 알아보고는 있습니다만."

"그런데 즈키, 카이저가 죽기 전에 고치려던 게……."

"그것도 아직 모르겠습니다."

"흠. 난감하군요."

지사마는 소파에 몸을 맡기고 천천히 방을 둘러봅니다.

"즈키."

"왜 그러십니까?"

"카이저가 아직 여기 어딘가에 있는 듯해서요."

"그럴지도 모르지요."

"뭐, 이런저런 일이 있기 마련이니까요, 즈키."

"네, 이런저런 일이 있기 마련이지요."

이렇게 아침회의를 마친 후 지사마는 작업대로 향하고 스키는 어딘가로 외출했습니다.

아침을 먹고 난 피피는 분류실로 갔습니다.

"피피, 안녕하세요. 오늘부터 일하지요? 어젯밤엔 잘 잤나요?"

생쥐 얼굴을 한 남자 로노가 피피 무릎께에 팔짱을 낀 채 서 있습니다.

"안녕하세요. 네, 잘 잤어요."

"창의적인 일을 하려면 잠을 충분히 자야 해요. 아, 이건 지사마가 한 말이에요."

로노가 빙긋이 웃더니 피피를 입구에서 가장 가까운 자리로 안내합니다.

"수첩은 가져왔나요?"

"네. 스키가 줬어요."

피피는 가방에서 수첩을 꺼냅니다.

"작업일지입니다. 직공들은 스키 일기장이라고 부르기도 합니다만. 어쨌든 꾸준히 쓰기 바랍니다. 다 쓰면 새것을 또 드릴게요."

"어젯밤 잠들기 전에 썼어요. 그랬더니……."

"아, 즈키가 답장을 썼군요. 이 일지에 쓴 것은 즈키가 바로 읽을 수 있답니다. 그리고 답장을 써주죠. 하루라도 빼먹으면 안 돼요. 여기서 일하는 직공은 모두 그렇게 해서 수많은 일을 배우거든요. 물론 저도 마찬가지고요."

"즈키는 이 공장에 있는 사람 모두에게 매일 밤 답장을 쓰나요?"

"설마요! 이곳에 직공이 얼마나 많은데요? 신입에게만 써줘요. 즈키는 싫증을 잘 내서 흥미가 없어지면 답장을 안 써요. 장래성이 있다고 생각하면 계속 이어지기도 하지만요. 그건 명예로운 일이지요. 그러니 답장을 받는 지금이 가장 좋은 시절이라 여기고 열심히 쓰세요."

"네."

"이제 곧 종이 울릴 거예요. 그럼 피피가 담당할 물건이 도착할 겁니다."

테이블은 길어서 초등학교 수영장 길이는 됩니다.

"눈앞에 물건이 오면 하나하나 분해하세요. 부품을 절대로 잃어버려선 안 돼요. 이곳에 도착한 물건은 모두 몇 년 아니면 몇십 년 전에 만들어진 것이라 대체할 부품이 거의 없거든요."

로노는 피피의 불안을 꿰뚫어 보기라도 한 것처럼 미소를 짓습니다.

"걱정 마세요. 신입에게는 복잡한 물건을 안 주니까요."

입안이 바짝바짝 마릅니다.

"모든 부품을 분해해서 부품이 총 몇 개인지, 어떤 종류인지 적으세요. 부품의 개수가 맞지 않으면 다음 작업을 할 수 없으니까요."

로노가 말을 마치자마자 종이 울립니다.

"자, 시간이 됐네요. 그럼 파이팅!"

재빠르게 방을 빠져나가는 로노를 눈으로 쫓으며 피피는 의자에 앉아 등을 폅니다. 컨베이어 벨트 위에 두꺼운 종이상자가 놓여 있습니다. 심장은 박동 소리가 또렷이 들릴 정도로 쿵쾅댑니다. 드디어 태어나서 처음으로 일을 합니다.

상자를 열자 기름종이에 싸인 뭔가가 들어 있습니다. 거친 삼베끈을 풀어보려 하지만 워낙 단단히 묶여 좀체 풀리지 않습니다. 묵묵히 일하는 주위 직공들의 숨결이 느껴집니다. 어찌어찌 끈을 풀고 기름종이를 열었더니 신문지로 돌돌 만 물건이 나옵니다. 신문지에 적힌 글자는 피피가 모르는 나라의 글자입니다. 신문지를 걷자 나무상자가 모습을 드러냅니다.

"와."

오르골입니다. 뚜껑을 열고 유리상자 안을 들여다보니 구릿빛 실린더가 은은히 빛납니다. 무수한 발톱 모양 부품이 원통을 둥글게 둘러싸고 빗 모양의 철판과 톱니바퀴가 보입니다. 원통과 철판에 나뭇잎 잎맥처럼 녹이 번져 있습니다.

이중 바닥의 서랍을 열자 갈색 봉투가 나옵니다. 봉투에는 편지가 들어 있습니다. 피피는 로노가 창고에서 했던 것처럼 천장에 매달린 바구니에 갈색 봉투를 넣고 끈을 잡아당깁니다. 바구니가 스르륵 천장의 구멍 속으로 빨려 들어갑니다.

"지사마가 이제 저 편지를 읽으려나?"

오르골을 뒤집자 네 귀퉁이에 나사 구멍이 보입니다. 드라이버와 핀셋을 사용해 조심스럽게 나사를 빼내 쟁반에 놓습니다. 정을 사용해 힘을 주자 밑판이 끼익 소리를 내며 떨어집니다. 이어서 이중 바닥의 판을 떼어내자 오르골의 기계 부분이 나타납니다. 녹이 많이 슬어 조심하지 않으면 부품이 부러질 것 같습니다. 이마에 맺힌 땀방울이 뚝뚝 떨어집니다.

모든 부품을 분해해서 개수와 종류를 적으세요, 로노가 한 말이 떠올랐습니다.

피피는 즈키 일기장을 펴놓고 부품을 세기 시작합니다. 하지만 잘 되지 않습니다. 머릿속이 뒤죽박죽 엉키면서 제대로 돌아가지 않습니다. 조바심이 나서 몇 번이고 다시 합니다.

종이 울립니다. 직공들이 일어나 방 밖으로 줄줄이 나갑니다. 어느새 태양이 높이 솟아 방으로 밝은 빛이 비쳐듭니다. 눈깜짝할 사이에 몇 시간이 흐른 걸 깨닫고 피피는 깜짝 놀랐습니다.

"피피!"

고개를 들었더니 토코가 입구에서 얼굴을 내밀고는 손을 흔듭니다.

"자, 자! 점심시간엔 일하면 안 돼. 밥 먹자, 밥!"

피피는 토코 뒤를 터벅터벅 따라갑니다.

"그야 처음이잖아. 한 번에 잘할 순 없지."

두 사람은 긴 줄 뒤에 섰습니다.

점심 메뉴는 크림치킨입니다. 반짝반짝 잘 닦인 접시에 반마리는 됨 직한 닭고기가 놓이고 그 위를 하얀크림이 한가득 덮고 있습니다. 브로콜리와 콜리플라워, 꼬마당근과 그린피스가 접시 가장자리에서 흘러넘쳐 떨어질 듯합니다.

빵은 모두 네 종류인데 토코는 금방이라도 바스러질 것 같은 크루아상과 둥근 프랑스빵을 쟁반에 담습니다. 피피는 부드러워 보이는 하얀 빵 하나만 집었습니다.

"잘 먹어둬야 해."

햇살이 눈부신 자리를 찾아 둘이 마주 앉습니다.

"괜찮아, 괜찮아! 처음에는 모두 분류실에서 단련을 하거든. 일의 기본은 정리정돈이라고!"

"정말 못했어요. 분해는 끝냈지만 부품을 세는 데 집중할 수가 없어서……."

"나도 그랬어. 맨 처음 했던 게 낡은 라디오였는데 스피커랑 앰프를 연결하는 케이블을 그만 잘라버렸거든."

"고마워요, 토코 씨."

"토코라고 부르라니까? 자, 얼른 먹자. 곧 오후 일을 시작해야 하니까."

"네, 알겠습니다."

"뭐든 해보지 않으면 다음으로 나아갈 수 없으니까! 생각하기 전에 손을 움직여! 지사마가 종종 하는 말이야. 즈키는 움직이기 전에 생각부터 하라고 정반대 말을 해서 헷갈리지만."

순식간에 점심시간이 끝나고 피피는 오후 작업을 하러 돌아갑니다.

토코는 간식시간에도 피피를 데리러 왔지만 그것을 알아차릴 여유도 없었습니다. 부품을 세는 일에 온통 정신이 쏠려 있었거든요.

어느새 날이 저물었습니다. 피피가 어깨를 축 늘어뜨린 채 분류실에서 나옵니다.

"오늘 하루 수고 많았어요."

로노가 피피를 올려다봅니다.

"죄송해요. 하나도 다 마치지 못했어요."

"첫날은 다 그래요."

로노가 다정한 얼굴로 미소 지으며 말합니다.

"할 수 있었는데 하며 속상해하기보다 왜 하지 못했을까 되짚어보는 게 더 중요해요."

"네."

피피는 저녁도 먹지 않고 침실로 향합니다. 속상한 마음이 가라앉지 않습니다. 즈키 일기장을 펼치고 연필을 쥡니다.

오늘은 분류실에서 일하는 첫날입니다.

오르골을 분해하는 일까지는 해냈어요.

하지만 부품을 정리하고 개수를 세는 작업은 하지 못했어요.

시간에 쫓겨 버둥대다가 끝나버렸어요.

작업을 척척 해내는 사람들을 보니 내가 참 못나 보였어요.

오후 내내 했지만 하나도 마치지 못했어요. 너무 속상해요.

다음 날, 일기장에 즈키의 답장이 써 있었습니다.

피피는 싸늘한 아침 공기에 몸을 부르르 떨며 담요를 머리끝까지 뒤집어쓰고 즈키 일기장에 빠져들었습니다.

일의 팔십 퍼센트는 정리정돈이야.

인간은 언제나 여러 생각에 빠져 살지. 생각하는 건 잘못된 게 아니야. 인간은 원래 그런 존재니까. 하지만 중요한 건 그걸 어떻게 정리하느냐지.

좋은 방법을 가르쳐줄게. 우선 눈앞에 있는 문제나 과제를 하나씩 적어보렴. 그걸 하는 동안에는 생각할 필요가 없어. 쓸데없는 생각은 하지 말고 그냥 적어보는 거야. 일단 눈앞의 과제를 모두 종이에 적는 거지.

다음엔 적은 것들을 바라보며 정리를 해봐. 이때는 비슷한 것끼리 모아서 정리하는 게 좋아.

예를 들어 과제 백 개가 있다고 치자. 눈앞에 과제 백 개가 놓여 있으면 사람은 혼란스럽기 마련이야. 생각이 멈추기도 하고 말이야. 하지만 자세히 들여다보면 그 안에 같은 문제가 포함되어 있다는 것을 알 수 있어.

그것들을 분류해. 문제가 백 개라면 대부분 열 개 정도로 분류가 될 거야. 많으면 더 정리해도 좋고. 이것이 정리정돈이야.

그리고 남과 비교하지 말 것. 사람들은 자신과 비슷한 수준이라고 여기는 상대와 자신을 비교한단다. 이를 열등감이라고 하지. 열등 감만큼 쓸모없는 것도 없어. 비교할 거면 지사마와 너를 비교하는 쪽이 훨씬 나아.

그리고 마지막으로 충고 하나.

"서둘러야 하는 일일수록 천천히. 서두르지 않아도 되는 일일수록 신속히."

그럼 잘해보렴.

스키

마음속에 불이 반짝 켜진 것 같습니다.

피피는 작업복으로 갈아입고 식당으로 뛰어가 빵을 하나 입에 물고는 분류실로 달려갑니다. 그 모습을 토코와 직공들이 어리둥절한 얼굴로 바라봅니다.

중앙홀을 나서는데 엘리베이터에서 하얀 네글리제를 입은 소녀가 내려오는 모습이 보입니다. 소녀는 멈춰 서서 파랗고 초롱초롱한 눈으로 피피를 쳐다봅니다. 짧은 밤색 머리칼이 귓가에서 찰랑찰랑 흔들리고 쭉 뻗은 콧날 아래 고집스러워 보이는 입은 꾹 다물어져 있습니다.

"어, 저……."

피피는 입속이 빵으로 꽉 차 말을 제대로 할 수 없습니다.

소녀는 쿡쿡 웃더니 맑고 투명한 목소리로 묻습니다.

"넌 누구니?"

피피는 소녀의 예쁜 얼굴을 넋을 놓고 바라보며 꿀꺽 빵을 삼켰습니다.

"왜 그래? 내 얼굴에 뭐 묻었니?"

목소리가 방울소리인 양 낭랑합니다.

"전 피피예요. 여기서 일해요."

"아, 그렇구나!"

소녀는 피피의 머리끝부터 발끝까지 찬찬히 훑어보더니 양손을 허리춤에 갖다댑니다.

"몇 살이야?"

"열 살이오."

"이런, 아직 꼬마 아가씨군!"

어른 같은 말투입니다.

"그럼 열심히 해!"

소녀는 하얀 네글리제를 펄럭이며 뛰어갑니다.

작업 시작을 알리는 종이 울립니다. 피피 앞에 어제보다 조금 더 큰 나무상자가 놓입니다. 상자에는 낡은 트랜지스터라디오가 들어 있습니다. 피피는 라디오를 조심스레 테이블에 내려놓고는 뒤집어서 나사 위치를 확인합니다.

"바깥쪽 나사가 네 개."

즈키 일기장에 적어넣습니다.

옆자리에서 일하는 소년이 시계를 척척 분해하는 모습이 눈에 들어옵니다.

"남과 비교하지 말 것."

뒷면 뚜껑을 여니 전지박스에서 나온 파란색, 초록색, 노란색, 빨간색 전선이 기판과 이어져 있습니다. 기판에서 나온 구리 전선은 스피커로 연결됩니다.

"일의 기본은 정리정돈."

하나하나 부품을 떼어 쟁반에 늘어놓으며 즈키 일기장에 적습니다.

나사 큰 것, 중간 크기, 작은 것, 전선 여러 개, 스피커, 전파를 맞추는 튜너, 거미 다리같이 생긴 트랜지스터, 원통형 다이오드……. 부품은 모두 서른여덟 개입니다.

"비슷한 것끼리 정리한다."

피피는 목록과 부품을 대조하며 분류를 합니다.

나사는 큰 것, 중간 크기, 작은 것 18개

전선(연결되지 않은 것) 6개

전선(연결된 것) 2세트

스피커 1개

기판 2장

트랜지스터(연결되지 않은 것) 4개

다이오드(연결되지 않은 것) 3개

튜너 1개

전지 1개

부품 서른여덟 개를 아홉 개 항목으로 정리했습니다. 목록이 아주 간단해졌습니다.

피피는 즈키 일기장과 대조하면서 나사는 크기 순으로, 전선은 색깔별로, 트랜지스터와 다이오드는 모양이 비슷한 것끼리 정리했습니다. 즈키 일기장에 정리한 종류와 개수를 전표에 옮겨 적었습니다.

"휴, 다했다."

숨을 내쉬며 고개를 들었더니 직공들은 묵묵히 작업에 열중하고 있습니다. 마법에 빠진 기분입니다. 어제는 온종일 힘을 쏟았는데도 다하지 못한 일을 벌써 끝냈습니다.

"안녕, 피피."

로노가 전표 다발을 들고 걸어옵니다.

"안녕하세요."

"작업이 끝났군요? 어디 보자."

로노는 쟁반을 들여다보며 전표와 대조하고는 빙긋이 미소를 짓습니다.

"음, 아주 잘했군요."

"고맙습니다! 즈키가 알려줬어요."

"일의 팔십 퍼센트는 정리정돈이지요."

"네!"

"즈키는 정리정돈을 워낙 좋아해서요. 심지어는 남의 책상 물건도 자기 마음대로 정리해버리죠. 제가 소중히 여기는 물건을 버린 일도 있답니다."

로노가 어깨를 으쓱합니다.

"자, 다음 작업할 게 올 거예요."

먼저 것보다 훨씬 큰 상자가 왔습니다.

피피는 크게 숨을 쉬고는 다음 작업에 돌입했습니다.

제7장
미스의 시폰케이크

이튿날, 피피는 상쾌한 기분으로 아침을 맞았습니다. 처음으로 일을 해냈다는 성취감이 온몸에 퍼져 다른 사람으로 다시 태어난 기분입니다.

피피는 이곳이 자신이 있어야 할 곳이라는 생각이 들었습니다. 토코는 부모처럼 든든하게 격려해주었고 분류실 직공들은 다양한 기술을 가르쳐주었습니다. 다들 남과 이야기를 잘하는 편은 아니었지만 마음만은 참 따뜻했습니다.

매일 밤 잠들기 전에 그날 배운 것, 생각한 것을 정리하며 즈키 일기장에 적었습니다. 이상하게도 다음 날 눈을 뜨면 해야 할 일이 떠오릅니다. 피피는 마치 잠자는 동안에 또 다른 자신이 해답을 찾아주는 것 같습니다.

즈키는 매일 아침 답장을 적어줍니다.

책상 앞에서만 일해선 안 돼.

앉아서 끙끙거려봤자 아무것도 나오지 않아. 일은 아침에 깨어나는 순간 시작되어 잘 때까지 이어져. 걸으며 밥을 먹으면서 지금 맡은 일을 생각해봐. 그럼 책상에 앉았을 때 무엇을 해야 할지 보일 거야. 조금씩 시도해봐.

즈키

그날 오후.

피피와 토코는 간식시간에 만나자는 약속을 했습니다. 오후 첫 번째 일을 마치고 방을 나오자 토코가 웃음 가득한 얼굴로 기다리고 있습니다.

"이젠 많이 익숙해졌나보네."

"네. 아직 오전 내내 해도 다섯 개밖에 못 했지만……"

"그 정도면 충분해. 로노가 학습속도가 무척 빠르다고 칭찬하던데?"

피피는 뛸듯이 기뻤지만 뭐라고 말해야 할지 몰라 우물거렸습니다.

"자, 드디어 미스의 시폰케이크를 맛볼 기회가 왔어! 한 번 먹으면 절대 잊지 못할 맛. 아마 기분이 좋아져서 오후 일이 술술 풀릴걸."

복도는 식당으로 향하는 직공들로 발 디딜 틈이 없습니다.

"아! 서두르지 않으면 안 남을 거야!"

토코가 달리자 피피도 몸이 앞으로 넘어질 듯하면서 그 뒤를 쫓았습니다.

식당에 들어서니 테이블이 네 모퉁이로 옮겨져 있습니다. 그리고 중앙의 커다랗고 둥근 테이블을 빙 두르며 소용돌이 모양의 줄이 생겨났습니다. 그 한가운데에서 소프라노 톤의 여자 목소리가 울립니다.

"자! 밀지 말고! 한 사람당 하나씩이니까."

"피피, 빨리!"

토코가 소용돌이 줄 끝에 쓰윽 가서 서더니 피피에게 손짓합니다.

"아슬아슬하게 세이프군……."

토코가 소용돌이 안쪽을 엿보려 까치발을 듭니다.

"자! 지금 이 방에 있는 사람까지 끝! 내일 다시 오세요."

소프라노 목소리가 식당 안에 메아리치자 뒤쪽에서 탄식이 터져나옵니다.

"다행이다! 조금만 늦었어도 못 먹을 뻔했어."

토코가 눈을 찡긋합니다. 줄이 조금씩 앞으로 나아가면서 테이블이 보입니다.

테이블에는 어른도 혼자서는 다 먹을 수 없을 만큼 커다란 시폰케이크가 놓여 있습니다. 연갈색 케이크에선 김이 피어오르고 유리용기엔 황금색 액체가 출렁거립니다.

"오늘은 호두가 가득 든 케이크에 밤크림과 꿀이 듬뿍!"

"우아! 당첨."

토코가 집게손가락과 가운뎃손가락을 쫙 폅니다.

"미스가 기분 좋은 날엔 크림이랑 꿀이 나와. 어제는 당근케이크였거든. 나쁘지는 않았지만 아무래도 좀."

호두와 밤에 꿀이라니, 피피는 군침이 감돕니다.

"자! 빨리 앞쪽으로!"

줄이 소용돌이처럼 빙빙 돌아 목소리의 주인공은 아직 보이지 않습니다.

소용돌이 중심에 다가가자 달콤한 케이크 냄새와 꿀과 밤향이 풍깁니다. 처음에는 아무렇게나 걷어올린 소매와 활기차게 움직이며 케이크를 자르는 가느다란 팔이 보였습니다. 빵 칼을 사뿐히 내려놓더니 커다란 나무스푼으로 케이크에 크림을 듬뿍 얹고는 꿀을 붓습니다. 황금색 꿀이 반짝반짝 직공들의 이마를 비춥니다.

그곳엔 지금껏 본 적 없는 아름다운 여성이 서 있습니다. 짧은 밤색 머리. 이마에서 코, 입에서 턱으로 이어지는 선은 마치 잘 빚은 조각품 같습니다. 하얀 원피스 밑으로 보이는 다리는 사슴처럼 길고 날씬합니다.

"자, 떨어지지 않게 조심! 남기지 말고 다 먹어야 해."

미스는 꾀꼬리 같은 목소리로 소리치며 직공들에게 케이크를 건넵니다.

토코와 피피 차례입니다.

"미스, 피피예요. 신입이오!"

토코가 큰 목소리로 말합니다. 미스는 케이크에서 눈을 떼지 않은 채 산처럼 부풀어 오른 크림 위에 꿀을 듬뿍 얹습니다. 그리고 얼굴을 들어 한밤의 호수 같은 푸른 눈으로 피피를 쳐다봅니다.

"아, 꼬마 아가씨구나."

"네?"

"수고했어. 많이 먹고 나머지 작업도 힘내서 해!"

미스가 싱긋 웃습니다.

멀뚱히 선 피피를 토코가 팔꿈치로 찌릅니다.

"야, 피피, 왜 그래? 빨리 앞으로 가야지."

"아, 네."

피피는 넘어질 뻔한 걸음걸이를 바로잡으며 접시를 들고 앞으로 나아갑니다.

"왜 그래? 빨리 앉아서 먹자."

토코는 막 자리가 빈 곳을 찾아 앉았습니다. 그러고는 손을 모아 인사한 뒤 밤크림을 듬뿍 떠서 한입 가득 밀어넣습니다.

"히야, 맛있어. 시폰케이크는 자주 안 나오거든. 피피는 운이 좋은 거야."

올라오는 김 사이로 케이크가 신기루처럼 흔들립니다. 크림에는 밤의 속껍질을 이겨 넣은 듯합니다. 황금색 꿀이 똑똑 슬로모션 영상처럼 접시에 떨어집니다.

피피는 크림을 조금 떠서 입에 머금습니다. 훗날 이 순간을 떠올릴 때면 피피의 배는 항상 꼬르륵 소리를 냈답니다. 밤향기가 코끝에 번지고 달콤함과 쓴맛 저편으로 가을의 고요하고 아늑한 숲이 보이는 듯합니다. 영원히 머금고 싶은지 혀가 크림을 넘기기를 거부하며 아주 천천히 움직입니다.

이어 꿀을 핥아봅니다. 처음에는 혀끝에 짜릿한 통증이 일었습니다. 하지만 곧 그건 통증이 아니라 더할 나위 없는 달콤함이라는 걸 깨달았습니다. 이 달콤함은 마치 전기처럼 혀끝에서 목을 걸쳐 달려가더니 이내 온몸을 사로잡습니다.

피피는 부르르 몸을 떨며 얼굴을 들었습니다.

"맛있지?"

토코가 찡긋 눈짓을 하며 마지막 조각을 볼이 미어지게 밀어 넣습니다.

피피는 고개를 끄덕이며 비단 같은 케이크에 스푼을 대고 힘을 줍니다. 생각보다 싱겁게 작은 힘으로도 스푼이 탁 소리를 내며 접시 바닥에 닿았습니다. 크림과 꿀을 고루 묻혀 입에 넣습니다. 피피는 무슨 말인지 모를 소리를 내며 그 상태로 굳어버렸습니다.

"왜 그래?"

토코의 눈이 휘둥그레집니다.

"케이크가……."

"케이크가?"

"눈 녹듯 사라져버렸어요."

"그렇지! 정말 미스의 케이크는 먹고 돌아서자마자 또 먹고 싶어진다니까. 게다가 배가 전혀 거북하지 않아!"

피피는 두 입, 세 입, 스푼을 입에 가져갑니다. 크림과 꿀의 달콤함이 입안 가득 번집니다. 호두의 고소한 향이 연이어 밀려오더니 목구멍으로 퍼져갑니다. 먹으면 먹을수록 더욱 먹고 싶어지는 환상의 맛을 지닌 케이크입니다. 피피는 밤과 꿀, 케이크와 호두향이 사라지는 게 아쉬워 혀를 이리저리 굴리며 뒤 쫓습니다.

자연스레 미소가 번집니다. 토코도 따라서 웃습니다. 옆자리 에서도 또 그 옆자리에서도 웃는 얼굴이 보입니다. 어느 순간 식당이 웃음으로 가득찹니다.

"자, 다 먹었으면 일하러 가세요!"

고개를 돌려보니 미스가 양손을 허리춤에 댄 채 우뚝 서 있 습니다.

"예! 피피, 가자!"

피피는 일어나 머리를 숙입니다.

"정말 맛있었어요. 고맙습니다!"

미스가 피피의 어깨를 톡톡 토닥입니다.

"고마워! 꼬마 아가씨!"

피피는 얼굴이 빨개져 달려갑니다.

✿

그 후로 며칠이 지난 어느 날입니다.

피피는 그날 마지막에 맡은 물건인 스토브의 부품 개수가 처음 세었을 때와 맞지 않아 저녁식사를 마치고 분류실로 갔습니다. 부품을 다시 세고 전표 숫자와 대조한 뒤 개수가 맞는지 확인합니다.

"다행이다."

잠시 쉬었다가 다시 일하면 어려웠던 일도 쉽게 풀리는 법입니다. 긴장한 채 일을 해서인지 몸은 굳었지만 일을 잘 마무리했다는 성취감에 기분은 최고입니다.

피피는 지난번 간식으로 먹은 시폰케이크의 맛이 생각나 혀를 이리저리 굴리며 침실로 향합니다. 오늘 간식시간에는 설탕을 전혀 쓰지 않은 딸기잼과 민트가 들어간 케이크가 나왔습니다.

분류실에서 침실로 가려면 중앙홀을 지나 긴 복도를 걸어가야 합니다. 사방이 고요해서 구두 소리가 더 크게 울립니다.

"아!"

피피가 발을 멈춥니다.

하얀 네글리제로 몸을 감싼 할머니가 걸어가고 있습니다. 백발의 노파는 매우 힘겹게 한 발 한 발 느릿느릿 내디딥니다. 피피는 달려가 가만히 할머니의 손을 잡았습니다.

"부축해드릴게요."

할머니가 천천히 얼굴을 들어 피피를 쳐다보더니 다정스레 미소 짓습니다. 깊이 파인 주름 사이로 엿보이는 눈은 커다란 진주 같습니다.

"아, 고마워라."

할머니가 엘리베이터 쪽을 가리킵니다. 피피는 할머니의 걸음걸이에 맞춰 천천히 엘리베이터에 탑니다.

"사층 좀 눌러줄래?"

"네."

엘리베이터가 올라갑니다.

공장은 고요한 적막에 빠져 엘리베이터에서 나는 톱니바퀴 소리가 한층 크게 들립니다. 할머니의 손은 포동포동하고 부드러웠으며 따스한 체온이 피피의 몸으로도 흘러드는 것 같았습니다.

"꼬마 아가씨는 누구였더라?"

할머니가 앞을 보는 채로 묻습니다.

"피피예요."

"피피."

"네. 카이저 슈미트의 손녀예요. 여기서 일해요."

할머니의 눈이 커다래졌습니다.

"오, 카이저. 카이저는 잘 지내니?"

피피는 가슴이 철렁 내려앉는 걸 느끼며 고개를 떨구고 대답
합니다.

"할아버지는 돌아가셨어요."

"아, 그랬나! 그러고보니 지사마한테서 들은 것도 같고, 아주
오래전 일인 것도 같고…… 카이저가 죽었구먼."

피피는 아무 말 없이 고개를 끄덕입니다. 할머니도 아무 말
없이 가만히 앞만 바라봅니다.

사층 문이 열렸습니다. 벽은 아기자기한 소품으로 꾸며지고
바닥엔 비단카펫이 깔렸습니다. 천장에 달린 놋쇠램프 속 촛
불이 흔들거리며 복도를 비춥니다.

"저기야."

할머니의 울퉁불퉁한 손을 잡고 따라가니 주홍색 문이 보입

니다.

"고마워, 꼬마 아가씨. 다 잊어버려서 말이야. 어떻게 돌아가야 하는지 몰라 헤매던 참이거든."

문 앞에 서자 할머니의 손힘이 살짝 풀려서 피피도 자연스레 손을 풀었습니다.

"고마워요, 꼬마 아가씨."

손도 대지 않았는데 문이 스르르 열립니다. 할머니 등 너머로 방 안이 보입니다. 연한 핑크빛에 휩싸인 방입니다. 몇 겹의 천이 천장에서부터 늘어지고 안쪽에는 양파처럼 생긴 원추형 침대가 놓였는데 비단 같은 천이 침대를 감싸고 있습니다.

"아, 오늘도 세상은 참 멋있었어."

할머니는 중얼거리며 침대를 향해 걸어갑니다.

그날 밤 피피는 이상한 꿈을 꾸었습니다.

카를레온으로 돌아와 시계탑광장에 섰습니다. 멈춘 시계탑을 올려다보는 할아버지가 보입니다. 할아버지에게 달려가려고 했지만 아무리 나아가도 거리는 조금도 좁혀지지 않습니다.

"할아버지!"

외치는데 눈이 번쩍 뜨였습니다.

"뭐! 마담 방에 갔다고?"

아침 식사용 스크램블 에그를 뒤적거리던 토코가 소리칩니다. 직공들이 깜짝 놀라 두 사람을 쳐다봅니다.

"어제 일이 늦게 끝났는데 홀에서 헤매고 있는 할머니랑 사층까지 함께 갔어요. 마담이라고 부르나요? 그 할머니?"

"사층이라고? 난 가본 적이 없어. 그래서 마담하고 무슨 얘기를 했어?"

"그냥 할아버지 얘기를 잠깐 했을 뿐이에요."

"그렇구나. 피피가 누군지 기억했어?"

"기억하고 말고 할 것도 없어요. 처음 만난 분인데요."

"아니라니까! 피피, 넌 마담을 여러 번 만났어."

피피는 포크로 토마토를 찌른 채 어리둥절한 얼굴로 토코를 바라봅니다.

"그러니까 흠, 복잡한 얘기이긴 한데."

토코는 머리를 긁적이더니 테이블 너머로 몸을 뻗어 피피의 귓가에 속삭입니다.

"미스와 마담은 같은 사람이야."

머릿속에서 케이크를 나눠주던 미스의 옆얼굴과 할머니의 옆얼굴이 겹쳐집니다.

"그러고보니 두 사람 모두 나를 꼬마 아가씨라고 불렀어요."

"그래. 두 사람은 같은 사람이야."

하얀 네글리제를 입은 소녀의 모습도 떠오릅니다.

"아, 여자아이도 제게 꼬마 아가씨라고……."

"레이디군."

"레이디?"

"응. 아침엔 레이디, 낮에는 미스, 저녁에는 미시즈, 밤에는 마담. 모두 같은 사람이야."

"미시즈?"

"응. 주방에서 식사 준비하느라 바빠서 잘 만날 순 없지만 저녁밥이랑 아침식사를 해주는 분이 바로 미시즈야."

"그러니까, 레이디, 미스……."

"미시즈, 마담이지."

"아, 모두 한 사람으로 하루 동안에 나이들어 간다는 건가요?"

"그래, 맞아! 나도 처음엔 깜짝 놀랐어. 좀 더 일찍 설명해줬으면 좋았겠지만 피피가 너무 일에 집중해서 까먹었지 뭐야."

"그럼 마담은 하룻밤 자고 나면 다시 레이디로 돌아오는 거예요?"

"응. 하룻밤 지나면 모두 잊어버려. 자는 동안 무슨 일이 일어나는지는 아무도 몰라. 시간의 고치 속에서 잠을 잔다고 들은 적은 있어."

"시간의 고치? 아, 마담의 그 침대를 말하는 건가요?"

"시간의 고치를 본 거야? 대단해, 피피."

그날 밤 피피는 마담의 침실까지 갔던 일을 즈키 일기장에 적었습니다.

즈키는 다음과 같은 답장을 남겼습니다.

뭐? 마담의 방까지 갔다니 놀랍군.

단, 그 일은 절대 지사마 앞에서는 말하지 말 것.

특히 시간의 고치는 금기야.

이런저런 일이 있기 마련이니까.

즈키

제8장
첫 심부름

어느 날 아침, 즈키 일기장을 펼쳤더니 마지막 페이지에 이런 답장이 써 있습니다.

안녕?

오늘 오후엔 수족관으로 오기 바람.

즈키

즈키의 방은 이층 직공들의 방 끝에 있는데 벽 전체가 유리로 되어 밖에서 안이 훤히 들여다보입니다. 마치 물고기가 노

니는 수조처럼 보인다고 해서 직공들은 이 방을 수족관이라고 부릅니다.

피피는 분류실 일이 익숙해지고 나자 직공실 심부름도 맡아 했습니다. 토코를 만나러 가거나 로노의 부탁으로 심부름을 가면서 직공실에 자주 드나들었습니다.

수백 개나 되는 부품을 일일이 닦아 조립하고 고치는 시계장인, 거뭇거뭇하게 그을음이 생긴 거울을 반짝반짝 빛나게 만드는 유리장인, 소리가 나지 않는 트럼펫을 다시 소리 나게 만드는 악기장인.

어디에 쓰는 물건인지 모를 복잡한 비밀상자와 씨름하는 직공은 매일 다른 작업을 하는 것처럼 보이지만 벌써 석 달째 같은 물건을 고치려 애쓰고 있다고 합니다. 완성하려면 도대체 시간이 얼마나 걸릴까요?

피피는 점심식사를 마친 후 수족관으로 향했습니다. 토코는 즈키가 피피를 부른 것을 알고는 표정이 내내 뚱합니다. 직공들 가운데 즈키와 직접 이야기를 나눌 수 있는 사람은 몇 안 되기 때문입니다.

수족관 유리 너머로 즈키가 선반에서 서류를 꺼내 펼치면서 분류 작업을 하는 모습이 보입니다. 수족관 유리를 두드리자 즈키가 얼굴을 들어 소리칩니다.

"뭐 하니? 얼른 들어와!"

"안녕하세요?"

"음, 일은 어때?"

"익숙해지긴 했는데 아직 손이 빠르진 못해요."

"빨리 하고 싶을 때는 천천히."

"네, 서두르지 않아도 되는 일일수록 신속히."

"그렇지."

즈키는 안경을 밀어올리면서 의자에 털썩 앉더니 테이블 위로 다리를 뻗습니다. 팅 소리를 내며 라이터 뚜껑을 열어 담배에 불을 붙이고 연기를 내뿜습니다.

피피는 즈키 일기장을 가방에서 꺼내며 고개를 숙입니다.

"즈키, 고맙습니다."

"어, 마침 수첩을 다 썼구나. 몇 권째냐?"

"네 권째입니다."

"응, 잘하고 있군."

즈키는 의자를 빙그르르 돌려 선반 쪽으로 몸을 향하더니 가죽수첩 두 권을 꺼내서는 한 권을 피피 앞에 던집니다. 표지에 'P. S.'라고 적혀 있습니다.

"우아!"

피피의 입에서 탄성이 터져나옵니다. 즈키가 손에 든 수첩을 넘기자 테이블 위 또 한 권의 수첩도 팔랑팔랑 페이지가 넘어갑니다.

피피가 눈을 동그랗게 뜨자 즈키가 씩 웃으며 말합니다.

"이 수첩은 둘이면서 하나야. 네 할아버지 카이저하고도 이 수첩으로 소통을 했지."

"할아버지도……."

"오늘은 밖에 좀 다녀와야겠다."

"밖에요?"

"이걸 좀 전해주고 오렴."

즈키가 종이 뭉치가 든 갈색 봉투를 톡톡 두드립니다.

"이건?"

"내용은 몰라도 돼. 피피 네가 할 일은 이걸 전달하는 거야."

"네."

"그리고 또 하나."

안경 너머로 즈키의 날카로운 눈이 빛납니다.

"지금부터 하는 말을 정확히 전해야 해."

"네, 알겠습니다."

"좋아. 메모하렴."

"네."

피피는 새 종이 냄새가 나는 즈키 일기장을 펼치고는 펜을 들었습니다.

"여기저기서 이변이 일어나고 있음. 기억과 기억 장부가 맞지 않고 추억들이 사라짐. 긴급히 확인 바람."

아시토카 공작소가 있는 이쪽 세계와 피피가 사는 저쪽 세계가 관련된 일인 듯합니다.

피피가 한 글자 한 글자 적어 내려갑니다. 즈키의 손에 있는 또 한 권의 수첩에도 피피가 쓰는 글자가 떠오릅니다.

"응, 잘했어."

즈키가 수첩을 보며 고개를 끄덕입니다.

"어디에다 전달하면 되나요?"

"아까 말했잖아!"

피피가 얼떨떨한 눈으로 즈키를 바라봅니다.

"아! 아직 말 안 했나?"

"네."

"아, 그랬나? 뭐, 이런저런 일이 있기 마련이지."

즈키가 손에 든 수첩에 지도를 그립니다. 그러자 피피의 일기장에도 아시토카 공작소에서 장인 거리를 거쳐 광장으로 이어지는 길이 펼쳐집니다.

"우선 갱으로 가. 톱니바퀴광장 알지?"

"네."

"갱에 들어가면 거기서 기다려. 움직이면 어느 길인지 알 수 없게 되니까. 갱은 시계 방향으로 돌고 있어."

즈키가 장인 거리 끝에 톱니바퀴 모양을 그립니다.

"시계 방향이라는 건, 갱에 도착해 돌아보면 어떻게 되지?"

"그러니까, 길이 오른쪽에서 왼쪽으로 흘러가요."

"맞아."

즈키는 갱과 연결되는 길을 그린 후 그 옆에 '세 번째'라고 씁니다.

"갱에 도착하면 뒤돌아서서 세 번째 길이 지나갈 때까지 기다려. 네 번째 길이 네가 갈 푸라우엔 거리다."

즈키는 펜으로 '푸라우엔 거리'라고 재빠르게 쓰더니 몇몇 모퉁이에 우체국, 빵집, 안경점 등을 표시합니다.

"안경점 모퉁이를 돌아서 얼마 더 가면 강이 보일 거야. 그러면 목적지 근처에 온 거야. 다리를 건너면 삼각형 지붕에 깃발 세 개를 꽂은 건물이 보여. 거기가 장난감 박물관이야."

"장난감 박물관?"

"응, 거기엔 온갖 장난감이 다 있어. 도착하면 아시토카 공작소에서 심부름 왔다고 해. 그런데 주의할 게 하나 있어. 이 박물관은 일단 발을 들여놓으면 놀아야만 해."

"놀아요?"

"흠, 박물관장이 좀 까탈스러워. 에르네라고 하는데, 나 같은 어른은 물론 어린아이라도 놀 마음이 없거나 그냥 어른의 심부름으로 온 애는 돌려보내거든."

"논다는 건…… 어떻게 놀면 될까요?"

"나도 몰라. 평소에는 아침 일찍 레이디에게 부탁하는데, 벌써 점심시간이 지났으니까 이제 곧 미시즈가 되니 부탁하기가 좀……"

"네, 다녀오겠습니다."

"그래, 부탁할게. 이 서류도."

피피는 즈키 일기장을 손에 들고 큰 소리로 읽습니다.

"여기저기서 이변이 일어나고 있음. 기억과 기억 장부가 맞지 않고 추억들이 사라짐. 긴급히 확인 바람."

"응, 좋아."

즈키가 손에 쥔 수첩을 탁 닫자 피피의 일기장도 탁 소리를 내며 답합니다.

"그럼 잘 다녀와라."

즈키는 선반으로 돌아서서 이런저런 일이 있기 마련이라고 웅얼거리며 다시 서류 정리에 빠져듭니다.

갈색 봉투를 껴안고 수족관을 나오는데 기둥 뒤에 토코의 모습이 보입니다. 즈키와 피피가 무슨 이야기를 하는지 지켜본 걸까요? 눈이 마주치자 토코는 홱 돌아서더니 작업대로 빠르게 걸어갑니다.

"토코!"

토코는 자리에 앉아 낡은 꼭두각시인형을 손에 듭니다. 관절을 연결한 실을 가위로 뚝뚝 자릅니다.

"토코."

"어."

토코는 얼굴도 들지 않은 채 쌀쌀맞게 대답합니다.

"대단해. 꼭두각시인형이네."

"어."

"방금 즈키가 불러서."

"응, 알아."

"이걸 장난감 박물관에 갖다주고 오래."

"좋겠네, 피피는. 특별 대우를 받아서."

"응?"

"역시 카이저 슈미트의 손녀는 다르네."

토코는 그렇게 툭 내뱉고는 피피와 눈도 마주치려 하지 않습니다. 피피의 가슴이 먹먹해집니다.

피피는 공장을 나와 장인 거리인 한트베르커 거리를 향해 걷습니다. 낙엽 냄새가 콧속을 채웁니다. 겨울을 알리는 차가운 바람이 스치고 갈 때마다 코끝이 찡합니다.

'카이저 슈미트의 손녀는 다르네.'

토코의 말이 귀에 달라붙어 떨어지지 않고 왠지 모를 억울함과 쓸쓸함이 치밉니다.

벽을 따라 잠시 걸어가자 오른쪽에 한트베르커 거리가 보입니다. 웬일인지 문을 닫은 공장이 많습니다. 거리 저쪽에 톱니바퀴광장이 천천히 움직이고 있습니다. 피피는 갱에 도착한 뒤 멈춰 서서 뒤를 돌아봅니다. 즈키 일기장을 꺼내 즈키가 그린 지도 옆 '세 번째'라는 글자에 손가락을 갖다댑니다.

"세 번째 길."

눈앞에 첫 번째 길이 막 지나가는 참입니다. 피피는 두 번째 길이 오기를 기다립니다.

두 번째 길 저편에는 마로니에 가로수가 늘어선 공원이 보입니다. 노란 낙엽이 바람에 날려 축제날 흩날리는 색종이처럼 너울너울 춤을 춥니다. 수백 개는 됨 직한 풍선이 피피의 눈을 사로잡습니다. 마로니에 나무 그늘에서 키 큰 남자가 아이들에게 풍선을 나누어주고 있습니다.

"아."

작은 여자아이가 빨간 풍선을 놓치고 맙니다. 풍선은 바람에 몸을 실은 채 맑고 투명한 겨울 하늘로 사라집니다.

덜덜덜덜 하며 세 번째 길이 다가옵니다. 높은 벽으로 둘러싸인 좁은 길입니다.

"세 번째 길."

피피는 나지막이 웅얼거리며 딱딱한 돌길에 들어섰습니다. 돌바닥의 차가운 기운이 구두 바닥으로 올라오는 듯합니다.

"이곳이 푸라우엔 거리."

피피는 그때까지도 즈키의 이 말을 기억하지 못했습니다.

'갱에 도착하면 뒤돌아서서 세 번째 길이 지나갈 때까지 기다려. 네 번째 길이 네가 갈 푸라우엔 거리다.'

✿

　그 무렵 카를레온에서는 물라노 시장이 시장실에서 시계탑 광장을 내려다보며 돌아가신 아버지를 떠올리고 있었습니다.

　옛날 이 나라에는 큰 전쟁이 일어나 도시들이 파괴되었는데 카를레온도 그때 폐허가 되고 말았습니다. 물라노 시장의 아버지는 전쟁이 끝난 후 카를레온을 다시 세운 장인 가운데 한 사람입니다. 아버지는 전통적인 카를레온의 기법에 최신 과학기술을 도입해 혁신적인 상품을 탄생시켰습니다. 아버지는 장인의 일에 머물지 않고 카를레온을 강 북쪽으로 확장하는 신시가지 설계를 직접 맡았습니다.

　시장은 아버지가 만든 도시 이야기를 들을 때마다 아버지가 참 자랑스러웠습니다. 자신도 어른이 되면 아버지처럼 이 도시에서 장인으로 일하리라고 굳게 믿었습니다.

　그러나 그날을 계기로 모든 것이 바뀌고 말았습니다. 어느 날 밤 아버지가 흰칠하고 풍채 좋은 몸을 축 늘어뜨린 채 비에 흠뻑 젖어 돌아왔습니다.

　"공장 문을 닫게 됐다."

　아버지는 입을 꾹 다문 채 더는 아무 말도 하지 않았습니다.

소문으로는 구시가지 개발에도 착수했는데 갈등에 휩싸이면서 뜻을 이루지 못하고 계획을 단념해야만 했다고 합니다. 그날부터 아버지는 다른 사람이 된 것처럼 말수가 줄고 혼자 방에 틀어박히기 일쑤였습니다.

그로부터 몇 해가 흐른 어느 날입니다. 오래도록 이어지던 비가 금방이라도 눈으로 변할 듯한 기세에 카를레온은 차갑게 얼어붙었습니다. 어머니가 얼굴이 새파랗게 질려 아들 방으로 들어왔습니다.

"아버지가 안 보여."

시장은 어머니와 함께 아버지를 찾아나섰습니다.

짐작 가는 곳이 있었습니다. 아버지가 작업할 때 쓰던 근처 창고입니다. 하지만 창고 문은 굳게 잠기고 아무리 불러도 대답이 없었습니다. 어머니와 함께 카를레온을 샅샅이 뒤졌습니다. 직공들도 모두 나와 아버지 찾는 일을 도왔습니다.

다음 날 아버지는 창고에서 발견되었습니다. 아버지는 스스로 세상을 등졌습니다.

"그때 창고 문을 부수고 들어갔더라면."

시장의 마음속에는 깊은 후회가 남아 있습니다.

혁신하려는 장인의 열정과 긍지를 빼앗긴 탓에 아버지가 죽었다. 낡은 굴레에 얽매여서는 앞으로 나아갈 수 없다. 내가 아버지의 뜻을 이어야 한다.

그날 이후 물라노는 아버지의 원통함을 풀어 주는 일에 삶을 바치기로 마음먹었습니다. 오늘도 카를레온의 하늘은 그날처럼 낮고 두꺼운 구름에 덮여 있습니다. 검은 요원들의 말이 머릿속을 울립니다.

'사람들에게서 과거의 추억을 빼앗고 지금 이 순간의 일만을 생각하게 하면 미래는 우리가 생각하는 대로 이루어집니다.'

책상 앞에 고쳐 앉아 컴퓨터를 켭니다.

요원들이 주고 간 메모리 카드에는 암호가 설정된 파일이 들어 있습니다. 명함에 적힌 비밀번호를 입력하자 표지가 나타납니다.

카를레온 혁신 제안서

날짜 아래 메모리체인 회사의 육각형 로고가 천천히 깜박거립니다.

목차를 클릭하자 항목이 주르륵 펼쳐집니다.

직공 조합의 인물 관계도와 공장 소재지, 카를레온의 역사와 전통을 보존하는 박물관 및 기념관의 위치가 지도와 함께 나타납니다. 이어서 실행 방안이 나옵니다.

제안서는 매우 구체적입니다.

시청에 근무하는 모든 직원이 지혜를 짜내도 이만한 계획을 수립하기는 불가능했을 겁니다. 개혁안 검토 책임자로 임명한 슈미트는 검은 요원들이 이미 수면 아래에서 계획을 진행하고 있으며 모든 일은 곧바로 실행 가능하다고 보고했습니다.

시장의 머릿속에 창고 한구석에 싸늘하게 누워 있던 아버지의 모습이 떠오릅니다. 이 결단은 과연 옳은 것일까? 도시의 추억을 모조리 없애고 마는 것은 아닐까?

카를레온 혁신 계획은 사람들의 생활을 크게 바꿀 것입니다. 하지만 시의 재정은 빠듯해서 좋든 싫든 거세게 밀어닥치는 전 세계 변화의 기류를 따라잡지 못하면 도시 자체가 제 기능을 하지 못합니다.

'개혁에는 고통이 따르기 마련이고 개혁을 하지 않으면 직업을 잃고 길거리에서 방황하는 사람이 늘어날 뿐이야.'

시장은 스스로를 격려하며 전화로 비서를 부릅니다.

"부르셨습니까? 시장님."

"개혁팀을 불러주게. 지금 내가 보낸 파일을 출력해주고. 극비문서니까 조심히 다루게."

"알겠습니다."

시장은 일어나 창 쪽으로 걸어가 다시 광장을 내려다봅니다.

먼 하늘에서 번개가 치더니 고장 난 시계탑에 그날처럼 차가운
비가 쏟아지기 시작합니다.

✿

몇 시간 후입니다.

구시가지 후미진 곳에 위치한 광장에 검은 요원들이 모여 있
습니다. 광장 한가운데에는 우물이 있고 그 옆에 위령비가 불빛
을 받아 빛납니다. 남자들은 위령비를 에워싸듯 서 있습니다.

가운데 남자가 실처럼 얇은 입술을 열었습니다.

"옛날 이 광장에서 비극이 일어났다."

왼쪽 남자와 오른쪽 남자는 조용히 앞만 바라봅니다.

"구시가지에 사는 사람들과 도시를 혁신하려는 사람들 사이
에 갈등이 생겼다."

광장은 쥐죽은 듯 조용합니다. 남자는 아무 말 없이 위령비
를 응시하다가 다시 입을 열었습니다.

"물라노 시장에게 연락은 왔나?"

"좀 전에 왔습니다. 혁신 계획을 실행에 옮기고 싶다고."

"이날을 위해 얼마나 공들여 준비했던가!"

"예. 이제 드디어 우리 계획을 시의 정책으로 실행할 수 있게 됐습니다. 시민의 개인정보도 제공받고요."

"저쪽 세계 움직임은?"

"혁신 계획을 실행하는 즉시 저쪽 계획도 바로 진행하려고 합니다."

"이 도시의 추억을 신속하게 없애야만 해."

"예. 카를레온의 상징인 시계탑 철거를 시작으로 구시가지를 스마트시티로 만들겠습니다."

가운데 남자는 득의양양한 얼굴로 위령비를 내려다보며 말합니다.

"아시토카 공작소가 어디 있는지는 알아냈나?"

"아직 알아내지 못했습니다. 지금 저쪽 세계로 들어가는 입구를 찾고 있습니다."

"서둘러. 옛날처럼 그들이 계획을 저지하는 일이 일어나선 안 돼. 사람들이 다시 추억을 찾게 되면 일이 성가시게 흘러갈 테니까."

"예, 저쪽 세계로 가는 길을 반드시 찾아내 추억 수리 공장이 어디 있는지 알아내겠습니다."

돌바닥 길을 걸어가는 피피의 마음에 점점 불안이 차올랐습니다.

'길을 잃은 것 같아……'

왔던 길로 되돌아가봤지만 어디가 어디인지 도무지 알 수 없고 갱으로 돌아가는 길도 찾을 수 없습니다. 벽돌건물이 즐비한 길이 미로처럼 끊임없이 이어집니다.

불안으로 가슴은 터질 듯하고 다리도 후들거립니다. 날은 완전히 저물었고 집집에서 비어져나오는 희미한 불빛만이 돌바닥을 어슴푸레하게 비출 뿐입니다. 피피는 부르르 몸을 떨며 작업복 옷깃을 세우고 하늘을 올려다봅니다. 얼기설기 처진 빨랫

줄에 걸린 빨래가 춤을 춥니다. 멀리서 까마귀 우는 소리가 들립니다.

더 걸어가자 작은 광장이 나옵니다.

광장 한가운데에는 우물이 있고 주위 돌바닥은 물에 젖어 반짝거립니다. 우물 가까이에는 돌로 된 비석이 하나 서 있습니다. 반질반질 윤이 나는 검은색 돌에는 서로 뒤엉킨 사람들이 괴로워하는 모습이 새겨져 있습니다.

"이게 뭐지?"

그때 뭔가 기척을 느끼고 뒤를 돌아보니 피피 코앞에 희미한 파란 빛이 떠 있습니다. 빛은 얼굴 모양을 하고 있습니다. 어렴풋하게 눈처럼 보이는 부분이 피피를 바라보고 입처럼 보이는 부분이 말을 건넵니다.

"이곳에는 왜?"

피피가 침을 꿀꺽 삼킵니다.

"길을 잃었어요."

빛이 묻습니다.

"어디를 찾니?"

"푸라우엔 거리요."

"푸라우엔 거리 아주 오랫동안 간 적이 없군. 몇 달 아니 몇 년 동안."

빛은 먼 옛일을 떠올리는가 싶더니 잠시 떠다니다 다시 피피 코앞으로 와서는 나지막하고 차분한 목소리로 말합니다.

"여기 있으면 안 돼."

빛이 하나 또 하나 늘어나 광장을 비춥니다.

피피가 겨우 입을 엽니다.

"갱으로 가려면 어디로 가야 해요?"

"갱?"

빛은 기억을 되살리려 애쓰는 것 같습니다.

"그렇군. 이곳에 갇혀 지낸 뒤로는 모든 걸 잊어버렸어."

"이곳에 갇혔다고요?"

"옛날에는 푸라우엔 거리도 갱도 자유롭게 오갔는데. 하지만 그날 밤부터 아무것도 할 수 없게 됐어."

"그날 밤요?"

빛들은 신음을 하며 광장을 메우고 벽이란 벽을 파랗게 물들입니다.

"여기서 나가. 넌 이 기억 속에 있어선 안 돼."

빛들은 한 줄기 강물을 이루더니 땅거미가 진 하늘로 사라졌습니다.

제9장
꿈도 현실도 모두 진짜 세계

정신을 차려보니 피피는 갱 입구에 서 있습니다.

도대체 그 광장은 뭐고, 그 빛의 정체는 무엇일까요?

덜덜덜덜 톱니바퀴광장이 회전하면서 눈앞에 새로운 길이 나타납니다. 길 입구에 걸린 간판에 '푸라우엔 거리'라고 적혀 있습니다. 피피는 멍하니 강을 향해 걸어갑니다.

강에는 아치 모양의 하얀 다리가 놓였는데, 다리 기둥마다 사람과 동물의 얼굴 모양이 새겨져 있습니다. 얼굴 모양 조각은 다리 양쪽에서 서로를 마주 보고 있습니다. 웃는 얼굴, 화난 얼굴, 슬픈 얼굴, 생각에 잠긴 얼굴……

다리를 걸어가는 동안 피피는 갑자기 웃음이 터져나오기도 하고 불쑥 화가 나기도 하고 생각에 잠기기도 했습니다.

희로애락의 다리를 건너고 나자 피피는 모든 감정을 다 토해낸 것처럼 마음이 개운했습니다.

잠시 걸어가자 즈키가 말한 대로 깃발 세 개가 보입니다. 파란색, 노란색, 초록색 깃발에는 각각 작은 곰, 중간 크기의 곰, 큰 곰이 그려져 있습니다. 피피는 어디선가 이 곰 세 마리를 본 적이 있는 것만 같습니다.

날은 완전히 저물었습니다.

피피는 지붕이 세모꼴이고 회반죽과 벽돌로 만든 건물 앞에 섰습니다. 옅은 파란색 벽에는 아치 모양 창문이 여섯 개 있고 건물 오른쪽에 입구 비슷한 문이 보입니다. 올려다보니 창문 몇 군데에서 빛이 흘러나옵니다.

피피는 가방을 껴안고 서류의 무게를 확인하며 문 앞에 섭니다. 선명한 파란색으로 칠해진 나무문 한가운데에 문고리가 붙어 있습니다. 고양이 같기도 하고 너구리 같기도 한 짐승 얼굴 모양 문고리입니다. 활짝 웃는 입이 반짝반짝 빛나는 고리를 물고 있습니다.

고리를 들어올려 두드리자 쾅쾅 둔중한 소리가 납니다.

반응이 없습니다. 한 번 더 두드렸지만 아무런 대답이 없습니다. 순간 피피는 뒤로 물러섰습니다.

고양이인지 너구리인지 문고리의 눈이 빙그르 한 바퀴 돌더니 깜박거립니다. 피피는 조심스레 문에 다가가 고양이인지 너구리인지에게 말을 걸었습니다.

"저, 아시토카 공작소에서 왔습니다. 즈키 심부름으로."

고양이인지 너구리인지가 코를 벌름거립니다.

"놀자, 놀자."

장난감 박물관에 발을 들여놓으면 놀아야 한다는 즈키의 말이 떠올랐습니다. 이미 놀이가 시작된 걸까요?

피피는 팔짱을 끼고 머리를 굴립니다.

"생각하다 보면 놀 수 없어!"

고양이인지 너구리인지가 소리칩니다. 생각하기보다는 손을 움직이는 쪽이 나을 것 같습니다. 피피는 문고리를 잡고 박자를 맞추며 두둥, 두둥, 두둥 소리를 냅니다. 고양이인지 너구리인지가 눈을 빙글빙글 굴리면서 외칩니다.

"더 신나게! 신나게!"

피피는 왠지 기분이 좋아져 쿵짝짝 쿵짝짝 가락을 얹어 문고리를 두드립니다.

끼이익! 문이 서서히 열립니다.

피피는 고양이인지 너구리인지에게 꾸벅 인사를 하고 박물관으로 들어갔습니다.

철컥, 등 뒤에서 문 닫히는 소리가 나자마자 어둑했던 실내가 환하게 밝아지면서 영화에서 본 무도회장 같은 실내가 눈앞에 펼쳐집니다.

황금색 기둥과 색색의 벽. 바닥에 깔린 카펫에는 사계절의 꽃과 풀이 촘촘히 수놓이고 천장에는 거대한 샹들리에가 환히 빛나고 있습니다. 이층 발코니로 이어지는 멋진 계단이 좌우 대칭으로 놓여 있고 계단에서는 각양각색의 큼직한 갑옷과 투구와 가면이 피피를 내려다봅니다.

벽 한 면은 유리장식장이 차지하고 있는데 양철자동차, 헝겊인형, 목제장난감 같은 다양한 놀이도구로 꽉 찼습니다.

천장에는 곤충 날개 모양의 커다란 선풍기가 돌아가고, 프로펠러와 기구, 새 모양의 비행선이 매달려 있습니다.

피피는 동화 속 세계인가 싶어 넋을 놓고 바라봅니다.

"이런 시간에 무슨 일로 왔나?"

건물 자체가 말을 거는 듯 깊고 웅장한 소리가 울려 퍼집니다. 피피는 한 발 앞으로 나아가며 대답합니다.

"아시토카 공작소에서 심부름 왔어요. 즈키가 이걸 전해주라고 했어요."

가방에서 서류를 꺼냈지만 아무런 대답이 없습니다. 피피는 주위를 둘러보았습니다. 계단 아래에 빨간 목마가 보입니다. 피피는 목마에 올라타고는 소리칩니다.

"야호! 야호! 아시토카 공작소에서 왔어요! 즈키가 이걸! 야호! 야호!"

홀은 여전히 조용합니다. 부끄러워서 얼굴이 새빨개졌지만 풀이 죽을 새가 없습니다.

피피는 악기가 놓인 선반에서 양철로 된 큰북을 꺼내 쿵쿵 두드립니다. 카를레온에서는 축제 때면 어릿광대가 거리로 몰려나와 뛰어다니면서 큰북을 신나게 울려대곤 했습니다.

계단 위에서 쿡쿡 웃음소리가 납니다. 박물관장일까요? 피피는 땀을 줄줄 흘리며 북채를 계속 흔들었습니다. 다시 소리가 울립니다.

"이런 시간에 무슨 일로 왔나……의 나!"

피피는 큰북을 치던 손을 멈추고 무슨 말일까 곰곰 생각합니다.

대답이 퍼뜩 떠올랐습니다. 피피는 크게 숨을 들이마시고 소리쳤습니다.

"나는 이렇게 멋진 박물관을 처음 봐. 여기서 계속 놀고

싫⋯⋯어!"

목소리의 주인공이 메아리처럼 말을 받습니다.

"어머나, 잘하네, 처음 보는 아가씨. 그럼 질문. 누구 심부름으로 왔⋯⋯지?"

피피가 서류를 들어올리며 대답합니다.

"지금 막 이곳에 왔지. 아시토카 공작소의 즈키가 이걸 전해주라⋯⋯고!"

목소리의 주인공이 대답합니다.

"고렇다면 빨리 주렴. 이제 거기로 내려가야⋯⋯지!"

피피가 큰 소리로 외칩니다.

"지금 하신 말씀 고맙습니다. 이게 즈키가 부탁한 거예⋯⋯요!"

피피는 끝말잇기 놀이를 하면 목소리의 주인공이 대답을 해주는 걸 알아챘습니다.

서류를 계단 맨 아래쪽에 놓았습니다. 계단에 천장까지 닿을만한 거대한 그림자가 나타났습니다. 피피는 침을 꿀꺽 삼켰습니다. 장난감 박물관장 에르네는 어떤 사람일까요?

그림자의 윤곽이 점점 또렷해지더니 계단에 사람 모양이 나타났습니다.

"어?"

피피의 입에서 탄성이 흘러나왔습니다. 계단에는 피피 키의 절반밖에 안 되는 작은 남자아이가 서 있었습니다.

"네가…… 에르네 관장?"

"응, 당연하지. 당신의 이름은 뭘까나?"

"나는 피피입니다. 아시토카 공작소에서 견습생으로 일하고 있어요."

"이제 끝말잇기는 됐어!"

그렇게 말하며 소년은 폴짝폴짝 오른발로 왼발을 쫓고, 다시 오른발로 왼발을 쫓으며 피피 앞까지 내려왔습니다.

"으흠, 이런 시간에 너 같은 어린애가 찾아오는 일은 거의 없거든."

"죄송합니다. 길을 잃어서 늦었어요."

"레이디는?"

"아, 레이디는 지금……."

"아, 맞다. 이제 곧 할머니가 될 시간이군. 그것보다 뭘 하며 놀까?"

에르네가 치켜올라간 큰 눈을 반짝거리며 피피의 손을 잡습니다.

다섯 살 정도로밖에 안 보이지만 말투는 어른 같습니다. 밤색 머리카락이 사방으로 뻗치고 귀에 걸릴 듯한 입은 방긋 웃고 있습니다. 어깨에 걸친 긴 감색 망토를 가슴께에서 풍뎅이 브로치로 고정했습니다. 어릿광대가 신을 법한 흑백구두가 걸을 때마다 또각또각 소리를 냅니다.

"즈키가 전해주라고 한 말이 있어요."

"즈키? 아, 레이디가 있는 곳 아저씨? 그 사람은 늘 소란을 떨어서 질색이야."

피피는 즈키 일기장을 꺼내 펴고는 심호흡을 하고 단숨에 읽어 내려갔습니다.

"여기저기서 이변이 일어나고 있음. 기억과 기억 장부가 맞지 않고 추억들이 사라짐. 긴급히 확인 바람."

에르네의 얼굴이 갑자기 어른스런 표정으로 바뀌었습니다.

"뭐야, 일 얘기잖아. 재미없게."

말을 마치자마자 에르네는 점점 키가 커지더니 소년에서 청년으로, 청년에서 중년으로, 거기서 다시 백발에 흰 수염을 늘어뜨린 노인으로 변했습니다.

"그럼 놀이시간은 끝."

어리둥절해진 피피에게 에르네가 눈을 찡긋하며 웃습니다.

"자, 서재로 가자. 그 서류를 봐야겠군."

피피는 긴 망토 자락을 밟지 않으려 조심하며 관장의 뒤를 따라갑니다.

박물관의 통로와 벽은 온통 놀잇감으로 가득차 있습니다. 계단을 한 단 한 단 오를 때마다 파이프오르간이 소리를 내며 반주를 하고 초상화의 주인공이 노래를 부릅니다.

"깨금발 뛰기!"

무도회장에는 동그라미, 삼각형, 사각형 모양의 납작한 돌이 잇달아 놓여 있습니다. 에르네가 깨금발로 뛰기 시작합니다. 머리도 수염도 새하얀 노인이 폴짝폴짝 뛰어가는 모습이 어딘가 우스꽝스럽지만 피피도 열심히 깨금발로 뛰며 따라갑니다.

무도회장을 벗어나자 비단카펫이 펼쳐집니다.

"데구루루."

에르네는 몸을 쭉 뻗어 눕더니 빨간색 카펫 위를 데굴데굴 굴러갑니다.

"데구루루."

피피도 어쩔 도리 없이 따라 구릅니다.

왠지 기분이 좋아집니다. 어느 순간 피피는 토코가 퉁명스럽게 대했던 일도, 길을 잃어 두려움에 떨었던 일도 잊었습니다.

복도를 벗어나자 돔 천장에 프레스코화가 그려진 방이 나옵니다. 절반은 태양이 뜬 낮, 절반은 달과 별이 뜬 밤이 그려진 프레스코화가 천천히 돌아갑니다. 가느다란 실에 대롱대롱 매달린 별들이 조명을 받아 반짝거립니다.

"자, 여기가 내 서재야."

"우아."

서재라기보다는 꿈이 가득한 어린이 방 같습니다.

헝겊인형, 로봇, 나무블록, 퍼즐, 색색의 크레용과 물감과 화판, 장난감 집도 마을 하나를 이룰 정도로 많습니다.

에르네는 지붕이 달린 의자에 앉습니다. 피피에게도 옆으로 와서 앉으라고 손짓합니다. 식기 선반이 열리고 찻잔이 붕 뜨더니 피피의 손에 들어옵니다.

"오렌지 차야."

접시에는 초콜릿이 잔뜩 묻은 동그랗게 자른 오렌지가 놓여 있습니다. 찻주전자가 오가며 두 사람의 잔을 채웁니다.

"고맙습니다."

코끝을 스치는 달콤하고 싱그러운 향이 머릿속까지 말끔히 씻어주는 듯합니다. 초콜릿을 깨물자 카카오향이 번지며 오렌지의 새콤달콤한 맛이 입속을 채웁니다.

"그럼 어디 보자."

에르네가 서류를 읽기 시작합니다. 어느새 눈빛은 진지해졌습니다.

그사이 피피는 방 안을 둘러봅니다. 양철로 만든 우주선이 특히 눈길을 잡아끕니다. 산타클로스를 수십 명쯤 태운 우주선이 프레스코화가 그려진 천장을 향해 당장이라도 날아오를 듯합니다. 피피는 어릴 때부터 단 한 명뿐인 산타클로스가 어떻게 전 세계 아이들에게 선물을 전해주는지 궁금했는데 이제 그 비밀을 알 것 같습니다.

에르네는 순식간에 서류를 다 읽고는 나직이 한숨을 내쉬며 돋보기를 벗습니다.

"그래, 그러고보니 요즘 들어 기억과 기억 장부가 서로 맞지 않는 것 같긴 하군."

"기억과 기억 장부요?"

"음. 뭐부터 얘기하면 좋을까!"

에르네가 샘처럼 깊은 눈으로 피피를 바라봅니다.

"피피, 너는 저쪽 세계에서 왔잖니?"

피피가 고개를 끄덕입니다.

"네가 살던 세계와 이쪽 세계는 추억이 오고 가면서 균형을 유지하고 있단다."

"균형이요?"

"밸런스라는 건데."

그때 시소 장난감이 선반에서 붕 떠오르더니 두 사람 앞으로 내려옵니다. 빨간색, 파란색, 초록색이 칠해진 나무로 된 시소 인데 양쪽에 무게 추를 놓을 수 있는 접시가 달려 있습니다.

"오른쪽이 네가 있던 저쪽 세계, 왼쪽이 지금 있는 이쪽 세계 라고 해두자."

"네."

피피가 푹신푹신한 방석 위에서 자세를 고쳐 앉습니다. 에르 네 관장은 시소 양쪽에 무게 추를 두 개씩 얹었습니다.

"저쪽 세계의 추억은 이쪽 세계로 운반되어 오지. 추억이라 는 것은 꼭 아름다운 것만은 아니란다. 오히려 상처 입은 추억 이 훨씬 많은 법이지."

관장은 시소 오른쪽에서 왼쪽으로 무게 추를 하나 이동시킵 니다. 시소 왼쪽이 천천히 아래로 기울어집니다.

"이쪽 세계에선 상처받은 추억을 수리한단다. 며칠 만에 끝나 기도 하지만 때론 몇 달, 몇 년이 걸리기도 하지. 지사마와 장 인들이 고쳐 놓은 추억은 다시 저쪽 세계로 보내진단다."

관장은 무게 추를 제자리로 이동시킵니다. 시소가 다시 균형을 되찾습니다.

"저는 할아버지가 준 로봇을 고치고 싶어서 이쪽 세계로 왔어요. 그것도 상처받은 추억일까요?"

"그렇구나. 피피처럼 추억의 주인이 직접 찾아오는 일은 요즘엔 거의 없단다. 옛날에는 저쪽 세계와 이쪽 세계 사람들이 자유롭게 오갔는데 말이다."

"저쪽 세계 사람들이 왜 이쪽 세계에 오지 않게 됐나요?"

"네 할아버지 같은 사람이 점점 줄어들었기 때문이지. 이를테면 저쪽 세계에선 물건이 부서지면 지금은 어떻게 하니?"

피피의 머릿속에 최신 게임기를 들고 웃는 리나와 친구들 모습이 떠올랐습니다.

"새것을 사요."

"그렇지. 새로운 물건을 손에 넣으면 지금껏 소중히 여겼던 물건을 금세 잊고 말지. 계속 새로운 게 갖고 싶어지고."

"추억도 마찬가지라는 말인가요?"

"사람들이 과거를 돌아보는 일을 잊고 점점 더 새로운 것만 찾아 달려가고 있어. 그러는 사이 저쪽 세계 사람들은 이쪽 세계의 존재를 잊게 된단다."

"할아버지가 말씀하셨어요. 과거를 소중히 여기지 않는 사람은 미래로 나아갈 수 없다고."

"음. 카이저다운 말이구나."

"저희 할아버지를 아세요?"

"물론이지. 카이저는 훌륭한 장인이었어. 종종 이곳에 오곤 했지. 저쪽 세계에서 사명을 완수한 추억을 들고 말이야."

에르네는 잠시 생각에 잠겼다가 피피를 걱정하는 얼굴로 묻습니다.

"즈키도 궁금해하던데 할아버지는 어떻게 돌아가셨니?"

피피가 고개를 숙입니다.

"할아버지가 돌아가실 때 일이 기억나지 않아요."

"기억하지 못하는 게 아니라 떠올릴 수 없는 것일지도 모르겠구나."

"네……?"

에르네는 일어나서 천천히 서재를 걷습니다.

"이곳에 있는 물건은 모두 예전에 누군가의 물건이었단다. 오랫동안 누군가의 손길이 닿았던 물건들이지."

에르네가 헝겊인형으로 꽉 찬 선반을 열더니 인형을 하나 꺼냅니다.

"이 인형은 저쪽 세계에서 세 살짜리 여자아이가 갖고 놀던 거란다."

수달인형입니다. 닳고 해진 인형은 헝겊을 덧대 기운 자국이 여기저기 있습니다.

"슬프게도 여자아이는 어린 나이에 죽었지. 하지만 그 추억은 이곳의 직공들이 고쳐놓아 지금 여기에 있단다."

"저쪽 세계로 돌려보내지 않은 거예요?"

"물론 돌려보냈지. 여자아이의 엄마와 아빠는 이 인형을 그야말로 소중히 간직했단다. 두 사람도 세상을 떠나자 인형은 이곳으로 왔어. 아주 먼 옛날 일이지. 이 박물관에 있는 물건들은 모두 추억이 해야 할 일을 다 마친 것들이란다."

피피는 인형을 손에 쥐었습니다. 정말 낡은 인형입니다. 갈색 눈알은 플라스틱이 아니라 나무의 진액으로 만든 것 같습니다. 눈알에 생긴 작은 기포가 조명을 받아 반짝반짝 빛납니다.

"추억이 꼭 뚜렷한 모습을 띠고 있는 건 아니란다. 이쪽 세계 장인들이 열심히 일하는 만큼 저쪽 세계 사람들의 마음도 풍요로워지지. 저쪽 세계 사람들이 추억을 소중히 여기면 이쪽 세계도 활기를 띠고 말이야. 그런데 요즘 그런 균형이 무너지고 있다는구나."

"왜 그렇게 된 거예요?"

"모르겠다. 하지만 즈키와 지사마가 힘든 상황에 빠진 것만은 틀림없어. 두 사람이야 대단치 않게 여기겠지만 말이다. 분명 즈키는 이렇게 말할걸."

"이런저런 일이 있기 마련이지. 그렇게요?"

"그래, 이런저런 일이 있기 마련이지."

에르네가 빙긋이 웃습니다.

"자, 놀기만 하다간 즈키와 지사마에게 한소리 들을 테니 난지금부터 원인을 찾으러 가봐야겠다. 피피, 오늘은 여기서 묵고 가렴. 공장에는 내가 연락해둘 테니."

눈 깜짝할 사이에 방 한가운데에 작은 테이블이 마련됩니다. 커다란 의자, 중간 크기 의자, 조그만 의자 그리고 또 하나 피피가 앉기에 딱 알맞은 크기의 의자가 놓였습니다.

"마음껏 먹어라. 이곳의 저녁식사는 좀 별나다만."

"혹시 놀면서 밥을 먹어야 하는 건가요?"

"설마! 전 세계 어디를 가봐라. 놀면서 밥을 먹게 하는 곳이 있을까! 뭐, 저쪽 세계에서는 선 채로 식사하는 기묘한 습관이 있는 것 같긴 하다만……."

에르네가 손가락을 튕깁니다.

"우아, 저녁시간이다!"

피피의 눈이 휘둥그레집니다. 양탄자 위를 굴러다니던 아기 곰 인형이 벌떡 일어서더니 강중강중 걸어와 가장 작은 의자에 앉습니다.

"어머, 저녁시간이구나."

높이 쌓인 쿠션 틈에서 중간 크기 곰 인형이 얼굴을 내밀더니 중간 크기 의자에 앉습니다.

"음, 저녁시간이로군!"

산처럼 쌓인 헝겊인형이 와르르 무너지는가 싶더니 그 안에서 커다란 곰인형이 나타나 제일 큰 의자에 앉습니다.

피피는 눈이 휘둥그레진 채 입이 벌어졌습니다. 에르네가 피피에게 눈을 찡긋합니다.

"박물관 직원들이야. 미샤, 메샤, 무샤. 먼저 먹으면 안 돼, 미샤!"

"안다고요!"

미샤라고 불린 아기 곰 입이 삐죽 나옵니다.

"어서 앉아! 배고파!"

중간 크기 곰이 웃으며 말합니다.

"안녕, 피피? 아까부터 얘기는 들었어. 길을 잃어서 놀랐지?

오늘은 여기서 푹 쉬었다 가렴."

"메샤, 그 전에 저녁식사부터 해야지. 자, 피피, 미샤 앞에 앉으렴!"

커다란 곰이 방이 쩌렁쩌렁 울리도록 큰 소리로 말합니다.

중간 크기 곰이 엄마 곰 메샤, 커다란 곰이 아빠 곰 무샤입니다.

"자, 그럼 편하게 쉬렴!"

에르네는 지팡이를 짚으며 밖으로 나갔습니다.

곰 세 마리가 눈을 반짝거리며 피피를 바라봅니다. 피피는 살짝 고개를 숙여 인사하고 딱 알맞은 크기의 의자에 앉았습니다.

"우아! 오늘은 손님이 있어서 좋다!"

미샤가 스푼과 포크를 손에 쥐고 테이블을 탁탁 내리칩니다.

"미샤, 조용히 하렴."

"왜 그래! 오랜만에 손님이 왔잖아!"

"피피, 이렇게 와줘서 고마워. 아침식사에 레이디가 온 적은 있지만 저녁식사 때 손님이 온 적은 거의 없거든."

"천천히 많이 먹어. 아침이 올 때까지 꿈속에서 신나게 놀아야 하니까."

"꿈속에서?"

"자, 자! 밥부터 먹자!"

미샤가 이리저리 눈을 굴리며 윙크를 합니다.

"그럼 내가 먼저 할 테니까 잘봐!"

미샤가 눈을 감더니 머리를 천천히 돌리면서 중얼거립니다. 작은 접시가 덜거덕거리며 흔들립니다. 접시 주위로 바람이 몰아치더니 미샤의 보드라운 털을 훑고 지나갑니다. 공기가 달라졌다고 느낀 순간 쉭쉭 소리가 나더니 접시 위에 분홍빛 생선이 나타났습니다.

"버터소스 연어스테이크!"

미샤가 소리칩니다. 싱싱하고 두툼한 연어 살 위에 황금빛 버터소스를 듬뿍 끼얹은 것이 무척 먹음직스럽습니다. 큼직한 구운 사과에서 올라오는 달콤한 냄새가 피피의 코를 간지럽힙니다.

"채소도 좀 먹어야지, 미샤!"

메샤가 한마디 하자 미샤의 접시에 마치 나무가 자라듯 데친 브로콜리가 올라옵니다.

"칫, 딱 먹기 좋게 준비해놨는데!"

미샤가 투덜댑니다.

"자, 다음은 내 차례."

메샤가 눈을 감고 중얼거립니다.

콩닥콩닥 소리와 함께 메샤의 접시에 먹음직스러운 샐러드가 산을 이룹니다.

"다이어트 중이거든."

양상추, 케일, 물냉이, 치커리 위에 토마토와 말린 과일, 견과류가 쏙쏙 박혀 있습니다. 커다란 나무에 알록달록한 새들이 여기저기 앉아 있는 듯한 모습입니다.

"이따가 밤에 또 케이크 먹고 싶다고 하는 거 아냐?"

"쓸데없는 참견은 사양할게, 여보!"

무샤가 허허 웃더니 눈을 감고 온몸에 힘을 줍니다.

펑 소리가 나더니 철판 위에 지글지글 익어가는 고기가 나타났습니다. 불꽃놀이라도 벌어진 듯 요란한 소리를 내며 육즙이 끓습니다. 무샤는 육즙을 숟가락으로 뜨더니 황홀한 표정을 지었습니다.

"음, 최고야 최고."

"자, 이번엔 피피 차례야."

미샤가 테이블 앞으로 몸을 쑥 내밀었습니다.

"어떻게 하면 돼요?"

"머릿속에 떠올리기만 하면 돼. 지금까지 먹었던 음식 중에 가장 맛있었던 걸 떠올려봐!"

가장 맛있는 음식이라……! 셀 수 없이 많은데 어쩌죠?

피피는 운동회날 엄마, 아빠와 함께 먹은 도시락도 잊을 수 없고 생일이나 크리스마스에만 먹을 수 있는 바움쿠헨도 생각납니다. 미스가 만들어준 시폰케이크도 빼놓을 수 없고요.

눈을 감자 눈꺼풀 위로 카를레온 성터에서 내려다본 석양이 떠오릅니다. 접시가 덜거덕거리는 소리가 나고 코끝에 회오리바람이 이는 듯해서 눈을 떴습니다.

접시에는 샌드위치가 놓여 있습니다.

"샌드위치? 좀 더 특별한 것으로 하지 그랬어."

몸을 앞으로 쑥 내민 채 툴툴거리는 미샤를 메샤가 타이릅니다.

"맛있어 보이는걸. 아마 이 샌드위치가 피피에게는 특별한 음식일 거야."

"자, 그럼 맛있게 먹겠습니다!"

"응, 잘 먹겠습니다!"

"잘 먹겠습니다."

미샤, 메샤, 무샤는 각자의 음식을 먹기 시작합니다.

피피는 접시에 놓인 샌드위치를 물끄러미 바라봅니다. 마음은 다시 카를레온으로 날아갑니다.

석양이 지평선 너머로 저물어가고 낮은 구름은 신기루처럼 둥둥 떠다닙니다. 저녁 해를 한몸에 받은 광장의 시계탑이 은은한 빛으로 화답합니다.

피피는 할아버지와 함께 제힘으로 처음 성터까지 올라갔던 때를 떠올립니다. 할아버지가 종이봉투에서 예부터 카를레온 사람들이 먹었던 호밀빵을 꺼냅니다. 속이 꽉 찬 빵을 두텁게 자르고 그 위에 크림치즈를 담뿍 바릅니다. 양상추를 한가득 올리고 다양한 종류의 햄과 소시지를 얇게 썰어 얹고는 식초와 소금으로 간을 합니다. 샌드위치가 뚝딱 완성됐습니다. 할아버지는 피피가 먹기 편하도록 샌드위치를 양손으로 꽉 누른 뒤 냅킨으로 감싸 건네줍니다.

입을 크게 벌려 한입 베어 물었습니다. 싱싱한 양상추가 아삭하며 부서집니다. 고기 맛과 그을린 나무향이 어우러져 코끝으로 들어옵니다. 호밀빵의 고소한 향이 크림치즈와 뒤엉켜 다투는데 혀뿐만 아니라 잇몸도 그 맛을 음미합니다. 목에서 꿀꺽 소리가 납니다. 피피는 지금 이쪽 세계에 있는지, 저쪽 세계에 있는지, 할아버지가 살아 있을 적 추억의 세계에 있는지, 어리둥절할 따름입니다.

그리고 한 장면이 갑자기 되살아납니다. 할아버지 공방에서 나와 집을 향해 걸어가는 장면입니다.

시간은 밤. 피피는 할아버지 손을 꼭 잡고 있습니다. 어깨에 멘 책가방 속에서 프리츠가 덜컹덜컹 소리를 냅니다. 할아버지는 시계탑광장에서 발을 멈추고 피피 어깨에 걸쳐진 숄을 잘 여며주고는 시계탑을 올려다봅니다.

"여기서 잠깐 기다리렴. 할 일이 있구나."

기억은 거기에서 끊깁니다.

피피의 눈에서 눈물이 뚝뚝 떨어집니다.

얼굴을 들자 곰 세 마리가 미소를 지으며 피피를 바라보고 있습니다.

피피도 눈물을 훔치며 웃습니다.

"맛있어요."

그날 밤 피피는 곰 세 마리의 품속에서 잠들었습니다.

따뜻하고 보드라운 품속에서 잠이 든 동안 피피는 미샤와 노는 꿈을 꾸었습니다. 꿈속에서 피피는 산타클로스 우주선을 타고 세계 곳곳을 여행합니다. 동방의 나라에서 갑옷과 투구를 몸에 걸치고 왕자님을 지키기 위해 싸우기도 하고, 태양이 이글거리는 사막을 낙타를 타고 휘달려보기도 합니다.

미샤는 아기 곰인데도 아는 게 많습니다.

"왜냐면 매일 밤 이렇게 전 세계를 여행하거든."

"혼자서 외롭지 않아?"

"무샤도, 메샤도 혼자서 여행하는걸."

미샤는 부모님을 엄마, 아빠라고 부르지 않고 이름으로 부릅니다.

"여행은 혼자 하는 거래. 여행하다 보면 온갖 친구를 만날 수 있거든. 아침에 일어나면 모두 사라지지만. 그래서 피피, 너랑 이렇게 함께 여행할 수 있어서 정말 좋아!"

미샤는 커다란 날개를 퍼덕이는 독수리 등에 올라타며 웃습니다. 이제 미샤와 피피는 깊은 협곡을 빠져나와 꿈 세상의 가장 큰 폭포 속으로 날아가려 합니다.

"피피."

"왜?"

피피도 다른 독수리 등에 올라탑니다.

"피피는 왜 이쪽 세계에 왔어?"

"할아버지가 준 로봇인형을 고치고 싶어서."

"엄마와 아빠는?"

"아마 내 걱정을 하고 있을 거야. 하지만 즈키가 저쪽 세계와 이쪽 세계는 시간이 다르다고 했으니까."

"응. 로봇은 왜 망가졌어?"

"망가트렸어."

"누가?"

"리나가……."

"리나?"

"같은 반 애야. 모두 내가 싫대."

"흠."

미샤는 별일 아니라는 표정으로 독수리의 등을 쓰다듬습니다.

"왜 모두 피피를 못살게 굴까?"

"모르겠어."

"피피는 어떻게 생각해?"

"어쩔 수 없지. 난 애들이랑 다르고 이상하니까. 어차피 늘
혼자였어."

"피피는 로봇을 고치면 어떻게 할 거야?"

"글쎄."

피피가 늘 생각하던 일입니다.

피피는 아직 열 살입니다. 엄마와 아빠도 만나고 싶고, 계속
이쪽 세계에 있을 수 없다는 것쯤은 압니다. 하지만 지금은 이

쪽 세계에 있는 자신이 진짜 자신처럼 느껴집니다. 이곳에 온 뒤 피피는 이대로 아시토카 공작소에서 장인이 되고 싶다는 생각도 들었습니다.

피피의 마음을 읽기라도 한 듯 미샤가 말합니다.

"피피, 저쪽 세계보다 이쪽 세계가 좋지?"

피피는 잠시 생각에 잠기더니 중얼거립니다.

"전부터 이상하게 생각했어."

"뭘?"

"깨어 있을 땐 눈을 감으면 아무것도 안 보여. 그런데 눈을 감고 잘 때면 저쪽 세계가 또렷이 보이고 빛과 바람도 느낄 수 있어. 무서운 꿈도 꾸고 기분 나쁜 꿈도 많이 꾸지만, 꿈이 모두 현실처럼 생생해. 하지만 난 언젠가는 현실로 돌아가야 하겠지."

미샤가 독수리의 머리를 쓰다듬습니다.

"그건 아냐. 어느 쪽 세계든 다 진짜거든."

"응?"

미샤는 당연한 일이라는 듯한 얼굴로 피피를 바라보다가 외칩니다.

"자, 가자!"

그러고는 곧바로 독수리에게 착 달라붙어 협곡으로 내려갑니다. 미샤를 태운 독수리는 눈 깜짝할 사이에 점처럼 작아졌다가 어느 순간 희뿌연 안개 속으로 사라집니다.

피피를 태운 독수리가 고개를 돌려 무엇이든 빨아들일 것 같은 눈으로 피피를 쳐다봅니다. 무서워할 거 없어. 이렇게 말하는 것 같습니다.

피피는 심장 박동 소리가 빨라지는 걸 느끼며 독수리 날개를 쓰다듬었습니다. 눈을 감고 두 발에 힘을 줍니다. 그 힘에 호응하듯 독수리 몸통이 부풀어오르는 순간, 몸이 붕 뜨는가 싶더니 강력한 저항이 허리를 강타하고 격렬한 충격이 온몸을 뚫고 지나갑니다.

눈을 뜨자 눈앞에 새파란 하늘이 펼쳐집니다. 저 멀리서 미샤가 협곡을 천천히 활공하며 손을 흔듭니다. 피피는 조금씩 고도를 낮추며 있는 힘껏 소리를 내지릅니다.

"대단해! 미샤, 대단해!"

"우하하! 잘했어 피피! 따라와!"

깎아지른 협곡을 독수리 두 마리가 나란히 빠져나갑니다.

미샤를 태운 독수리가 날개가 부딪히지 않도록 몸을 기울여 피피를 태운 독수리에게로 다가옵니다.

"우리가 진짜라고 믿는 세계는 사실 하나가 아냐. 피피가 있던 세계든 이쪽 세계든 모두 진짜 세계야."

피피는 어젯밤 일을 떠올립니다. 샌드위치를 입에 무는 순간 피피는 분명 카를레온 성터에 있었고 할아버지의 존재를 느꼈으니까요.

"알았다! 꿈은 꿈이고 현실은 현실, 이게 아니라는 거지!"

"바로 그거야!"

미샤는 작은 엄지손가락을 세워 보이고는 피피에게서 멀어집니다.

"피피! 놀랄 만한 얘기 하나 해줄까?"

"뭔데?"

"밖에 있을 때 이대로 그냥 집으로 돌아가면 좋겠다고 생각한 적 있어?"

"있지! 수업시간에 졸릴 때 이대로 그냥 내 방 침대로 들어가면 좋겠다고."

"그게 말이야."

미샤가 씩 웃습니다.

"정말로 된다니까!"

갑자기 독수리가 움직임을 멈춥니다. 주위를 둘러보니 발밑의 숲도 바람도 구름도 그 자리에 정지하고 있습니다. 소리를 지르려는 순간 모든 것이 사라지고, 피피는 아래로 아래로 떨어집니다.

눈을 뜨니 이불 속입니다. 피피는 잔뜩 굳은 몸에서 스르르 힘을 빼며 일어났습니다. 토코가 옆 침대에서 숨소리를 내며 자고 있습니다. 모든 게 꿈이었을까요?

쿵 소리가 납니다. 머리맡에 즈키 일기장이 놓여 있습니다. 일기장을 펼치자 다음 페이지에 이렇게 써 있습니다.

시간을 아주 많이 잡아먹긴 했지만 심부름 하느라 수고했어.

에르네가 아주 즐겁게 잘 놀았다고 하더구나. 놀지만 말고 일도 좀

제대로 하면 좋겠는데 말이야.

어쨌든 고맙다. 내일부터 다시 열심히 하렴.

즈키

제10장
카를레온 개혁 프로젝트

피피가 미샤와 함께 꿈속 세상을 여행하고 공장으로 돌아올 무렵. 카를레온 시청 시장실에서는 물라노 시장과 피피의 아빠가 검은 요원들과 마주하고 있습니다.

"오호, 훌륭해. 혁신 계획이 아주 순조롭게 진행되고 있군."

"저희 또한 무척 기쁩니다. 이 모든 게 시장님과 슈미트 씨, 직원 여러분이 개혁을 위해 끊임없이 노력한 덕분입니다."

메모리체인 회사가 제공하는 다양한 미디어와 서비스가 벌집 모양을 그리면서 화면에 나타납니다.

일기, 사진, 동영상 등 그때그때의 추억을 곧바로 보관할 수 있는 서비스.

남보다 자신을 더욱 돋보이게 만드는 애플리케이션.

줄거리도 없이 그냥 지금 즐기라고 만들어진 게임.

그럴싸한 명칭이 붙었지만 모두 사람들의 추억을 보관한다고 내세우며 지금 이 순간의 재미만 추구하고 과거의 일도 미래의 일도 생각하지 않게 만드는 것들입니다.

이제 사람들은 스마트폰만 들여다보며 살아갑니다. 시시각각 생겨나는 어마어마한 데이터를 잘 저장해두었다고 안심하는 한편, 끝없이 나타나는 새로운 자극을 좇느라 정신이 없습니다. 메모리체인 회사가 카를레온에서 제공받은 개인정보를 기반으로 시민들의 생활 전반을 지배하고 있다는 사실을 전혀 눈치채지 못한 채 말이죠.

시장은 만족스런 표정으로 고개를 끄덕입니다.

"지금까지의 일을 바꾸는 것이 아니라 새로운 일을 만들어냄으로써 옛일의 가치를 잊어버리게 하는 일이 가능하리라곤 미처 생각을 못 했네."

"인간은 늘 불안에 휩싸인 채 살아가는 동물입니다. 일자리가 없어진다는 말을 들으면 반대하죠. 과학기술의 발달로 새로운 일이 생겨난다고 바꿔 말했을 뿐인데 불안이 희망으로 바뀝니다."

"기계는 인간의 일을 없애는 게 아니다, 인간에게 할 일을 만들어준다, 이런 상황을 만들면 된다는 말인가?"

"대부분의 일은 본래 무의미한 것입니다. 의미가 없는 일에 의미를 부여하는 것이 오늘날 일의 본연의 모습인 셈이죠."

"비즈니스 세미나, 컴퓨터 교실, 어학 교실, 주식 투자. 개혁을 향한 시민들의 의욕이 무진장 샘솟고 있네."

"따님도 특별 진학 과정으로 전입시키는 게 어떨까요?"

"리나도 새로운 시대를 헤쳐나가려면 그에 맞는 능력을 길러야겠지."

"시에 대한 투자도 순조롭게 이루어지고 있습니다. 개발은 역대 최대 규모가 될 것이고 이에 따른 고용 창출로 도시가 발전할 겁니다."

"그사이에 박물관과 기념관을 휴관해 공식 기록을 다시 쓴다는 건가?"

"인간의 기억은 그야말로 애매모호합니다. 인간은 눈앞에 있는 현실보다도 정보로 기록된 것을 진실이라고 믿으며 의심하지 않는 법이죠."

"흠, 재정 위기나 인원 감축을 이유로 들면 반대하는 사람은 아마 없을 거야. 과거에 이 도시에서 무엇을 만들었고 어떻게 살아왔는지 관심을 갖는 자는 이제 없어."

"예. 과거의 추억을 잊게 하고 지금 이 순간만을 생각하게 하면 이 도시의 미래는 시장님이 바라는 대로 될 겁니다."

"이걸 보고 깜짝 놀랐네."

시장이 스마트폰에서 게임 애플리케이션을 엽니다. 카를레온 지도 위에 마법사 복장을 한 캐릭터가 서 있는 화면이 나타납니다.

"이 게임이 이렇게까지 인기를 끌 줄이야."

메모리체인 회사가 만든 '클린 위치'라는 게임입니다.

게임의 목적은 플레이어가 마법사가 되어 스마트폰을 손에 쥐고 거리를 걸으며 세상을 깨끗이 청소하는 것입니다. 낡은 건물과 시설을 찾아 다니면서 건물을 남겨야 하는지 부숴야 하는지 투표로 평가하는 게임입니다. 많은 곳을 돌아다니고 투표를 많이 할수록 레벨이 올라가며 희귀 아이템도 많이 얻을 수 있습니다.

클린 위치는 '즐기면서 거리를 깨끗하게 만드는 차세대 서비스'로 순식간에 전 세계로 퍼져나갔습니다.

시장은 멈춘 시계탑을 향해 스마트폰을 치켜들었습니다. 얼마 전 여론조사에서는 시계탑 철거에 찬성하는 표가 급격히 증가했습니다.

"시계탑 철거를 반대하는 사람이 많아 손쓸 도리가 없었는데……."

"예. 찬성표가 일정 수치에 도달하면 반대파의 목소리는 싹 사라질 겁니다. 그게 여론이지요."

"흠."

"시장님, 카를레온의 상징인 시계탑 철거를 계기로 구시가지의 스마트시티화를 진행하면 어떨까요? 이제 시민들이 과거에 얽매이는 일은 별로 없습니다. 카를레온의 미래는 시장님이 만들어가게 됩니다."

시장의 머릿속에 문득 어린 시절 아버지와 함께 시계탑을 올려다보던 기억이 떠올랐습니다. 하지만 시계탑 철거는 시민의 선택입니다. 이제 시각에 맞춰 광고가 표시되는 디지털시계가 낡은 시계탑을 대신해 카를레온의 상징이 될 예정입니다. 후원자들이 몰려들어 막대한 투자를 할 테니 시의 재정도 넉넉해질 것입니다.

벌써부터 각지에서 카를레온의 개혁을 배우려는 취재와 견학 의뢰가 쇄도합니다.

"시장님."

가운데 남자가 가느다란 일직선 모양의 입을 엽니다.

"오늘 한 가지 부탁이 있습니다만……."

"뭔가?"

"어떤 장소를 찾고 있는데 협력해주셨으면 합니다."

"어딘데?"

"이 도시 어딘가에 저희가 찾는 장소가 있습니다. 그곳을 찾는 일을 좀 도와주셨으면 해요."

"그야 간단하지. 슈미트, 자네가 도와주게."

"예. 개혁에 필요한 일이라면 기꺼이 돕겠습니다."

검은 요원들의 사각형 얼굴에 엷은 미소가 번졌습니다.

✿

어느 날 밤늦게 피피가 즈키 일기장을 펴자 이런 답장이 적혀 있었습니다.

오늘 오전에는 분류실에서 일하지 않아도 되니까 지사마 방으로 와라.

즈키

최근에 피피는 즈키가 한밤중 몇 시에 답장을 주는지 알게 됐습니다. 문득 눈이 뜨여 잠시 즈키 일기장를 봤는데 페이지가 펄럭펄럭 넘어가더니 동글동글한 글씨가 나타났습니다.

오늘은 페이지 한 모퉁이에 담뱃불 자국이 남아 있습니다. 마음이 어수선합니다. 직공실이나 식당에서 지사마를 본 적은 있지만 방에 가는 건 이 공장에 온 첫날 이후로 처음입니다.

작업복으로 갈아입고 창고로 향했습니다.

아침 일찍부터 배송 트럭이 쉼 없이 들어오는 게 왠지 평소와 분위기가 다릅니다. 로노는 쏟아져 들어오는 짐을 정리하느라 정신이 없습니다.

"로노."

"아, 피피, 안녕. 잠깐 기다려, 순서대로 옮기지 않으면 엉망이 되거든! 잠깐 기다리라니까!"

로노는 매우 초조해 보입니다.

"죄송해요. 로노. 즈키가 불러서 오전 일을……."

"그래그래, 괜찮아요, 괜찮아. 다녀오세요."

트럭 운전사들이 질렸다는 얼굴로 혀를 내두릅니다.

"또 반품이라니까요."

"많아도 너무 많아요."

"안타깝네요. 애써서 고쳤는데 안 받겠다니."

"우리야 아직 버틸 만하지만. 저쪽 세계는 큰일이 났나봐요. 배송 기사들이 배송일에 반품일까지 겹쳐서 자나깨나 운전대를 붙잡고 있다고 하니까요."

이쪽 세계와 저쪽 세계에서 무슨 일이 일어나고 있는 것 같습니다. 에르네 관장이 했던 말과 관계가 있는 걸까요?

피피는 중앙홀로 향합니다.

로노를 돕는 직원이 소리관을 통해 어딘가로 연락을 하고 있습니다. 미야라는 이름의 생쥐처럼 생긴 직원입니다.

"창고에서 스무 상자 빼내서 지하로 옮길 수 있을까?"

"안 돼요, 안 돼. 어제 옮긴 것도 하나도 정리를 못 했어요."

"오늘 안에 창고가 꽉 찰 것 같은데."

"흠, 어쩌죠? 좀 서두르라고 얘기해볼게요!"

엘리베이터를 타고 오층을 누르려는데 미야가 문틈으로 재빨리 뛰어듭니다.

"아, 피피! 미안. 급한 일이 있어서 그러는데 아래로 먼저 내려가도 될까?"

"아, 네, 물론이죠."

미야가 지하층 버튼을 누릅니다.

"아, 큰일이네. 이런 일은 처음이야!"

미야는 불안한 얼굴로 서류에 숫자를 적습니다.

서류에는 '반품 목록'이라고 적혀 있습니다. 나라 이름, 도시 이름, 주소 옆에 물품 이름과 주인 이름이 쓰였습니다. 엘리베이터가 지하에 멈추고 문이 열립니다.

"미안, 피피!"

미야는 구르듯이 뛰쳐나갑니다.

어두컴컴한 지하층은 벽돌 벽으로 이어져 있습니다. 엘리베이터 문이 닫힌 뒤에도 지하층에서 스며든 곰팡이와 톱밥냄새가 찬 공기에 뒤섞여 엘리베이터 안에 그대로 남았습니다.

피피는 오층 버튼을 누릅니다. 엘리베이터가 일층에 멈추더니 문이 열리고 토코가 동료와 함께 탑니다.

"아."

어색한 공기가 흐릅니다.

토코는 오층 버튼에 불이 켜진 것을 보더니 피피에게서 등을 돌린 채 중얼거립니다.

"지사마에게 가는 거야?"

"응…… 즈키가 불러서."

토코는 한숨을 푹 쉬고는 심술이 잔뜩 난 목소리로 내뱉습니다.

"카이저 슈미트의 손녀는 좋겠네!"

가슴 한구석이 아립니다.

이층 문이 열리자 토코는 피피에겐 눈길조차 주지 않고 직공실로 들어가버립니다. 피피는 금방이라도 쏟아질 것 같은 눈물을 참으며 문이 닫히기를 기다립니다.

지사마의 방으로 이어지는 복도를 걸어갑니다. 벽에는 처음이 복도를 걷던 날 봤던 그림 말고도 설계도, 사진, 수채화 등이 더 걸려 있습니다.

작은 사진에 눈길이 머뭅니다. 빛바랜 정사각형 사진에는 세 남자가 찍혀 있습니다. 나이는 스물 후반쯤일까요? 키가 크고 성실해 보이는 남자 옆에 코트 주머니에 손을 찔러 넣은 눈썹 짙은 남자가 지사마 같습니다.

그리고 지사마 옆에는…….

"할아버지……?"

할아버지가 옛날에 지사마와 함께 일했나? 저 키 큰 사람은 누구일까?

피피는 잠시 사진을 들여다본 뒤 방문을 두드렸습니다.

"들어오세요."

지사마의 목소리입니다.

"안녕하세요."

문을 열었더니 즈키와 지사마가 소파에 앉아 있습니다.

"어서 앉아."

즈키가 재촉합니다. 지사마가 파이프에 불을 붙이고 크게 들이마십니다. 큰 코와 입 그리고 귀에서도 연기가 납니다.

"네."

피피는 가방에서 즈키 일기장을 꺼낸 뒤 의자에 앉습니다.

얼굴을 들었더니 지사마가 피피를 빤히 쳐다보고 있습니다. 눈길을 피하려다가 그대로 지사마의 눈을 바라봅니다. 지사마는 피식 웃으며 연기를 뿜습니다.

"피피, 내일부터 이 방에서 일하세요."

"어?"

피피가 벌떡 일어납니다.

"저, 저는 지금 일도 잘 못하는데다가 토코랑 다른 직공들도 있는데 제가 여기서 일하면……."

지사마의 눈이 동그래지더니 푸하하 웃음이 터집니다.

즈키가 피피를 홱 노려봅니다.

"쓸데없는 생각 말고!"

"하지만 전 아직 지사마를 도울 실력이 안 돼요."

"돕는다고? 피피, 넌 네가 누군가에게 도움이 되는 인간이라고 생각하니?"

"아뇨, 지금은 아직. 하지만 언젠가는……."

즈키가 몸을 앞으로 내밀며 피피의 얼굴을 들여다봅니다.

"남을 돕는다는 생각을 하는 순간 이미 큰 착각을 하고 있는 거야. 됐으니까 잔말 말고 내일부터 여기서 일해!"

지사마가 웃습니다.

"즈키 말처럼 전 피피의 도움이 필요한 게 아닙니다. 그건 다른 직공들도 마찬가지입니다. 무엇이든 제 손으로 하는 게 훨씬 빠르니까요."

"그러니까 지사마가 재능 있는 젊은이들을 길러내지 못하는 거예요."

즈키가 말을 낚아챕니다.

"누가 할 소리를! 즈키도 마찬가지잖소. 바로 잘라버리니."

"자른 적 없습니다! 전 어디까지나 물가까지 데려가는 일만 해요. 물을 마실지 안 마실지는 본인 하기에 달렸죠."

"또 시답잖은 소리를!"

지사마는 소리친 뒤 진지한 얼굴로 피피를 마주합니다.

"내일부터 아침을 먹은 후에 이 방으로 오십시오."

즈키가 일어섭니다.

"잘해봐. 피피."

피피는 등을 곧게 펴고 꾸벅 인사를 합니다.

"네, 열심히 하겠습니다."

피피가 지사마의 방에서 일하게 됐다는 소문이 순식간에 퍼졌습니다. 피피는 직공들의 시선이 자신에게 쏠리는 것을 느꼈습니다.

점심으로는 팔라펠피타 샌드위치가 나왔습니다. 빵 사이에 병아리콩으로 만든 크로켓과 채소를 넣고 참깨소스를 뿌린 샌드위치입니다. 맛이 좋았지만 피피는 두 입 먹고는 내려놓고 점심시간이 끝나기를 기다렸습니다. 분류실로 돌아가면 쉬고 있는 직공들의 눈길을 한몸에 받을 게 뻔했기 때문입니다.

"어머, 꼬마 아가씨. 오늘은 왜 시무룩할까?"

고개를 들자 미스가 서 있습니다.

"잠깐 실례."

미스는 피피 건너편에 앉아 턱을 손으로 괸 채 피피의 눈을 들여다봅니다. 깊은 샘 같은 눈동자 속으로 빨려들어갈 것만 같아 피피는 당황하며 얼른 눈을 내리깔았습니다.

"이런저런 일이 있는 모양이군."

미스가 즈키 흉내를 내며 말합니다.

"네, 죄송합니다."

"왜 나한테 사과해? 지사마 방에서 일하게 됐다며? 잘된 일 아냐?"

"네, 하지만, 저 같은 애가……."

"나 같은 애가 지사마 밑에서 일하다가 일을 망쳐서 모두를 실망시킬까 봐 괴롭다는 거지?"

"그런 게 아니고……."

"그럼, 뭔데?"

"그러니까……."

미스가 말한 것처럼 피피의 머릿속은 앞서가는 불안과 걱정으로 꽉 차 있습니다. 잘하지 못해서 지사마가 일하는 데 방해가 되면 어쩌나? 즈키와 지사마를 실망시키는 건 아닐까? 모두의 웃음거리가 되는 건 아닐까?

"지사마 옆에서 일하고 싶다, 그리고 그 기회가 왔다, 그걸로 된 거 아냐?"

"네."

피피는 뭘 어떻게 하고 싶다고 세세하게 생각해본 적이 없습니다. 오직 하루라도 빨리 지사마 밑에서 솜씨를 갈고닦아 프리츠를 원래 모습으로 돌려놓고 싶다는 생각뿐이었는데.

"미스, 뭐 하나 물어봐도 돼요?"

"뭔데?"

"제가 원래 있던 세계와 이쪽 세계 사이에 무슨 일이 일어나고 있나요?"

"반품이 늘고 있다는 건 알지?"

"네."

"이대로 반품이 계속 늘어나면 공장을 더는 유지할 수 없을 지도 몰라."

"이런 때에 제가 지사마 방에서 일해도 될까요?"

미스는 어리둥절한 표정을 짓더니 갑자기 깔깔거립니다.

"아휴, 아주 대단한 일이라도 하게 되는 줄 아나보네. 쓸데없 는 걱정 안 해도 돼!"

"죄송합니다. 즈키도 똑같은 말을……."

미스는 진지한 얼굴로 돌아와 피피의 눈을 바라봅니다.

"피피, 할아버지가 돌아가실 때 일 아직도 생각 안 나?"

"네, 그때 일을 떠올리려고만 하면 머리가 아파요."

"그래, 정말로 고통스런 일이 있으면 그렇게 되기도 하지."

"잊는 게 좋은 일이라는 건가요?"

"그럴 땐 그게 방법이 될 수도 있어. 하지만 계속 잊은 채 지 내기는 어려워. 왜냐하면 살아가다 보면 괴로운 일, 속상한 일 이 아주 많이 생기거든. 그런 일들을 극복해서 아름다운 추억 으로 바꾸는 게 더 중요해. 괴로운 일을 피하기만 하면 어떤 일에 도전하거나 실패하는 일에서 자꾸 도망치게 되니까. 하지 않으면 알 수 없는 일, 해야만 알 수 있는 일이 훨씬 많아."

지금 자신이 그렇다고 피피는 생각합니다.

"자, 남기지 말고 다 먹어. 애써서 만든 거니까."

"아, 네, 죄송합니다. 정말 맛있어요."

"죄송하다는 말 안 해도 된다니까!"

미스가 피피의 어깨를 다독입니다.

"기회가 찾아오면 앞머리를 꽉 움켜쥐어야 해. 기회엔 뒷머리가 없으니까. 그리고……."

미스는 일어서서 양손을 허리춤에 댑니다.

"일하는 비결을 알려줄게."

"네?"

"자신이 추구하는 걸 생각하기보다 자신이 요구받은 일에 집중하는 사람이……."

피피가 침을 꿀꺽 삼킵니다.

"출세하는 법이야."

미스는 한쪽 눈을 찡긋하더니 씽 걸어갑니다.

배 아래쪽으로 힘이 모이는 게 느껴집니다. 얼굴을 들자 직공들이 멀리서 피피를 보고 있습니다. 하지만 이제 남들의 시선은 신경쓰지 않습니다. 지금 중요한 일은 뭘까? 지사마 밑에서 내가 해야 할 일을 하는 것.

피피는 금방이라도 떨어질 것만 같은 눈물을 참으며 팔라펠 피타 샌드위치를 볼이 미어져라 입에 밀어넣었습니다.

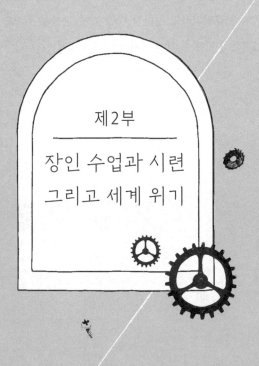

제2부

장인 수업과 시련
그리고 세계 위기

제11장
순수한 눈으로 바라보기

피피의 엄마가 몸을 부르르 떱니다.

현관에는 아빠와 검은 양복을 입은 세 남자가 서 있습니다.

솜털 같은 눈발이 날립니다. 거리는 침묵에 잠기고 도로에는
하얀 카펫이 빈틈없이 깔렸습니다.

가운데 남자가 억양 없는 목소리로 말합니다.

"한밤중에 죄송합니다, 슈미트 씨."

그러고는 엄마 쪽으로 고개를 숙입니다.

"부인, 만나 뵈어 영광입니다."

엄마가 불안한 눈으로 아빠를 쳐다봅니다.

"갑자기 미안해. 메모리체인 회사 요원들이야. 개혁이 순조롭
게 진행되는 건 모두 이분들 덕분이지."

"별말씀을요. 시장님은 개혁을 향한 슈미트 씨의 열정을 높이 사고 있습니다. 부인께서도 직공 조합과 사전 조율 같은 중요한 역할을 맡으셨다고 들었습니다."

"아버지가 옛날에 조합을 이끌었거든요. 그래서⋯⋯."

"예, 실은 그것 때문에 왔습니다."

"무슨 말씀인지?"

"아버님인 카이저 슈미트 씨가 돌아가셨다고⋯⋯."

"네."

"삼가 고인의 명복을 빕니다."

요원들은 머리를 깊이 숙인 채 한참을 멈춰 있습니다.

"아, 여기선 그러니까 어쨌든 안으로⋯⋯."

"그럼 사양 않고 실례하겠습니다."

남자들은 마치 한몸인 양 똑같이 움직이며 현관으로 들어섭니다.

"죄송합니다. 딸이 이층에서 자고 있어서."

"따님이?"

"네. 할아버지를 워낙 잘 따르던 아이여서, 할아버지가 돌아가신 뒤로 충격에서 헤어나오지 못하고 있어요."

"따님 이름이?"

"피피예요."

남자는 잠시 이층을 올려다본 뒤 엄마에게로 돌아섭니다.

"아버님이 훌륭한 장인이었다고 들었습니다."

"옛날 얘기지요. 은퇴한 지 꽤 됐지만 일을 맡기는 사람이 계속 있어서 늘 공방에서 낡은 물건을 수리하셨어요."

왼쪽 남자와 오른쪽 남자가 사각형 얼굴을 마주봅니다.

"공방."

"예. 구시가지에 있는데 하루 종일 그곳에서 뚝딱거리셨지요."

가운데 남자가 엄마를 뚫어져라 쳐다봅니다.

"왜 그러세요?"

"아버님 공방을 꼭 한 번 보고 싶군요."

검은 요원 세 사람은 판으로 찍어놓은 듯 똑같은 얼굴로 웃었습니다.

✿

피피는 침대에 앉아 구두끈을 단단히 묶었습니다.

간밤엔 쉽사리 잠들지 못해 뒤척거리다 새벽 무렵이 돼서야 잠이 들었다가 아침을 맞았습니다.

즈키 일기장에는 이런 답장이 적혀 있습니다.

오늘부터 지사마 방에서 일하는군.

네게 주어진 일, 할 수 있는 일을 하나하나 해나가면 돼.

지금 피피에게 중요한 것은 아무것도 모른다는 것, 순수한 눈으로

세상을 보는 것이야. 그런 눈이 소중한 것들을 볼 수 있는 법이지.

그럼, 잘해보렴.

즈키

하룻밤 지나자 마음이 정리됐습니다.

'지사마에게 필요한 일을 한다, 지금 내가 할 수 있는 일은 그것뿐이다!'

침실을 나와 아침을 먹고 중앙홀로 향했습니다. 아침식사를 마친 직공들이 엘리베이터 앞으로 모여듭니다. 엘리베이터에 올라탄 직공들이 이층에서 내린 뒤 피피는 오층으로 향했습니다.

지사마의 방에서 파이프 연기가 흘러나옵니다.

"안녕하세요."

대답이 없습니다.

"피피예요. 계세요?"

아무런 대답이 없습니다. 방에 들어가 희뿌연 연기 속을 응시합니다.

지사마는 소파에 있는 것 같습니다. 테이블에는 커다란 컵과 피피가 마시기에 딱 알맞은 컵이 하나 놓였습니다. 지사마는 스케치북과 안경을 가슴 위에 올려놓고 소파에 몸을 기댄 채 잠들어 있습니다.

피피는 가방을 의자에 걸고 즈키 일기장과 연필을 꺼내 테이블에 둔 뒤 방을 둘러봅니다. 작업대 주위에 셀 수 없이 많은 도구와 부품이 드높이 쌓여 있습니다. 벽에는 설계도가 핀으로 고정되어 있고, 천장에서 내려온 글라이더가 파이프 연기가 만들어놓은 구름바다를 날아다닙니다.

"아흠."

지사마가 기묘한 소리를 냅니다.

"아흐흠."

살며시 눈을 뜬 지사마는 피피가 온 걸 알아차리고는 끙끙대며 일어나 눈을 깜박거립니다.

"어? 여기가 어디지?"

피피는 무슨 말을 해야 할지 몰라 가만히 있습니다.

"아, 여기군. 그렇지, 그렇지."

지사마는 눈을 쓱쓱 비비더니 테이블에 스케치북을 내려놓고는 안경을 쓰고 피피를 바라봅니다.

"다섯 살 때로 돌아갔었어요."

지사마는 늘 있는 일이라는 듯 중얼거리면서 속눈썹이 긴 커다란 눈을 빙글빙글 굴립니다.

"자는 건지 깬 건지 모를 때, 다섯 살 무렵으로 돌아갈 때가 있잖아요. 그때를 붙드는 거예요. 덥석."

다섯 살 무렵……, 피피는 기억이 나는 듯도 하지만 또렷한 기억은 없습니다.

"안녕히 주무셨어요? 오늘부터 여기서 일해요."

"네, 네. 앉아요."

지사마는 일어서서 파이프에 불을 붙인 뒤 연기를 내뿜습니다. 얼굴 전체가 연기에 휩싸입니다.

"자, 마셔요, 마셔."

"고맙습니다."

차에서 사과향이 희미하게 풍깁니다.

"어제 스키가 말하더군요."

"네."

"에르네가 전해준 말도 들었습니다. 저쪽과 이쪽의 균형이 무너지고 있다고. 뭐, 모두 힘든 상황이죠. 힘들어도 어쩔 수가 없지만, 어떻게든 해야 하겠죠."

"에르네는 저쪽 세계 사람들이 추억을 잊어버리고 있기 때문이라고 말했어요."

지사마는 콧방귀를 뀌더니 소리칩니다.

"시답잖은 소리! 잊는다거나 잊지 않는다거나, 그런 게 아니에요. 지금 무엇을 해야 하는가 그게 중요하죠."

지사마가 눈을 살짝 치켜뜨며 피피를 쳐다봅니다.

"그런데 카이저 말인데요."

"할아버지요?"

"뭔가 기억이 났나요?"

"그게……."

"카이저가 세상을 떠나기 전에 마지막으로 하던 일이 뭔지."

"죄송합니다. 기억이 안 나요."

"할아버지가 돌아가실 때 옆에 있었다는 것도?"

"네."

잠시 침묵이 흐릅니다.

"흠. 뭐, 괜찮아요. 카이저가 남긴 그거 있죠."

지사마가 피피 뒤쪽을 손가락으로 가리킵니다.

"아!"

피피의 입에서 가느다란 탄성이 새어나옵니다. 작업대에 프리츠가 누워 있습니다. 피피는 작업대로 다가갔습니다.

"부품이 꽤 많이 없어졌더군요. 새로 만들어야 할 게 많더라고요."

지사마가 피피 뒤에 섭니다.

"오늘부터 이곳에서 제 일을 도와주세요. 그리고 저녁을 먹은 후에 다시 이 방으로 오세요."

"네."

"잠자기 전 한 시간, 프리츠를 수리하는 방법을 가르쳐드리겠습니다."

심장이 쿵쾅쿵쾅 뛰었습니다.

"좀 더 시간을 드리고 싶지만 서둘러야 해서요. 그리고 이곳에 있으면 카이저가 마지막에 무엇을 고치려 했는지 생각이 날지도 모르고요."

지사마가 고개를 끄덕이며 피피의 눈을 응시합니다.

"자신이 없다면 이 제안은 거두겠습니다."

피피는 이제 더 이상 망설이지 않습니다.

"여기서 일하겠습니다. 해볼게요."

지사마가 연기를 뿜으며 푸우 웃습니다.

✿

장난감 박물관에서는 에르네 관장과 레이디가 작은 영화관 의자에 나란히 앉아 있습니다.

두 사람 모두 다섯 살쯤 된 귀여운 아이들 모습입니다. 영사기가 타닥타닥 돌아가는 소리와 함께 두 사람 머리 위를 일곱 색깔 빛다발이 스쳐 갑니다.

화면에 현재 카를레온의 광경이 나타납니다. 매일 정신없이 일하다 피곤에 절어 하루를 마치고 좋은 일도 나쁜 일도 잊어버리며 그저 그런 나날을 살아가는 사람들의 모습입니다.

레이디가 한숨을 쉽니다.

"개혁이 진행되면서 모두들 힘들어 보여."

에르네가 의자 팔걸이에 팔꿈치를 대고 턱을 괴었습니다.

"개혁으로 생활과 시간이 관리되면서 잇달아 쏟아지는 정보와 광고에 쫓기고 있어. 주위에 흘러넘치는 정보가 지금 이 순간을 소비하기 위한 것으로 가득차 있지. 그러니 추억을 잘 수리해서 아름다운 기억으로 바꿀 시간이 없어."

"그리고 모두들 불안한 얼굴이야."

"해야 할 일이 있고 자신을 찾는 곳이 있을 때 비로소 사람은 안심하고 살아갈 수 있어. 앞일도 모르는데 개혁이니 뭐니 외쳐봐야 모두가 불안해질 뿐이지."

"흠."

"현실을 바꾸자고 주장하기는 쉬워. 하지만 무엇보다 과거를 기억하고 돌아보면서 미래를 내다보는 태도가 중요한데 말이야."

레이디가 걱정스러운 얼굴로 말합니다.

"앞으로 어떻게 될까?"

"저쪽 세계 사람들이 추억을 잊는다는 것은 이쪽 세계가 필요 없어진다는 걸 의미하겠지."

"무슨 말이야?"

에르네가 씁쓸한 얼굴로 중얼거립니다.

"사라져버려."

"어떻게?"

"이쪽 세계는 저쪽 세계의 추억으로 이루어져 있어. 저쪽 세계 사람들이 추억을 소중히 하지 않으면 이쪽 세계는 존재할 수 없어."

"세상에! 저쪽 세계 사람들 때문에 우리가 사라지다니, 그건 너무해!"

"하지만, 그래."

"왜 이렇게 된 거야?"

"원래 그런 조짐은 늘 있었어. 그 남자들이 카를레온에 들어온 이후 모든 일이 시작됐지."

"남자들?"

"검은 요원들. 그들이 뿌려놓은 서비스 때문에 모두 추억을 돌아보지 않게 됐어. 남과 자신을 비교하며 일희일비하고 그때그때의 행복만 추구하고 있지."

"행복이란 건 사람마다 다르잖아?"

"응. 하지만 남과 비교하다 보면 그런 게 안 보여. 상대를 깔보면서 자신은 행복하다고 굳게 믿는 사람이 늘고 있어."

"그 남자들은 누군데?"

"저쪽 세계 사람들한테서 추억을 빼앗아 이쪽 세계를 없애려는 자들. 그들이 나타난 건 이번이 처음이 아니야."

"또 언제였는데?"

"사람들이 과거를 돌아보려 하지 않을 때마다 그들은 나타나곤 해."

"그들은 뭘 하려는 거야?"

"사람들의 추억을 빼앗고 서로 경쟁시켜 자신들 생각대로 움직이게 만들면서 이득을 보고 있어. 시장한테 빌붙어 카를레온의 상징인 시계탑을 철거하고 구시가지를 바꾸는 일에 착수했어. 그뿐만이 아니야. 그들은 이쪽 세계로 오는 길을 찾는 것 같아."

"왜?"

"그건 지금 즈키가 조사 중이야. 카이저가 마지막에 고치려 했던 게 뭔지 알아내면……."

"피피의 할아버지가 고치던 거?"

"응. 카이저가 생전에 즈키와 지사마에게 했던 말이 있나봐."

"뭔데?"

"어떤 물건을 고치면 두 세계를 지킬 수 있을지도 모른다고……."

화면 속 영상이 바뀌었습니다.

리나와 친구들이 학원에서 태블릿 피시를 들여다보고 있습니다. 검은 양복을 입은 강사의 등 뒤로 수식이 빼곡히 적힌 전자칠판이 보입니다.

"자, 문제를 다 푼 사람은 손을 드세요."

강사의 차가운 목소리가 교실을 울립니다.

"지금 열심히 해야 나중에 고생하지 않아요."

리나가 손을 듭니다.

"선생님, 다 풀었어요."

화면에 수식이 표시된 뒤 점수가 나타납니다.

"리나 물라노."

점수가 막대그래프로 바뀌더니 리나의 성적 등수가 나타납니다.

"카를레온에선 리나가 일등이에요. 그러나……."

최상위였던 리나의 그래프 오른쪽에 더 높은 그래프가 치솟아오릅니다.

"전국의 학생들과 비교하면 보통 수준입니다."

리나가 고개를 푹 숙입니다.

"리나는 장차 이 카를레온의 미래를 짊어질 학생입니다. 리나 아버지는 우리에게 리나가 더 높은 수준에 도달하도록 지도하라고 명령하셨어요. 지금 조금만 더 노력하면 미래에 반드시 행복해질 수 있습니다. 자, 다음 문제를 풀어보세요."

리나는 파랗게 질린 얼굴로 다시 태블릿 피시를 쳐다봅니다.

레이디가 한숨을 내쉽니다.

"휴우, 저건 뭐야? 애들은 언제 놀아?"

에르네가 장난감 비행기의 프로펠러를 빙글빙글 돌리며 대답합니다.

"실패하지 않으려면 뭐든 남보다 앞질러 해야 하는 거지."

"남보다 먼저? 뭘 먼저 한다는 거야? 실패든 성공이든 직접 해보지 않으면 어떻게 될지 모르잖아."

"그렇지. 하지만 저쪽 세계에선 실패하는 것 자체가 있어서는 안 되는 일이 돼버렸어. 괴로운 기억을 만들기보다는 처음부터 하지 않는 편이 낫다는 거지. 더 안전한 길만 좇고 뭔가에 도전하려는 의욕을 잃고 있어."

"그래서 실패하지 않으려고 남보다 먼저 배운다는 거야? 그리고 아이들이 뭘 개혁한다는 거야? 아이들은 아직 뭔가 해보지도 않았는데?"

"남들이 다 하는 걸 안 하면 불안하니까."

"모두 똑같으면 너무 시시하잖아."

"뭐, 레이디는 좀 다를지도 모르겠다. 하루 동안 아이에서 어른, 노인의 삶까지 사니까. 그리고 하룻밤 지나면 다시 아이로 돌아오고."

"응, 자기 전에 생각하지. 오늘 하루도 멋진 날이었어."

"아침에 눈 떴을 때 기분은 어때?"

"아주 상쾌해. 그리고 오늘도 또 열심히 살아야지 싶고."

레이디가 혀를 쏘옥 내밉니다.

"하지만 저쪽 세계 사람들은 달라. 별의별 일이 다 일어나니까."

"이런저런 일이 아니라 이런저런 별의별 일이 있구나. 꼬마 아가씨는?"

"피피 말이군."

화면에 저쪽 세계에 있는 피피의 모습이 비칩니다.

피피는 학교가 끝나자마자 곧장 집으로 돌아와 방에 틀어박혀서는 마음이 딴 데로 간 사람처럼 우울한 하루를 보내고 있습니다.

"피피의 마음은 지금 이쪽 세계에 와 있어. 저쪽 세계에서는 피피의 마음의 시간이 멈춰 있지."

"피피는 어떻게 돼?"

"얼마 동안은 마음이 이쪽에 온 채로 지낼 수 있어. 그러나 언젠가는 돌아가야만 해."

"그렇겠지. 카이저도 이쪽에 계속 머물지는 못했으니까."

"카이저가 마지막에 무엇을 고치려 했는지 피피가 생각해내면 좋을 텐데……"

"응."

타닥타닥 영사기 소리가 이어집니다.

자리에서 일어난 에르네는 백발 노인으로 변해 있습니다.

레이디는 의자에서 뛰어내리며 스커트 자락을 탁탁 쳐 정리하고는 조그만 주먹을 꽉 움켜쥡니다.

"뭔가 방법이 없을까?"

"지금은 지사마와 즈키에게 맡겨놓는 수밖에 없어. 두 사람은 지금까지 불가능한 온갖 일을 가능하게 만들었으니까. 분명 이번에도 뭔가 생각이 있을 거야."

"아무 생각이 없을 수도 있잖아."

"그건 그래!"

에르네가 웃음을 터뜨리자 레이디도 따라 웃습니다.

메샤와 무샤 헝겊인형이 그런 두 사람의 모습을 어깨를 맞댄 채 바라보고 있습니다.

✿

지사마가 출근하기 전 피피는 지사마가 곧바로 작업에 들어
갈 수 있게 준비해두는 일을 합니다. 그날 할 일을 정리해서 시
트에 적고 작업대 옆 선반에 놓아둡니다. 시트에는 물건 주인
의 편지가 붙어 있고 품명과 크기, 부품의 유무, 처리 담당자의
사인과 납기일이 적혀 있습니다.

지사마 밑에서 일할 때에는 이런 마음가짐으로 하라고 즈키
가 가르쳐주었습니다.

항상 무슨 일이 일어날지 먼저 파악할 것.

지사마 앞에서는 생각하고 행동하면 늦어. 생각하지 않고 행동하
는 것은 더욱 안 돼. 가장 나쁜 건 생각하느라 행동하지 않는 것.

일의 팔십 퍼센트는 정리정돈. 일을 시작하고 나서 정리정돈하겠
다? 그럼 늦어. 일을 할 때에는 시작하기 전에 다 끝냈다는 생각
이 들 만큼 마음가짐을 철저히 해야 해.

"안녕."

지사마가 입구에서 코트를 벗습니다.

"안녕하세요."

지사마는 파이프에 불을 붙이고 연기를 뿜습니다.

"커피 드릴까요?"

"아니, 제가 할게요. 쓸데없는 일엔 신경쓰지 말 것. 그리고 이런 일은 스스로 하지 않으면 솜씨가 무뎌진답니다."

지사마는 전기주전자에 물을 채워 스위치를 올린 뒤 핸드 밀에 커피콩 한 스푼을 넣고는 손잡이를 돌려 커피를 갑니다. 드르륵드르륵 시원스런 소리와 함께 짙은 커피향이 방을 가득 채웁니다.

갈아놓은 커피를 천으로 된 드리퍼에 옮기고는 손으로 드리퍼를 톡톡 쳐서 커피 가루를 평평하게 한 뒤 주전자를 높이 들어 뜨거운 물을 따릅니다. 커피 가루가 동그랗게 부풀어오르면서 아름다운 모양을 만듭니다.

"참 귀찮은 일을 한다 싶지요."

지사마가 곁눈으로 피피를 봅니다.

"아니요, 무척 멋져요."

자잘한 기포가 퐁퐁 터집니다.

"이런 귀찮은 일 하나하나가 소중한 법입니다."

다갈색 물줄기가 커피 서버를 가득 채웁니다.

"다들 지름길로 가고 싶어 하죠. 하지만 그런 길은 없습니다. 이쪽으로 갔다가 잘못 왔다는 것을 깨닫고 저쪽으로 갔다가 잘못 왔다는 것을 깨닫죠. 하지만 어느 쪽이냐는 중요하지 않아요. 지금 이 순간 가장 최선이라고 생각하는 길을 가지 않으면 나중에 다시 돌아가게 돼요. 지름길은 앞질러 가는 길이 아니랍니다. 생각하고 또 생각해서 선택한 그 순간 가장 최선의 길이 바로 지름길이지요."

지사마가 하는 일은 피피가 상상했던 것보다 훨씬 대단했습니다. 직공실에서 도저히 고칠 수 없는 어려운 물건이 계속해서 들어옵니다. 낡은 영화관에서 썼던 영사기, 태양과 달의 움직임을 새겨 넣은 벽시계, 수백 장의 레코드를 고를 수 있는 플레이어…… 보기만 해도 머리가 어질어질해지는 것들뿐입니다.

지사마의 책상에는 안경이 세 개 놓여 있는데 아침용, 점심용, 저녁용입니다.

"시간에 따라 시력이 변한답니다."

눈으로는 부품을 확인하면서 손으로는 다른 작업을 하고 있습니다.

지사마가 전날 남겨놓은 일을 마치고 파노라마상자 수리에 들어갑니다. 아름답게 장식된 상자 속에 그림이 그려진 판이 여러 개 겹쳐져 들여다보면 원근감이 느껴지는 전통 장난감입니다.

빛바랜 상자를 분해하고 겹겹의 셀룰로이드 그림을 꺼낸 뒤 붓을 사용해 복원합니다. 나무에 기대 선 소녀가 깊은 숲속을 응시하는 그림입니다. 나무들 너머에 선 하얀 사슴은 먼 곳을 바라보고 있습니다.

"들리나요? 바람소리와 나무들의 수런거림이."

"네."

"그림 하나에 의미가 하나만 있으면 안 됩니다."

지사마는 그림이 마르기를 기다리면서 다섯 장으로 이루어진 파노라마 그림판을 작업대에 늘어놓았습니다.

"예를 들어, 이거."

첫 번째 그림판에는 큰 나무에 손을 대고 숲속을 바라보는 소녀가 그려져 있습니다.

"이 그림에서 뭘 읽으셨나요?"

피피가 그림 앞에 섭니다.

"큰 나무예요. 굵은 걸 보니까 아주 오래전부터 여기 있었던 것 같아요."

"좀 더 구체적으로."

"음, 여자아이는 하얀 드레스를 입고 있어요. 모자도 새하얀 걸 보니 이 숲에 사는 아이 같지는 않고 다른 곳에서 온 것 같아요."

"그럼 이건?"

두 번째 판에는 흩날리는 나뭇잎이 그려져 있습니다. 투명한 셀룰로이드 판 위로 연둣빛 이파리가 춤을 춥니다.

"잎이 춤을 춰요. 갈색이 아닌 걸 보니 가을은 아닌 것 같아요. 드레스도 긴팔이니까 여름도 아니고, 봄인가?"

"그럼 이거랑 이거."

세 번째 판에는 연못이 그려져 있고 물거울에 흰 사슴이 비칩니다. 네 번째 판에는 흰 사슴이 그려져 있습니다.

"흰 사슴은 본 적이 없어요. 어쩌면 상상 속 동물일지도 모르겠네요. 먼 곳을 보느라 여자아이가 있는 걸 알아채지 못했나봐요."

지사마는 그림에서 눈을 떼지 않은 채 말합니다.

"흰 사슴은 실제로 있답니다."

다섯 번째 판에는 깊은 숲이 끝없이 펼쳐집니다.

지사마는 팔레트에 물방울을 떨어뜨려 색을 만듭니다.

"흰 사슴은 옛날부터 신의 전령이라고 여겼지요. 세계 곳곳에 비슷한 전설이 남아 있어요. 흰 사슴이 사는 숲은 풍요롭고 흰 사슴을 죽이면 재앙이 닥친다는 전설도 있답니다."

말을 하는 와중에도 지사마는 붓을 계속 움직입니다. 입김을 불어 물감을 말리고 다섯 장의 그림을 한 장 한 장 파노라마 상자에 집어넣은 후 뚜껑을 닫습니다.

"한번 들여다보세요."

피피가 몸을 웅크린 채 파노라마 상자를 들여다봅니다.

"와!"

퇴색해서 판판해 보였던 세계에 빛과 색이 되살아나면서 정말로 숲속을 헤매는 듯한 기분이 듭니다. 바람소리와 나무들의 수런거림, 소녀가 숨죽여 말하는 모습, 평온한 숲의 공기가 머릿속에 퍼져갑니다.

"안쪽을 보세요."

눈을 집중해 사슴을 바라봅니다. 수풀 사이로 흘러 들어오는 빛을 받으며 서 있는 사슴이 더없이 숭고해 보입니다.

"이건 제 해석입니다만……."

지사마가 피피의 어깨 너머로 상자를 들여다봅니다.

"이 숲에는 발을 들여놓아서는 안 됩니다."

"네?"

"이 소녀는 숲에 더 가까이 가면 안 돼요. 사슴도 누군가 자신을 보고 있다는 걸 알아서는 안 돼요. 물론 해석의 방식은 무수히 많습니다. 사람마다 각자의 이야기가 있는 법이니까요. 우리는 이걸 만든 사람이 무엇을 생각했을까 그저 상상해볼 따름입니다."

피피는 말없이 고개를 끄덕입니다.

"의미가 하나뿐이어서는 안 됩니다."

지사마는 스스로에게 되새기듯 되풀이해서 말합니다.

"그릴 때도, 만들 때도, 고칠 때도 그렇습니다. 하나의 의미에만 사로잡혀서는 안 돼요. 여러 의미를 생각해야 해요. 그렇게 하면 그걸 손에 든 사람에게서 또 하나의 이야기가 태어납니다."

지사마가 말을 마치고 후훗 웃습니다.

제12장
검은 무리의 침략

검은 요원들은 소리 없이 집요하게 아시토카 공작소로 한 발 한 발 다가왔습니다.

그들은 카를레온의 데이터베이스를 이용해 남아 있는 역사 유적과 오래된 건물을 일일이 조사한 끝에 카이저 슈미트의 공방이 두 세계를 잇는 길이라는 사실을 알아냈습니다.

눈 내리는 어느 날 카이저 슈미트 공방을 찾아온 검은 요원들은 피피의 아빠와 엄마에게 이렇게 말합니다.

"할아버지의 공방이 남아 있으면 피피에게 좋지 않을 것 같군요. 과거의 추억, 트라우마에 질질 끌려 다닌다면 따님의 미래가 어떻게 될까요?"

남자들의 설득은 계략이었습니다. 피피가 마음을 닫은 이유가 할아버지와 함께한 추억에 사로잡혀 있기 때문이라면서 공방을 시의 관리 아래 둘 것을 제안합니다.

"공방 열쇠는 저희가 맡아두겠습니다. 카이저 씨가 남긴 물품은 모두 역사적 가치가 큽니다. 저희가 마땅한 장소에 보관하겠습니다."

아빠와 엄마는 내키지 않았지만 시장의 절대적 신뢰를 받는 남자들의 말을 거절할 수 없었습니다.

검은 요원들은 공방 열쇠를 손에 넣자마자 곧바로 피피와 즈키가 지나온 어두컴컴한 계단을 내려와 이쪽 세계로 향했습니다. 검은 양복으로 몸을 감싼 세 남자의 모습은 어둠 속에 스며들어 전혀 눈에 띄지 않았습니다.

가운데 남자의 목소리가 어둠 속에서 울립니다.

"전에 두 세계를 잇는 길은 여럿 있었어. 교회, 역사 유적, 박물관, 기념관, 비석…… 많은 사람이 추억에 젖어드는 곳이라면 어디서든 두 세계를 잇는 길이 열렸지."

"이제 두 세계를 잇는 길이 하나둘 닫히고 있습니다."

오른쪽 남자 목소리에 이어 왼쪽 남자의 목소리가 들립니다.

"개혁이 진행될수록 저쪽 세계의 존재는 희미해져 사라질 겁니다."

"모든 것이 순조롭게 진행되고 있습니다. 카를레온의 시계탑 철거를 시작으로 구시가지를 스마트시티로 바꿔버리면 우리 회사의 이익은 급상승……."

"방심하지 마. 아직 해야 할 일이 있다. 아무리 사람들에게 추억을 잊게 해도 상처받은 추억을 계속 수리하는 자들이 있단 말이다."

"아시토카 공작소, 추억 수리 공장."

"그래. 이번엔 반드시 그들을 우리 손아귀에 넣어야 해."

남자들은 좌우 벽이 천장으로 비스듬히 솟은 곳을 지나 갱으로 다가갔습니다.

가게들은 문을 닫았고 광장을 지나다니는 사람도 드물어 활기찼던 옛 광장의 모습은 찾아볼 수 없습니다. 남자들의 존재를 알아차리는 자도 없습니다.

"개혁의 효과가 나타나는 것 같은데요."

"사람들이 과거를 잊을수록 이쪽 세계는 흐릿해지지."

덜덜덜 소리와 함께 갱과 장인 거리가 연결됩니다.

과거 장인들의 작업소리로 시끌벅적했던 한트베르커 거리도 한산합니다.

"공장을 매수할 준비는?"

"요원들이 곧 공장을 돌면서 공장주들을 직접 만날 겁니다."

남자들의 구두 소리가 한트베르커 거리에 차갑게 울려 퍼집니다.

남자들은 장인 거리를 지나 아시토카 공작소 현관 앞에 섰습니다. 가운데 남자가 초인종을 누르자 잠시 뒤 로노가 얼굴을 내밉니다.

"무슨 일인가요?"

가운데 남자가 새까만 명함을 건네자, 로노가 명함을 들여다봅니다.

"메모리체인……이라고요?"

"바쁘신데 죄송합니다. 여기가 아시토카 공작소인가요?"

"예, 맞습니다."

"사람들의 추억을 수리하고 아름답게 되살려주는 추억 수리 공장이 바로 이곳 아시토카 공작소라던데 맞습니까?"

로노가 가슴을 쫙 펴며 대답합니다.

"말씀하신 대로입니다. 오랜 수련을 거친 장인들이 상처 입은 추억의 물품을 아름다운 추억으로 되살려냅니다."

그렇게 대답하면서도 로노는 왠지 마음이 불안합니다.

"수리할 게 있다면 맡겨주십시오. 그런데 지금은 일이 좀 생겨서 수리하는 데 시간이 꽤 걸릴 것 같습니다만."

"대표님을 만나고 싶어 왔습니다."

"아, 지사마 말씀인가요? 안타깝게도 이곳은 공장이어서 견학은 받지 않습니다."

"견학이 아닙니다. 비즈니스 상담차 왔습니다."

"아, 공장 운영과 관련된 건가요? 그렇다면 즈키를 만나면 됩니다만."

"즈키."

"예, 이곳 공장장입니다."

"그럼 즈키 공장장님을 뵙고 싶군요."

"죄송하지만 즈키는 지금 외출 중이어서."

"기다리겠습니다. 시간은 얼마든지 있으니까."

기분 나쁜 예감이 점점 커졌지만 일방적으로 몰아붙이는 남자의 기세에 눌려 거절할 틈을 놓치고 말았습니다.

"조금 기다리셔야 할 것 같습니다만……."

로노는 문을 열고 남자들을 건물 안으로 들였습니다.

"이곳에는 장인이 몇 명쯤 있습니까?"

"백오십이 명입니다. 견습생까지 합치면 훨씬 많습니다."

오른쪽 남자가 카메라로 공장 내부를 찍습니다.

"아, 손님들의 소중한 추억을 다루는 곳이라서 촬영은 안 됩니다."

"실례했습니다."

미야가 로노의 모습을 발견하고 달려옵니다.

"로노! 큰일 났어요. 또 반품 트럭이!"

"미야, 좀 기다려줄래? 지금은 손님이 오셔서."

"하지만 반품 트럭이 금방 또 올 거예요. 빨리 옮겨야 해요."

"흠, 큰일이군."

남자들이 둘의 대화를 가만히 듣고 있습니다.

"로노, 미야, 안녕."

토코가 목재 한 다발을 허리춤에 끼고 엘리베이터에 막 타려는 참입니다.

"마침 잘됐다. 토코! 이 손님들을 수족관으로 안내해줄래?"

"즈키한테요? 좋아요!"

가운데 남자가 토코에게 명함을 건넵니다.

"바쁘신데 죄송합니다."

"메모리체인……? 이름 멋지네요! 수족관까지 모셔다드리기만 하면 될까요?"

"흠, 즈키가 언제 돌아올지 몰라서 말이야……."

"제가 공장을 안내해드릴게요!"

로노가 얼굴을 찌푸렸지만 가운데 남자가 토코 앞으로 쓰윽 다가갑니다.

"감사합니다, 감사합니다. 명성이 자자한 추억 수리 공장을 직접 볼 수 있다니 영광입니다."

"그럴 줄 알았어요!"

토코의 어깨에 힘이 들어갑니다.

"그럼, 부탁할게. 토코."

로노와 미야가 창고로 달려가는 걸 보며, 토코가 남자들에게 말합니다.

"죄송합니다. 요즘 반품이 늘어서 큰일이거든요. 저는 토코예요. 토코 비네마야. 여기서 일해요."

"토코 씨, 바쁘실 텐데 고맙습니다."

"그럼 가볼까요? 저희가 일하는 곳은 즈키의 방이 있는 이층이에요."

토코는 엘리베이터를 타고 이층으로 올라가 남자들을 직공실로 안내합니다.

가운데 남자가 토코에게 묻습니다.

"이곳엔 기계화가 어느 정도 진행됐습니까?"

"이곳에선 손으로 다루는 도구만 써요. 장인들이 하나하나 수작업으로 고치죠. 지사마는 기계를 싫어하거든요."

"왜 그런가요? 사람이 하지 않아도 되는 일은 기계에 맡기고 본래 해야 할 일에 집중하는 편이 더 효율적이고 생산적이지 않습니까?"

"그럴지도 모르지만."

남자들은 공장의 작업 방식과 기술에는 전혀 관심이 없는 듯합니다.

　"일인당 하루의 작업 효율은?"

　"새 부품과 헌 부품을 사용하는 비율은?"

　"면적 일 제곱미터당 직공 수는?"

　"일일 생산성과 비용 효율은?"

　연달아 쏟아지는 질문에 토코는 아무 대답도 할 수 없었습니다. 그런 걸 생각해본 적이 없거든요. 토코는 자부심을 가졌던 자신의 일이 점점 고리타분한 일처럼 느껴졌습니다.

　"토코 씨."

　"네, 말씀하세요."

　"당신은 이 공장에서 어떤 직위를 맡고 계신가요?"

　"직위?"

　"직함을 말합니다."

　"아, 전 신입 연수를 마친 견습공이에요. 장인시험에 합격하면 파란 작업복을 받고 장인이 될 수 있는데 아직은 아니에요."

　"토코 씨, 당신처럼 우수한 청년이 아직 견습공 처지에 머물러 있다니 안타깝군요."

　"무슨 그런……. 전 아직 멀었어요! 좀 더 수련을 해야 제대로 된 장인이 될 수 있을 거예요."

"수련에는 시간이 얼마나 걸립니까?"

"그건 지사마와 즈키 판단에 달렸어요. 보통 오 년에서 십 년 정도라고들 해요."

남자는 깜짝 놀란 얼굴로 묻습니다.

"십 년! 그동안 뭘 배우나요?"

"아주 많아요. 지사마와 장인들이 일에 착수하도록 준비를 해둔다거나, 부품을 닦는다거나, 부족한 부품을 새로 만든다거나……."

"그런 거야 모두 기계에 맡기면 될 일입니다. 귀중한 시간을 매일 똑같은 일을 반복하는 데 허비하다니 바보 같다는 생각 안 드십니까?"

"아……."

"당신처럼 젊고 유능한 청년을 찾는 공장이 널리고 널렸습니다. 좋은 직함을 달고 지금보다 훨씬 많은 월급을 받으면서 모두에게 존경받는 삶을 살고 싶지 않습니까?"

"그건……."

고개를 드니 엘리베이터에서 빨간 작업복을 입은 피피가 시트 다발을 품에 안고 내리는 게 보입니다.

토코는 순간 고개를 숙이고 등을 돌립니다.

"저 여자아이는 누굽니까?"

가운데 남자가 토코의 얼굴을 살피며 묻습니다.

"신입이에요. 카이저 슈미트의 손녀인데 지금 지사마 방에서 일하고……."

"카이저 슈미트의 손녀."

남자는 작업대 사이로 달려가는 피피를 눈으로 쫓다가 토코의 침울해진 옆얼굴을 쳐다봅니다.

❀

피피는 지사마의 지시로 오전 중에 확인할 시트를 장인들에게 갖다주러 왔습니다. 지사마는 시트에다 지시 사항을 꼼꼼히 적어놓았습니다.

장인들 사이에서 웅얼거리는 소리가 들립니다. 그렇군, 이건 어렵겠는걸, 역시 지사마라니까!

시트를 다 나눠주고 돌아서는데 수족관에서 나오던 로노가 피피를 부릅니다.

"아! 피피, 부탁할 게 있는데."

"네."

"수족관에 커피 다섯 잔만 갖다줄래요?"

"네, 즈키는 연하게, 맞죠?"

"응, 고마워요. 다행이다."

탕비실에서 커피를 마련해 수족관에 들어서려는데 검은 양복을 입은 남자 셋이 로노와 마주앉아 있는 모습이 보입니다.

"저 사람들……."

어디선가 본 적이 있는 듯합니다.

"죄송합니다. 이제 곧 돌아오실 때가 됐습니다만……."

로노는 미동도 없이 앉아 있는 남자들에게 머리를 숙입니다.

"괜찮습니다. 이쪽 세계에서는 시간이 아주 많으니까요."

피피는 쟁반을 한 손으로 받치고 유리문을 두드립니다.

"실례합니다."

"아, 고마워, 피피. 들어와."

"네."

피피가 방으로 들어가는데, 쿵쿵 발소리를 내면서 즈키가 직공들의 자리를 지나 수족관으로 옵니다.

"죄송합니다. 이런저런 일이 있다 보니 기다리게 했군요."

남자들이 자리에서 일어나 자로 잰 것처럼 똑같은 자세로 인사합니다.

"처음 뵙겠습니다. 메모리체인 회사의 일을 대행하고 있습니다. 명성이 자자한 아시토카 공작소의 공장장 즈키 씨를 뵙게 되어 무척 영광입니다."

가운데 남자가 원고를 읽듯이 말합니다.

"자, 자, 앉으시죠."

피피는 남자들 앞에 잔을 하나씩 놓았습니다.

테이블에는 새까만 명함이 한 장 놓여 있습니다. 즈키는 눈을 치뜨고 남자들을 바라보더니 후룩후룩 소리를 내며 커피를 마십니다.

가운데 남자의 가느다란 눈이 더욱 가늘어집니다.

"찾아뵙기 전에 명성이 드높은 아시토카 공작소에 대해 이것저것 알아봤습니다. 설립하신 지 벌써 오십 년이 됐더군요."

"그렇게나 됐나요? 저희야 바로 지금만 생각하며 일하다 보니 옛일을 돌아본 적이 없습니다, 전혀."

즈키가 떨떠름한 표정으로 담배에 불을 붙입니다.

"추억의 물건을 아름답게 되살려낸다고요. 정말 훌륭한 일입니다."

"그저 되는 대로 일했을 뿐입니다."

피피는 로노 앞에 커피잔을 놓으며 슬쩍 즈키의 얼굴을 봅니다. 즈키는 양미간에 엄지손가락을 대고 눈을 감은 채 뭔가를 생각하는 듯합니다.

가운데 남자의 표정이 진지해집니다.

"그런데 즈키 씨도 시대 변화를 이미 감지하셨겠지만……."

즈키가 눈을 뜨더니 남자를 날카롭게 노려봅니다.

"유감스럽지만 저쪽 세계가 변했습니다."

"저쪽 세계?"

"사람들이 새것만을 추구하며 오래된 물건을 더 이상 찾지 않더군요."

왼쪽 남자가 탁탁 키보드를 치더니 노트북을 빙그르르 돌려놓습니다. 화면에는 아시토카 공작소에서 내보낸 물품과 반품된 물품의 비율을 나타낸 원그래프가 떠 있습니다.

"지난 반년 사이 반품률이 급속히 늘었습니다. 여러분이 애써서 고친 물건이 모두 쓸모가 없어지고 말았습니다."

쓸모가 없어졌다는 말에 가슴이 찌릿합니다. 피피는 꾸벅 인사를 하고 수족관을 나왔습니다.

"아시토카 공작소가 발전하도록 돕고 싶습니다."

가운데 남자가 얼굴에 억지웃음을 띄우자 화면이 바뀌고 상향곡선 그래프가 나타납니다.

"카를레온에서는 물라노 시장이 개혁을 추진하면서 자본 투자가 이어지고 경제성장률이 순조롭게 올라가고 있습니다. 경기는 상승세이고 사람들의 구매 욕구도 날이 갈수록 높아지고 있습니다. 이제 낡은 추억을 수리하고 싶어 하는 사람은 없습니다. 그뿐 아니라 사람들은 이제 옛일을 떠올리고 싶어 하지 않습니다."

가운데 남자는 자신이 한 말에 도취한 듯 의기양양한 표정으로 고개를 끄덕입니다.

"즈키 씨, 지금의 경영 방침을 계속 고집하시면 반품이 산처럼 쌓여만 갈 겁니다. 이번 일을 계기로 삼아 공장을 자동화하고 새로운 장난감을 만들면 어떻겠습니까? 어른용 스마트폰도 좋겠지요. 저희와 손잡고 전 세계 사람들에게 꿈과 감동을 전해주시지 않으렵니까? 자본과 여타 시설은 저희가 투자하겠습니다. 기계로 처리할 수 있는 부분은 자동화하고 최신 소프트웨어로 업무를 효율화하면 됩니다. 그렇게 하면 장인 여러분은 더욱 창의적인 일에 집중할 수 있습니다. 낡은 물건만 고치고 있을 게 아니라 새로운 물건을 만드는 일에 여러분의 재능을 쓰면 어떻겠습니까?"

즈키는 눈을 감은 채 아무 말이 없습니다.

"즈키 씨, 지금은 과거를 돌아보거나 낡은 물건에 집착하는 시대가 아닙니다. 미래를 내다보며 세계를 창의적으로 개혁해 나가야 하는 시대입니다!"

가운데 남자는 마치 뭔가에 홀려 있는 듯합니다.

로노는 즈키가 언제 폭발할지 몰라 안절부절못합니다. 어느 장인이 이런 말을 했던 것이 떠오릅니다. 즈키가 폭발하면 혼이 쏙 빠진다고.

즈키가 천천히 눈을 뜹니다.

"굉장히 매력적인 말씀이군요."

로노는 즈키가 자신의 예상과는 정반대의 말을 하는 걸 듣고 깜짝 놀라 고개를 들었습니다.

즈키가 딱딱하게 굳은 얼굴로 말을 잇습니다.

"시대가 변하고 있으니까요."

"긍정적으로 검토해주시겠습니까?"

"그렇군요. 당장 내년에 이 공장이 어떻게 될지…… 아무튼 우린 경영 계획 같은 걸 세워본 적이 없습니다. 늘 되는 대로 해왔죠."

"너무 겸손하시군요. 즈키 씨는 유능한 경영자입니다. 즈키 씨 덕분에 아시토카 공작소가 돌아간다고 모두들 입을 모아 말합니다."

"이 공장은 지사마와 함께 운영해왔습니다. 지금도 지사마는 작업실에서 일하고 있습니다. 일을 너무 좋아해서요. 이제 나이가 꽤 들었는데 아마 죽기 직전까지 작업대에 앉아 있을 겁니다."

"분명 지사마 대표님도 이해해주시리라 믿습니다. 대표님 이름이야 전 세계에 널리 알려졌으니까요."

가운데 남자가 가방에서 검은 봉투를 꺼내 테이블에 놓습니다.

"아시토카 공작소 개혁안입니다. 물론 즈키 씨와 지사마 대표님의 경영권은 그대로 유지합니다. 번거로운 절차나 자본, 유통 등은 모두 저희가 맡아서 처리할 테니 장인 여러분은 창의적인 일에 집중하기만 하면 됩니다."

"읽어볼게요."

즈키가 담배 연기를 후우 내뱉으며 말합니다.

"하나 묻고 싶은 게 있는데."

"예, 말씀하십시오."

즈키는 테이블에 놓인 검은 봉투를 쳐다봅니다.

"왜 우리에게 이런 제안까지?"

"여러분의 일을 존경하고 미래를 걱정해서입니다."

"오."

"이 상태로는 시대 변화에 뒤처지고 맙니다. 누군가가 이득을 얻으면 누군가는 손해를 봅니다. 그게 세상의 이치죠. 아시토카 공작소도 일과 삶의 균형을 실현해 사람들의 요구에 맞춰 시대변화를 따라가야만……."

즈키가 남자의 말을 가로채며 소리칩니다.

"우리는 시대와는 관계없이 일했습니다. 우리가 무엇을 해야 하는지 당신들이 안다는 건가요?"

남자의 눈에서 빛이 사라집니다.

"즈키 씨, 다시 천천히 이야기를 합시다. 와인이라도 마시면서……."

"아쉽게도 전 술을 못합니다."

"그렇습니까? 그럼 식사라도 하면서……."

즈키가 일어납니다.

"이런저런 일이…… 있기 마련이지요."

로노는 공장 문을 닫으며 한숨을 내쉬었습니다. 답답한 마음이 어깨를 짓누릅니다. 남자들의 말이 귀에 박혀 떠나질 않습니다. 즈키는 그들의 제안을 받아들일까요? 이대로 반품이 계속되면 머지않아 경영이 어려워질 건 뻔하거든요.

그때 미야가 파랗게 질린 얼굴로 뛰어옵니다.

"로노, 어디 갔었어요? 또 트럭 두 대가 이쪽으로 온다고 해요. 방금 도착한 물건을 겨우 지하로 옮겨놨는데. 운송회사에서도 손쓸 방법이 없으니 이쯤에서 발송을 멈춰달라고……."

"바보 같은 소리. 우리가 수리한 물건을 기다리는 사람이 아직 많아."

미야는 눈을 내리깔며 중얼거립니다.

"정말로 그럴까요?"

로노는 말이 막힙니다. 하루에도 몇 번씩 자문자답하는 질문이기 때문입니다. 지금까지 로노는 자신의 일에 긍지를 갖고 있었습니다. 하지만 지금은 그저 불안할 따름입니다. 정말로 이 일이 필요한 일일까?

로노가 미야의 어깨를 툭 칩니다.

"괜찮아. 즈키와 지사마가 깜짝 놀랄 만한 아이디어로 이 상황을 돌파할 테니까. 지금까지 그랬던 것처럼 말이야."

말은 그렇게 했지만 이번만은 로노도 자신이 없습니다.

✿

　검은 요원들은 한트베르커 거리 끝에서 갱이 돌아가기를 기다리고 있습니다. 오른쪽 남자가 사각형 손목시계를 입 가까이 가져갑니다.

　"본사에 뭐라고 보고할까요?"

　"아직 보고하지 마."

　가운데 남자는 앞만 뚫어져라 쳐다봅니다.

　"하지만 좋은 소식이니 서둘러 본사에도……."

　"좋은 소식인지 아닌지는 두고 봐야지."

　왼쪽 남자와 오른쪽 남자가 얼굴을 마주봅니다.

　"하지만 긍정적으로 검토한다고."

　"즈키라는 놈, 만만한 녀석이 아냐."

　"그렇다면?"

　"왜 카이저 슈미트의 손녀가 저기 있지?"

　땅이 흔들리는 것처럼 둔중한 소리가 나면서 갱이 돌아갑니다. 해가 저물고 건물 그림자가 남자들의 얼굴을 감춥니다.

　"당장 즈키라는 남자를 조사해봐. 그 토코라는 애가 쓸모 있을 것 같군……. 그들이 우리 제안을 받아들이지 않을 땐 다음 계획을 실행에 옮겨야 해."

"다음 계획이란 건?"

"아시토카 공작소를 없애고 이쪽 세계로 향하는 길을 완전히 닫아버리는 거지."

"알겠습니다."

갱이 한트베르커 거리와 연결되는 소리가 나직하게 울려 퍼집니다.

✿

피피는 식당에서 늦은 저녁을 먹고 있습니다. 수족관에서 들은 대화가 귓가에 맴돕니다.

오늘 메뉴는 돼지고기로 만든 피카타입니다. 얇게 저민 고기를 구워 소스와 레몬즙을 곁들인 요리입니다. 입속에서 튀김옷이 바삭하게 부서지면서 레즙이 담뿍 스며든 돼지고기의 감미로운 맛이 번집니다. 소금과 후추만 써서 단순하게 맛을 냈지만 향신료 케이퍼가 고기 맛을 돋워주면서 씹을 때마다 다른 맛이 납니다.

"어, 이제 끝났어? 꼬마 아가씨."

얼굴을 드니 미시즈가 서 있습니다.

"안녕하세요? 죄송해요, 저녁이 늦어졌어요."

"지사마는 늦게까지 일을 하니까. 어때?"

"대단해요. 머리와 손이 몇 개는 되는 것 같아요."

"하하하! 그래 봬도 이젠 나이가 꽤 들었어. 젊었을 적에는 훨씬 대단했지."

"네, 고치는 일뿐만 아니라 만드는 일도 뛰어나다고……."

머릿속에 떠오른 질문이 불쑥 입 밖으로 튀어나옵니다.

"뭐 하나 물어봐도 돼요?"

"응."

"로노랑 토코는 이 공장이 수리 전문이라고 했거든요."

"그렇지."

"지사마도 장인들도 부품뿐만 아니라 부족한 것은 처음부터 다시 만들잖아요. 그런데 새 물건은 왜 만들지 않는 거예요?"

"왜 수리에 집착하느냐, 그런 질문이군."

미시즈는 앞치마를 풀더니 의자에 느긋이 몸을 기댔습니다. 활기 넘치던 미스 때의 움직임과 비교하면 몸짓이 매우 차분합니다.

"그건 말이야, 저쪽 세계가 존재하지 않으면 이쪽 세계도 존재할 수 없기 때문이야."

"무슨 말이에요?"

미시즈는 미소를 지으며 먼 곳을 바라봅니다.

"저쪽 세계 사람들의 기억과 추억이 물건이라는 형태로 여기로 운반되어 오거든."

"네, 에르네한테서 들었어요."

"물건이라는 형태를 띠고 있지만 반드시 저쪽 세계에서도 똑같은 형태였던 것은 아냐. 상처 입은 마음이 어떤 형태가 되어 보내지는 경우도 있지."

"네."

"상처 입은 추억이 이 공장에서 회복되면 저쪽 세계 사람들이 새롭게 한 발 내디딜 수 있게 돼. 괴로운 과거가 아름다운 추억으로 다시 태어나면서 살아갈 힘을 얻게 되는 거지. 우린 그걸 돕는 거야."

"네."

"그래서 저쪽 세계에서 추억이 운반되어 오지 않으면 우린 존재할 수 없어."

피피의 머릿속에 카를레온 사람들의 모습이 떠오릅니다. 운반되어 오는 것들 속에 아빠와 엄마, 리나와 친구들의 추억도 있을까요?

생각에 잠긴 피피를 미시즈가 가만히 바라봅니다.

"그리고 이유가 또 하나 있으려나?"

"뭔데요?"

"피피의 할아버지 카이저 슈미트와……."

"할아버지와?"

"응. 카이저와 지사마는 약속했어. 기계에 의존하지 말고 손을 써서 모두의 추억을 고치자고."

"역시 지사마와 할아버지는 친구였군요."

"응. 지사마도 젊었을 땐 카를레온에서 일했거든."

"지사마 방으로 가는 복도에 옛날 사진이 걸려 있었어요. 그 사진에 지사마와 할아버지가 있었거든요. 키가 큰 남자도 있던데 그분은 누구예요?"

미시즈의 눈빛이 쓸쓸하게 바뀌었습니다.

"그 얘기는 다음에 하자꾸나."

미시즈는 할아버지와 지사마의 과거를 아는 것 같습니다. 젊었을 적 카를레온에 살던 지사마는 왜 이쪽 세계에 추억 수리 공장을 만들었을까요? 즈키, 미시즈와는 언제 어떻게 만났을까요? 즈키와 지사마는 할아버지가 마지막에 고치려 했던 것이 무엇인지 왜 알고 싶어 할까요?

　피피가 쟁반을 손에 들고 일어섭니다.

　"미시즈, 저는 이만 지사마 방으로 갈게요."

　미시즈가 살포시 웃습니다.

　"응, 파이팅!"

✿

    카를레온에서는 게임 애플리케이션 '클린 위치'로 구시가지에 남은 옛 건물을 철거하는 결정이 하나하나 내려지고, 시계탑 철거 찬반 투표 마감일도 하루하루 다가오고 있습니다.

    광장이 내려다보이는 시장실에서는 스마트폰을 손에 쥔 물라노 시장이 검은 요원들과 테이블을 사이에 두고 마주앉아 있습니다.

    "이렇게 단기간에 이만큼의 성과를 내다니 도대체 이 게임은 어떤 구조로 되어 있지?"

    시장은 밝은 파란색 양복에 새빨간 넥타이를 매고 있습니다. 그 옆에 피피의 아빠도 있습니다. 아빠는 개혁 담당자 겸 시장 보좌관으로 승진했습니다. 눈 밑이 거무스름한 게 피곤한 기색이 역력합니다.

    "시장님, 한 시간 뒤에 카를레온 네트워크와 인터뷰할 예정입니다."

    "응."

    시장은 매우 만족스러운 얼굴입니다.

    "이게 개혁 이전의 카를레온입니다."

왼쪽 남자가 화면에 지도를 표시합니다. 도시를 남북으로 가로지르는 강 남쪽으로 펼쳐진 구시가지 일부에서 빨간 불이 깜박거립니다.

"그리고 이것이 지금의 카를레온입니다."

빨간 불이 깜박거리던 블록이 빙그르르 반전하더니 파란 불이 깜박입니다.

"철거와 건축 수요가 쑥쑥 올라가고 있습니다. 신규 참여가 줄을 잇고 있습니다."

"흠. 시의 재정도 적자에서 흑자로 돌아섰소. 그런데 반대파가 압도하던 상황이 어떻게 이렇게 홱 뒤집어졌는지 도저히 믿을 수 없군."

오른쪽 남자가 대답합니다.

"민주주의는 다수결로 공평해진다는 사고 자체가 환상입니다."

"오."

"시의 재정을 어떻게 배분할까, 공공사업을 어떻게 할까, 복지에 얼마만큼 예산을 쏟을까. 이런 사항을 시민의 의사로 결정할 수 있다고 생각하는 것 역시 환상입니다. 현실에선 사람들이 각자 다른 의견을 가졌어도 다수 의견이라고만 하면 백 퍼센트 옳다고 의심 없이 받아들이기 때문에 민주주의는 늘 불완전합니다."

왼쪽 남자가 말을 이었습니다.

"예를 들어 사람을 죽여도 되는가 묻는 투표가 있다고 합시다. 시장님은 찬성하십니까, 반대하십니까?"

"물론 당연히 반대죠. 아니, 투표조차 할 것 없는 바보 같은 질문 아닌가?"

"바로 그겁니다."

"무슨 말이오?"

"투표를 하자고 하는 쪽은 아마도 사람을 죽여도 된다고 생각하는 사람들일 겁니다. 이것도 어떻게든 과반수를 차지하기만 하면 백 퍼센트 옳은 것이 되고 말죠."

"위험한 예시군."

"물라노 시장님, 시장님이 시장에 당선됐을 때 투표율과 찬성표, 반대표의 숫자를 기억하십니까?"

"그게, 정확한 숫자는 기억을 못 하겠소만."

"그런데도 시장님은 시장이 될 수 있었습니다."

"무례하군! 난 시민들의 선택을 받았고 이 도시의 발전을 위해 일하고 있소."

시장은 씁쓰레한 얼굴로 의자에 몸을 기댑니다.

"그럼, 이 게임의 구조를 설명드리겠습니다."

오른쪽 남자가 타닥타닥 키보드를 조작하자 '클린 위치' 게임 화면과 카를레온 지도가 나란히 화면에 나타납니다.

"거리를 걸으면서 세계를 깨끗하게 치우고 레벨을 올려서 아이템을 모으는 것이 게임의 목표입니다."

"아, 오늘 아침에도 딸이 희귀 아이템을 따냈다고 엄청 좋아하더군."

"예, 따님 계정에는 특별한 설정을 해놓았거든요."

"딸에겐 비밀이오. 특별 진학 과정에 들어가고부터는 아내와 매일 싸우고 있거든. 어떻게든 스트레스를 좀 풀어줘야지."

"예."

빨간 블록 주변에 아이템의 위치를 가리키는 아이콘이 늘어납니다.

"희귀 아이템을 손에 넣을 수 있는 장소는 저희가 자유롭게 정할 수 있습니다."

"그렇군. 아이템을 찾아 사람들이 몰려들수록 투표율은 높아질 테고……."

"그렇습니다."

"그래서 이렇게 짧은 기간에!"

"예. 그리고 드디어 시계탑 철거 찬반 투표 마감일이 다가왔습니다."

투표 수는 곧 목표치인 다섯 자리에 육박할 기세입니다.

"방금 제가 시계탑광장에 희귀 아이템을 배치했습니다."

시장이 창문으로 광장을 내려다봤더니 스마트폰에 고개를 처박은 사람들이 줄줄이 광장으로 모여드는 모습이 보입니다.

"드디어 내 바람이 이루어지는군. 저 시계는 이 도시의 상징이었어. 이제 낡아빠진 상징은 버리고 카를레온의 새 역사를 써나가야지."

가운데 남자가 천천히 눈을 뜹니다.

"잡담은 이쯤 해둘까요?"

왼쪽 남자와 오른쪽 남자가 표정 없는 얼굴로 다시 노트북을 바라봅니다.

"혁신 계획은 순조롭게 진행되고 있습니다. 하지만 시장님! 지금이야말로 시계탑 철거를 대대적으로 발표하고 다음 계획을 실행에 옮길 때입니다."

"그게 뭐요?"

"구시가지를 스마트시티로 바꾸는 것입니다. 그 첫 신호탄으로 카이저 슈미트 씨의 공방을 새로운 개혁의 상징으로 삼으면 어떨까요?"

피피 아빠의 손에서 서류가 와르르 떨어집니다.

"그게 무슨 말입니까?"

가운데 남자가 눈길을 피피 아빠 쪽으로 돌립니다.

"아버님의 공방은 장인들의 정신적 지주입니다. 공방을 개축해 장인 거리를 관광객들이 찾는 공장거리로 바꾸는 겁니다. 장인들의 생활을 지키고 카를레온의 이름을 다시 전 세계에 널리 알릴 좋은 기회가 될 겁니다."

"그거 정말 좋은 생각이군. 어떤가, 슈미트?"

시장은 인터뷰 준비에 정신이 팔려 한껏 들뜬 모습입니다. 피피 아빠의 목소리가 떨립니다.

"그…… 그렇지만."

가운데 남자의 얼굴에 차가운 미소가 번집니다.

"슈미트 씨, 현재에서 과거로 이르는 길을 끊어놔야 합니다."

제13장

프리츠의 목소리를 들어봐

식당을 나온 피피는 지사마 방으로 향합니다.

불 꺼진 방에는 작업대의 램프만이 지사마의 옆얼굴을 희미하게 비추고 있습니다. 창문을 열어놨는지 방 안에 신선한 공기가 흐릅니다.

"지사마, 늦었어요."

그러자 지사마가 오른손을 들어 손짓합니다.

"잠깐 이리 와봐요."

피피는 작업대로 갑니다.

오래 써서 반질반질한 나무 작업대 위에 프리츠가 누워 있습니다. 은색 쟁반에 피피의 얼굴이 어렴풋이 비칩니다. 몸통에서 떨어져나간 머리는 반쯤 찌그러졌고 초록색 눈이 있던 자리는 양철판이 비틀리면서 움푹 꺼졌습니다. 오른팔은 어깨 언저리에서 떨어져나갔고 왼팔은 엉뚱한 방향으로 휘어 있습니다. 가슴에서 허리께에 이르는 외피는 반쯤 벗겨지고 태엽과 태엽을 감는 꼭지는 다 떨어져나갔습니다. 오른쪽 다리는 허벅지에서 무릎까지 찌부러졌고, 왼쪽 다리는 본디 모습을 유지하고는 있지만 몸통으로 이어지는 동력 전달 장치가 깡그리 사라졌습니다.

"자, 어디부터 시작해볼까요?"

지사마가 파이프를 피우며 피피 등 뒤에 섭니다.

"뭘 생각해야 하는지 아나요?"

두꺼운 안경 너머로 커다랗고 둥근 눈동자가 묻습니다.

"네. 어떤 순서로 어떻게 작업을 진행할지 생각합니다."

"구체적으로는?"

"같은 부품과 같은 작업별로 분류합니다. 백 가지 작업이 있다면 열 개 정도가 될 때까지 정리하고 순서를 정합니다."

"흠, 그러고 나서는?"

"천천히 해야 할 일은 신속히 끝마칩니다. 서둘러야 할 중요한 일이야말로 천천히 합니다."

"그것만으로는 안 됩니다."

느릿하지만 위엄 있는 목소리입니다.

"가장 중요한 건……."

지사마가 피피의 눈을 뚫어져라 바라봅니다.

"프리츠의 목소리를 듣는 일입니다."

"프리츠의 목소리!"

"흠, 카이저를 아는 일이라고도 할 수 있는데……."

지사마는 작업대의 프리츠를 내려다봅니다.

"물건이 만들어진 의미를 모르는 채로 작업에 임해서는 안됩니다."

피피도 프리츠를 바라봅니다.

"물건에는 주인의 추억이 들어 있습니다. 그 기억을 되살려야합니다."

"네."

"카이저가 무엇을 생각하며 피피에게 프리츠를 맡겼는지 그이유를 생각해야 합니다."

피피가 조용히 고개를 끄덕입니다.

✿

그 뒤로 한동안 정신없는 나날이 흘렀습니다.

피피는 지사마가 던진 질문의 답을 찾으려고 온종일 프리츠 생각만 했습니다. 저녁을 먹은 뒤에는 지사마의 방으로 돌아와 프리츠를 관찰합니다. 지사마는 작업대에서 파이프를 피우며 일합니다.

할아버지가 나에게 전해주려 했던 건 무엇일까? 피피는 눈을 감고 처음 프리츠를 받았을 때를 떠올립니다. 할아버지가 돌아가신 뒤로 프리츠는 피피의 유일한 친구였습니다. 슬픈 일이든 기쁜 일이든 빼놓지 않고 프리츠에게 얘기했습니다. 프리츠는 피피를 말없이 바라보며 몇 시간이고 이야기를 들어주었습니다.

"맞아!"

피피는 퍼뜩 생각이 났습니다.

피피가 슬플 때는 프리츠도 우는 것처럼 보였고 피피가 신났을 때는 프리츠도 웃는 것처럼 보였습니다. 프리츠가 내내 웃고만 있었다면 피피의 슬픔을 받아줄 수 없었겠죠. 반대로 늘 슬픈 얼굴이었다면 함께 기쁨을 나눌 수 없었을 거예요.

"지사마."

지사마가 얼굴을 듭니다.

"할아버지는 저에게 친구를 만들어주려고 하셨어요."

"어떤 친구를?"

"슬플 때 함께 슬퍼하고 기쁠 때 함께 기뻐해주는 친구요."

"흠."

지사마가 천천히 일어나 피피에게 걸어옵니다.

"그게 프리츠에 담긴 카이저의 마음이라고 할 수 있겠네요."

"네. 슬플 땐 슬픈 얼굴을, 기쁠 땐 기쁜 얼굴을 하는…… 그게 프리츠예요."

지사마는 잉크와 물감으로 얼룩진 손으로 프리츠의 이마를 어루만집니다.

"그렇군요. 이런 생각 없이 작업을 시작했다면 분명 피피는 프리츠에게 자신의 기분만 투영했을 거예요. 자기 생각과 의지를 버리고 그 물건의 목소리를 듣는 일. 그렇게 해야만 비로소 진실이 모습을 드러내지요."

"네."

지사마는 가만히 피피의 얼굴을 바라보다가 묻습니다.

"피피는 자신을 위해 프리츠를 수리하고 싶은가요?"

피피는 자신의 마음속을 들여다봅니다.

"아뇨……."

이쪽 세계에 처음 왔을 때에는 프리츠를 원래대로 돌려놓고 싶다는 생각밖에 없었습니다. 하지만 지금은 자신의 바람이 바뀌었다는 걸 압니다.

"지금은 저 자신을 위해서가 아니라 누군가를 위해 일하고 싶어요."

지사마가 다정한 눈빛으로 묻습니다.

"그렇다면 일이란 무엇일까요?"

"누군가를 기쁘게 해주는 것……."

피피는 얼굴을 들었습니다.

"그게 일이라고 생각해요."

가슴속에 꽁꽁 묻어두었던 말이 둥실 떠올라 입 밖으로 나옵니다.

"지사마, 저, 이 공장에서 계속 일하고 싶어요."

지사마는 다정한 눈으로 피피를 바라보다가 말합니다.

"그럼 시작할까요? 앞으로 일주일 안에 프리츠를 완성하는 겁니다."

"일주일!"

"오늘이 금요일이네요. 다음주 금요일까지입니다. 완성된 프리츠를 보고 합격이면 공장에서 일하도록 허락하겠습니다. 그러나⋯⋯."

피피가 침을 꼴깍 삼킵니다.

"불합격이면 본래 세계로 돌아가야 합니다."

심장이 쿵 내려앉습니다.

⚙

그날 저녁.

토코는 벽돌건물이 늘어선 거리를 걷고 있습니다. 손에는 메모리체인 회사 요원들에게서 받은 검은 명함이 쥐어져 있습니다. 아시토카 공작소에서 기숙 생활을 한 지 벌써 육 년이 지났습니다. 신입에서 견습공으로 올라가 지사마한테서 노란색 작업복을 받던 때의 기쁨을 잊을 수 없습니다. 어서 듬직한 장인이 되어 가슴을 쫙 펴고 고향으로 돌아가고 싶다는 생각에 날마다 열심히 일했습니다. 토코는 장인시험 보는 날을 손꼽아기다렸습니다.

그런데 피피가 나타난 겁니다. 토코는 나날이 커져만 가는 마음속 응어리를 억누를 수가 없습니다.

왜 피피만 아껴주는 거야! 내가 선배고 누구보다 열심히 했는데 왜 아무도 날 인정해주지 않느냐고!

좁고 가느다란 길을 빠져나가자 돌바닥이 깔린 광장이 나옵니다. 광장 한가운데에 우물이 덩그러니 있습니다. 그리고 우물을 둘러싸듯 검은 요원들이 서 있습니다.

"기다리고 있었습니다, 토코 비네마야 씨."

"늦어서 죄송합니다. 처음 와보는 길이라."

토코가 모자를 벗으며 인사합니다.

"자, 편안히."

가운데 남자가 천천히 다가옵니다.

"이 장소는 여러 모로 약속을 잡기에 적절한 곳입니다. 중요한 얘기가 새어나갈 위험이 없죠."

우물 옆에는 검은 돌로 만든 위령비가 서 있습니다. 서로 뒤엉킨 사람들이 괴로운 표정을 짓고 있는 으스스한 조각입니다.

가운데 남자가 위령비에 손을 얹습니다.

"전에 이 장소에서 비극이 일어났습니다."

"비극요……?"

"낡은 추억을 붙들고 늘어지려는 자들과 새로운 세상을 만들려는 자들. 양쪽이 충돌했고 많은 희생자가 나왔습니다."

"……"

"토코 씨. 이 세상에는 새로운 것을 만들어내는 사람과 그렇지 않은 사람이 있습니다. 이곳에서 일어난 일과 같은 비극을 반복해서는 안 됩니다."

"저기……."

"왜 그러십니까?"

"전화로 물으신 건……?"

"아, 죄송합니다. 당신처럼 젊고 촉망받는 크리에이터에게는 관계없는 얘기였군요."

"크리에이터?"

"예. 장인 같은 낡아빠진 직함은 버리십시오. 수련이랍시고 남의 밑에서 허드렛일하며 시간을 낭비하는 일은 지금과 같은 시대엔 맞지 않습니다. 미래를 위해 현재를 참고 견딜 필요는 없습니다. 모든 것을 기계와 컴퓨터에 맡기고 토코 씨는 좀 더 창의적인 일에 시간과 재능을 쏟아부어야 합니다. 그리고……."

남자는 한참 뜸을 들인 뒤 슬픈 표정을 지었습니다.

"아시토카 공작소가 이대로 조업을 계속하기는 어렵다는 소문도 있습니다."

"아!"

"그렇게 되지 않기를 바랍니다만."

토코는 말을 꺼내기가 어렵다는 듯 발끝을 내려다보다가 입을 열었습니다.

"저, 혹시 말인데요……."

"말씀하십시오."

"제가 새 공장으로 옮긴다면…… 어떤 자리에 앉게 됩니까?"

"원하는 자리예요. 우리 회사는 토코 씨처럼 재능과 열정이 넘치는 인재에게 투자를 아끼지 않습니다. 이를테면 이런 직함은 어떻습니까?"

남자가 알루미늄으로 만든 작은 상자를 내밉니다.

"이건……?"

"열어보십시오."

밀폐된 상자의 뚜껑을 열자 안에서 공기가 펑 하니 빠져나옵니다. 안에는 검정색 명함이 들어 있습니다.

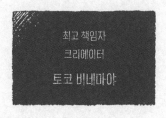

최고 책임자
크리에이터

토코 비네마야

은박으로 인쇄된 명함입니다.

"그리고 이게 당신이 받게 될 월급입니다. 지금 바로 결단을 내려주신다면 계약금으로 반년 치를 더 드리겠습니다."

건네받은 종이에 적힌 금액은 토코가 지금까지 한 번도 본 적 없는 액수입니다.

"이렇게나!"

너무 놀라 손끝이 떨립니다.

"새 공장에서 전 무슨 일을 하면 됩니까?"

"모든 것을. 더 이상 렌즈를 닦거나 자잘한 부품을 깨작깨작 만들 필요는 없습니다. 그런 작업은 모두 최신식 기계가 합니다. 우리가 요구하는 건 토코 씨의 창의적인 재능입니다."

"재능⋯⋯."

조금씩 사그라들던 자신감이 가슴 한구석에서 다시 부풀어 오릅니다.

✿

카를레온의 역사를 지켜온 시계탑 철거 결정!
시계는 박물관에 기증, 최신 디지털시계가 도시의 새 시간을 새긴다

이런 기사가 〈카를레온 신문〉 첫 페이지를 장식했습니다. 카를레온의 상징인 시계탑을 철거해선 안 된다는 저항의 목소리는 계속 이어지고 있습니다. 하지만 '클린 위치'의 희귀 아이템을 찾아 우르르 모여든 사람들의 수가 훨씬 많습니다. 게임에 열광해 투표하는 사람이 급증하면서 시계탑 철거는 찬성과 반대의 이유는 덮어둔 채 어찌됐든 다수 여론이라는 게 되고 말았습니다.

그리고 시계탑 철거 결정에 힘입어 한 건물의 개축도 결정됐습니다. 카이저 슈미트 수리 공방입니다. 장인들이 마음의 안식처로 삼아온 공방을 개축하고 구시가지를 스마시티로 바꿔나간다는 개혁안이 실행에 옮겨졌습니다. 물론 이 모든 일의 배후에는 검은 요원들이 있습니다. 그 누구도 메모리체인 회사가 스마트시티화와 관련한 여러 사업에 손을 대며 막대한 이익을 챙기고 있다는 것을 알아채지 못했습니다.

✿

　아시토카 공작소 지하창고에 즈키와 로노가 산더미처럼 쌓인 반품을 앞에 두고 팔짱을 낀 채 서 있습니다. 열 발짝쯤 떨어진 곳에 미야도 불안한 얼굴로 서 있습니다. 선반에 놓인 낡은 헝겊인형과 동물인형, 양철장난감이 램프 불빛을 받아 빛납니다.

　"안타까운 소식이군. 아직 쓸 만한데."

　"반품하는 이유는 다양해요."

　로노가 전표를 뒤지면서 반품 이유를 읽어줍니다.

　"손주에게 크리스마스 선물로 주려 했습니다만 새 장난감이 더 좋다고 해서 반품합니다."

　"흠."

　"신제품이 기능이 좋아 낡은 건 필요 없게 됐습니다."

　"흐으음."

　"수리 맡긴 기억 없음. 필요 없으니 가져가세요."

　"흐으으음."

　"고쳤더니 마음에 안 들어서……."

　"됐네!"

즈키가 오다리를 달달달 떨기 시작합니다.

로노가 머뭇거리다 말을 꺼냅니다.

"즈키."

"뭔가?"

"그 개혁안 말인데요."

"그게 뭐."

"저희 직공들에게는 나쁘지 않은 제안 같은데요."

즈키가 떨던 다리를 멈춥니다.

"직공들의 고용은 전부 보장한다고 써 있어요. 기계화 비용과 운영비도 모두 부담한다고. 이런 좋은 기회는 흔치 않아요. 우리 직공들이라면 새 사업에도 금방 적응할 테고……."

"그런 좋은 제안이 거저 굴러올 것 같아?"

"하지만……."

"세상에는 두 가지 일이 있어. 하나는 지혜를 짜내고 땀 흘리며 직접 무언가를 만드는 일이야. 또 하나는 남이 한 일을 자신이 한 것처럼 떠벌리는, 겉만 번드르르한 일이지."

"아!"

"잘 굴러가는 것처럼 보일 땐 달콤한 말로 접근해오지. 그리고 남이 만든 것을 저희들이 만든 것인 양 떠들고 다녀. 그러나 소용없어지면 가차 없이 버리고 말걸."

"그들도 그런 사람이라고요?"

"이상하다는 생각 안 드나? 반품이 갑자기 늘어난 마당에 우리한테 접근해왔어."

"아!"

"게다가 아무 생각 없이 기계를 들여놔보라고. 인간이 기계를 쓰는 게 아니라 기계가 인간을 쓰게 될 거야."

엘리베이터 문이 열리는 소리가 지하창고를 울립니다. 지사마가 등을 꼿꼿이 세우고 걸어옵니다.

"이런, 기다리게 해서 죄송합니다."

지사마가 즈키 옆으로 와 반품된 물건들을 올려다봅니다.

즈키가 담배에 불을 붙여 연기를 내뿜고는 묻습니다.

"피피는 어떤가요?"

지사마가 자기 파이프에 담뱃잎을 채우며 대답합니다.

"일주일 시간을 주었습니다."

"그렇군요. 잘해내야 할 텐데요."

지사마는 고개를 끄덕인 뒤 부루퉁한 표정을 짓습니다.

"읽었어요."

즈키의 미간에도 주름이 잡힙니다.

"개혁안 말이군요."

"시답잖은 소리! 이 이상, 쓸데없는 물건을 만들어 어떻게 하려고 그러는지, 원!"

"좀 수상쩍은 냄새가 납니다."

안경 너머로 지사마의 눈이 반짝입니다.

"즈키가 그렇게 생각한다면 그런 거지요."

즈키가 눈을 치뜨고 지사마를 쳐다봅니다.

"카를레온 시장의 아버지, 기억나십니까?"

"물라노 말이죠."

"예. 그때도 똑같은 패거리가 뒤에서 조종했습니다."

"흠."

"혁명을 부르짖으면서 도시를 바꾸자는 소리가 여기저기서 나왔지요. 물라노는 그들에게 이용만 당했습니다."

"흥! 혁명이라니, 앞뒤 생각하지 않는 바보짓이에요. 개혁이다, 혁명이다 외쳐서 제대로 된 적이 한 번이라도 있습니까?"

지사마가 파이프 연기를 뻐끔뻐끔 내뱉습니다.

"이걸 들고 온 자들에게 빌붙을 틈을 줬다고 봐야지요. 이번에는 물라노의 아들입니다."

"카를레온 시장?"

"예, 개혁을 외치며 도시를 바꾸려 하지요. 그때부터 카를레온은 남의 행복을 부러워하고 자신의 행복을 더욱 돋보이게 하는 서비스들로 넘쳐나고 있어요."

"제안서를 들고 온 자들이 뒤에서 조종한다는 말씀인가요?"

"예, 그러고는 뒤에서 막대한 이득을 취하고 있습니다."

둘의 대화를 가만히 듣던 미야가 머뭇거리며 말을 꺼냅니다.

"즈키, 지사마…… 있잖아요."

"왜?"

즈키는 허리를 세운 채 고개만 미야 쪽으로 돌립니다.

"직공 몇 명이 다른 공장으로 간다는데 어떡하면 좋을까요?"

"그만둔다는 건가?"

"예, 제안서는 우리뿐만 아니라 다른 공장에도……."

"다른 공장들은 제안을 받아들인 모양이군요."

지사마가 파이프 연기를 뻐끔뻐끔 내뿜습니다.

"수리만 하며 버틸 수는 없다고 한트베르커 거리의 공장 대부분이 제안을 받아들였대요."

"흥! 정말 한심하군요."

지사마가 콧방귀를 뀝니다.

"안 될 일은 뭘 해도 안 되고, 될 일은 뭘 하든 되는 법."

평소의 초연한 얼굴로 돌아온 즈키가 지사마를 쳐다봅니다.

"지사마, 이쪽 세계에선 저쪽 세계 일에 손댈 수가 없습니다. 유일한 열쇠가 피피예요. 피피의 기억이 돌아오면⋯⋯."

"제가 지켜보겠습니다. 카이저의 유품을 마주하다 보면 뭔가 생각이 날지도 모르니까요."

"부탁 좀 드릴게요."

즈키와 지사마는 함께 엘리베이터에 올라타고, 로노와 미야만 남아 서로를 바라봅니다. 즈키와 지사마는 지금까지 수많은 위기를 함께 극복해왔습니다. 하지만 이런 위기는 처음입니다. 주인 잃은 장난감들이 로노와 미야를 말없이 내려다봅니다.

❁

피피가 프리츠를 고치는 일에 뛰어든 지 이틀째입니다.

아침을 먹고 식당에서 나와보니 중앙홀 엘리베이터 앞에서 로노가 확성기를 입에 대고 직공들에게 외치고 있습니다.

"여러분, 오늘 업무는 이만 중단합니다. 각자 방으로 돌아가 대기해주십시오."

홀은 엘리베이터 앞으로 몰려드는 직공들로 발 디딜 틈이 없습니다.

"어떻게 된 거야? 납기는 맞춰야 하잖아?"

"상황은 나중에 설명할게요!"

"반품이 늘어나는 것과 관계있지?"

"이봐! 다 안다고. 로노, 네가 아무리 숨겨도 지하창고가 반품으로 꽉 찼다는 건 다들 알아!"

로노를 둘러싼 인파 속에 토코의 모습도 보입니다. 토코는 까치발을 한 채 로노의 설명을 듣다가 피피와 눈이 마주치자 떨떠름한 표정을 지으며 다가옵니다.

피피는 몸이 굳는 걸 느끼며 힘껏 소리를 냈습니다.

"안녕하세요, 토코 씨."

"피피가 지사마 방에서 일하는 동안에 말이야."

토코는 퉁명스럽게 운을 뗀 뒤 으르렁대듯 소리쳤습니다.

"큰일이 벌어졌어! 반품이 점점 늘어나 수리를 끝낸 물건을 보낼 수 없게 됐다고."

"그래서 이렇게······."

"그래도 기다리는 사람이 있으려니 하고 계속 일했지. 하지만 이제 창고가 꽉 차서 물건을 고쳐도 더 이상 놓아둘 곳이 없나봐."

확성기 소리가 납니다.

"여러분, 앞으로의 일은 나중에 설명할게요!"

직공들은 불안한 얼굴로 불만 섞인 소리를 내뱉으며 침실로 돌아갑니다.

"피피는 지사마 방에 가는 거야?"

"으, 응…… 이번 주 금요일에 장인시험이."

"장인시험?"

토코의 얼굴이 붉으락푸르락합니다. 꼭 쥔 주먹이 부들부들 떨립니다.

피피는 말하지 말아야 할 것을 말했다는 사실을 뒤늦게 깨달았습니다. 토코는 벌써 몇 년째 장인이 될 날만을 꿈꾸며 일해왔는데…….

"아, 그게 아니라…… 프리츠를……."

피피는 서둘러 말을 주워 담으려 했지만 토코는 이글이글 불타는 눈으로 피피를 노려보다가 몸을 홱 돌려 달려갔습니다.

피피는 벌렁거리는 가슴을 쓸어내리며 엘리베이터에 탑니다. 발끝에서부터 불안이 스멀스멀 올라옵니다. 엘리베이터에서 내려 지사마 방으로 걸어갑니다. 공장은 쥐 죽은 듯 고요해 카펫을 밟는 소리마저 울릴 것 같습니다.

지사마는 방에 없습니다. 머릿속에 온갖 생각이 붕붕 떠다녔지만 손으로는 프리츠의 부품을 닦고 또 닦았습니다. 그날 지사마는 밤이 되어도 방에 돌아오지 않았습니다.

이튿날 중앙홀에는 지사마가 손으로 쓴 다음과 같은 종이가 붙었습니다.

무기한 휴업 공지

아시토카 공작소는 지금까지 그럭저럭 운영해 왔습니다만, 당분간 무기한 휴업을 하려고 합니다.

위기가 닥쳤습니다. 우리가 하는 일이 이제 통하지 않나봅니다. 뭐, 시대의 흐름이겠죠. 위기를 맞아 소극적으로 물러서기보다는 위기에 적극적으로 맞서 좋은 기회로 만들어봅시다. 전혀 다른 세계를 경험할 좋은 기회로요.

지사마 · 즈키

그날 저녁부터 아시토카 공작소의 직공들이 사라지기 시작했습니다. 어느 순간부터 하나둘 모습이 보이지 않습니다. 그

무리에 토코도 끼어 있습니다.

로노와 미야는 얼굴이 핼쑥해져서는 반품을 처리하고 공장을 떠나는 직공들을 대응하느라 정신이 없습니다. 직공이라는 혈액을 잃은 공장은 순식간에 생기를 잃었습니다. 창고는 반품으로 넘쳐나고 새로 들어오는 물건도 뚝 끊겼습니다.

피피는 혼자 공지문 앞에 섰습니다.

만약 장인시험에 합격하더라도 공장이 계속 휴업한다면 피피가 있을 곳은 없습니다.

그런데도 피피의 마음속엔 즈키와 지사마 밑에서 일하고 싶다는 강한 열망이 차오릅니다.

제14장
장인시험

갱에 백발 노인과 소녀가 서 있습니다. 장난감 박물관장 에르네와 레이디입니다.

레이디가 에르네의 손을 잡고 광장을 바라봅니다. 표정이 어둡습니다.

"길이 또 하나 사라졌어."

"응. 개혁이 진행될수록 이쪽 세계가 점점 사라지고 있어."

"푸라우엔 거리는 괜찮아?"

"장난감 박물관은 저쪽 세계에서 사명을 다한 추억으로 이루어졌으니 아직 괜찮아. 하지만 그쪽도 시간문제일지 모르지."

레이디가 에르네의 손을 꽉 잡습니다.

"공장에는 이제 아무도 없어. 우리 공장에 있던 직공들은 모두 저기로 갔어."

레이디의 시선 끝을 따라가니 덜덜덜덜 소리를 내며 다가오는 한트베르커 거리에 검은 연기를 뭉게뭉게 내뿜는 새까만 공장이 하늘 높이 치솟은 게 보입니다.

에르네가 입을 엽니다.

"문제가 또 생겼어."

"뭐가?"

"카를레온 시계탑 철거 날짜와 구시가지 스마트시티 계획이 발표됐어. 첫 번째가 카이저 공방이래."

"언제야?"

"다음 일요일. 피피의 장인시험 다음다음 날이야."

"세상에! 그럼 어떻게 돼?"

"두 세계를 잇는 길이 완전히 끊겨. 이쪽 세계의 존재는 깡그리 잊히고 사라질 거야."

레이디는 할 말을 잃었습니다.

"레이디, 아주 오래전 일인데 지사마와 즈키가 저쪽 세계에 살았다고 말했었나?"

"으응, 들은 것 같기는 한데 잊어버렸어."

"그렇지. 레이디는 하룻밤 자고 나면 모든 걸 잊어버리니까."

"한 번 더 말해줘."

에르네가 레이디의 어깨에 손을 얹습니다.

"옛날에 저쪽 세계에 큰 전쟁이 일어났어. 도시가 파괴되고 사람이 많이 죽었지. 카를레온에서도."

"응."

"지사마는 카를레온에서 장인으로 일했어. 그때 피피의 할아버지인 카이저와 시장의 아버지인 물라노 모두 친구였지."

"그럼 저 밉살스런 시장의 아버지와 피피의 할아버지, 그리고 지사마가 옛날에 친구였다는 거야?"

"그렇지. 세 사람 모두 세계에서 내로라하는 장인이었어. 지사마와 카이저는 전통을 지키며 수작업을 고집하는 장인이었고, 물라노 시장의 아버지는 새로운 기술을 도입해 혁신적인 물건을 만들려고 시도했지."

"두 사람과 물라노의 아빠는 대조적이었구나."

"응. 그래도 세 사람은 사이가 좋았어. 하지만 전쟁이 모든 것을 바꿔놓았지. 전쟁이 일어나자 도시는 폐허가 됐어."

"그렇구나."

"전쟁이 끝난 후, 카를레온은 세 사람의 힘이 필요했어. 잃어버린 것을 복구할 힘과 새로운 것을 만들 힘, 둘 다 필요했지. 하지만 어떤 사건을 계기로 물라노 시장의 아버지는 장인을 그만두었어."

"무슨 일이 있었는데?"

"그건 모르겠어. 지사마는 그 사건이 일어난 뒤 아시토카 공작소를 만들었어."

"지사마는 어쩌다가 이쪽 세계에 온 거야? 즈키랑은 언제 알게 됐고?"

"레이디."

"왜?"

"너도 저쪽 세계에 있었어."

"뭐?"

"넌 하룻밤 지나면 모든 걸 잊어버리니까 기억 못 하겠지만."

"잊어버리는 게 아냐. 자는 동안…… 시간의 고치 속에서는 기억해."

"그런 거야?"

"응. 잊는다기보다는 꿈속에서 어린 시절로 돌아간다고 해야 할까?"

"그럼 중간에 잠이 깨면?"

"그때까지의 일은 어찌어찌 기억나."

"그렇군. 그럼 시간의 고치 속에서 잠이 깰 때까지의 기억은 있는 거로군."

"응. 금방 다시 잠들어버리지만."

"그렇군."

에르네는 뭔가를 골똘히 생각하는 듯했습니다.

"왜 그래?"

"아냐. 지사마는 지금 어쩌고 있지?"

"계속 일하면서 피피가 카이저의 유품을 고치는 걸 지켜보고 있어."

"즈키는?"

"카이저 공방에 가서 카이저가 왜 죽었는지, 마지막에 무엇을 하려 했는지 찾고 있나봐."

"찾았을까?"

"아니. 매일 아침 얼굴이 핼쑥해져서 돌아와."

"피피의 기억은?"

"아직 돌아오지 않은 것 같아."

"흠⋯⋯. 난다 긴다 하는 지사마랑 즈키도 이번엔 속수무책이군."

레이디가 고개를 치켜듭니다.

"그럴 리 없어! 즈키랑 지사마는 반드시 방법을 찾아낼 거야. 그리고 때가 되기를 가만히 기다릴 거야."

두 사람 앞에 한트베르커 거리가 연결됩니다. 새까만 공장에서 단조로운 기계음이 울려 퍼집니다.

"에르네."

레이디가 말합니다.

"응?"

"에르네도…… 없어지는 거야?"

백발의 관장이 미소를 지으며 대답합니다.

"걱정 마. 아까 말했잖아? 장난감 박물관은 사명을 다한 추억이 모이는 곳이라고."

"응."

"지금은 즈키와 지사마가 방법을 찾아내길 기다려보자."

"그래야겠지."

레이디는 한트베르커 거리로 건너간 뒤 에르네를 돌아보며 손을 흔듭니다.

✿

피피는 하루 종일 지사마 방에서 프리츠 고치는 일을 하고 있습니다. 휘어진 프리츠의 겉면을 본디 모습대로 펴는 일은 꽤 끈기가 필요합니다. 슬플 때 슬픈 얼굴을, 기쁠 때 기쁜 얼굴을…… 몇 밀리미터 차이로 표정이 확 달라집니다.

가끔 즈키가 지사마 방에 와서 이야기를 나눕니다. 몇 분 만에 끝날 때도 있지만 몇 시간씩 의논할 때도 있습니다. 어제 피피가 자료실에서 돌아오는데 방에서 지사마와 즈키가 이야기를 나누는 소리가 새어나왔습니다.

"피피는 아직……?"

"예. 카이저의 유품을 고치는 일이 기억을 되살리는 계기가 될 거라 여겼는데."

"저쪽 세계에서 개혁이 진행되면서 이쪽 세계의 존재 자체가 위험하게 됐어요."

"흠, 시간이 별로 없군요."

할아버지의 기억이 떠오르지 않아 마음이 괴롭습니다.

즈키의 태도에도 변화가 일어났습니다. 피피는 매일 밤 일기를 빠지지 않고 썼습니다. 하지만 공장 휴업이 발표되고 나서 즈키의 답장은 점점 짧아졌습니다. 피피는 쓰고 싶은 말이 쌓이고 쌓였지만 즈키가 바쁜 것 같아 되도록 간단하게 쓰려 애썼습니다.

지사마는 휴식시간에 틈날 때마다 할아버지와 지냈던 추억을 들려주었습니다.

"무엇을 보여주고 싶은가, 무엇을 전하고 싶은가, 그걸 생각하는 게 얼마나 중요한지 알려준 사람이 바로 카이저입니다."

할아버지 얘기를 들으면 피피의 기억이 돌아올지도 모른다는 기대를 품었던 것 같습니다.

"전쟁이 끝난 뒤였어요. 불타서 휑해진 도시를 카이저와 걷고 있었죠. 아, 한 사람이 더 있었지. 지금 카를레온 시장의 아버지, 물라노."

"리나의 할아버지……."

지사마가 고개를 끄덕입니다.

"카이저가 나와 물라노에게 물었죠. 이곳에 무엇이 있었는지 아느냐고."

지사마의 기억은 저 멀리 과거로 날아가고 있는 듯합니다.

"저는 기억에 의존하며 도시의 밑그림을 그렸어요. 카이저는 저보다 훨씬 잘 기억했어요. 속상했어요. 그래서 그때부터 밖에서 보기만 해도 집의 구조와 방의 배치를 그릴 수 있게 노력했지요. 우리 모두의 힘으로 도시를 조금씩 원래대로 돌려놓았답니다."

"추억에 의지해 카를레온을 다시 지은 건가요?"

"모두 젊었어요. 그렇게 그 도시는 친구들의 기억을 바탕으로 만들어졌어요."

피피는 성터에서 내려다본 카를레온을 떠올렸습니다. 도시는 옛날부터 존재했던 것이 아니라 할아버지와 지사마 같은 장인들이 재건했다는 걸 알았습니다.

"물라노는 과거에 사로잡혀서는 안 된다고 말했어요. 카를레온이 새로운 도시로 거듭나야 한다고요. 신시가지는 물라노가 설계했어요. 그것도 옳아요. 어느 한쪽만 옳다는 게 아니에요."

"리나 할아버지는 장인을 그만뒀다고 들었어요."

지사마가 말없이 고개를 끄덕입니다.

"왜 그만뒀어요?"

"물라노는 재능을 이용당하고 말았어요."

"누구에게?"

"어느 시대에든 나타나는 과거를 돌아보지 않고 자기들 사리사욕만 채우려는 자들이죠."

"저쪽 세계와 이쪽 세계에서 일어나는 일과 관련이 있나요?"

지사마는 피피의 질문에는 대답하지 않습니다.

"우리의 일은 말이에요, 남보다 더 잘한다든가 뭔가를 이루려는 것이 아니에요. 누군가에게서 이어받은 전통을 다른 누군가에게 전해주는 거예요."

지사마가 프리츠를 내려다봅니다.

"카이저는 피피에게 뭘 전해주고 싶었던 걸까요?"

이 말은 피피에게 던지는 질문 같기도 하고 지사마 자신에게 묻는 질문 같기도 했습니다.

"할아버지가 전해주고 싶었던 것……."

그 말은 피피의 가슴에 깊이 남았습니다.

⚙

　검은 계단을 올라간 즈키는 카이저 슈미트의 수리 공방에서 뭔가를 찾고 있습니다. 다음 일요일에 카를레온 시계탑 철거와 동시에 카이저 공방 철거 작업이 시작됩니다. 두 세계를 잇는 공방의 길이 닫히면 모든 게 끝납니다. 즈키는 날마다 밤새도록 쉬지 않고 찾지만 아무리 뒤져도 찾을 수 없습니다.

　즈키는 카이저의 의자에 몸을 깊숙이 묻은 채 담배에 불을 붙여 빨아들이고는 눈을 감습니다.

　카이저 슈미트는 어쩌다 죽었을까?

　그가 마지막에 하려 했던 일은 무엇일까?

　시계탑광장 쪽에서 나는 개 짖는 소리만이 적막에 휩싸인 공방으로 아련하게 흘러듭니다.

　의자 등받이에 기댄 즈키가 문득 뭔가를 발견하고 몸을 일으킵니다. 낡은 서랍장 밑에 종이 몇 장의 귀퉁이가 보입니다. 바닥에 엎드려 서랍장 밑으로 손을 뻗습니다. 먼지를 살포시 뒤집어쓴 종이를 끄집어냅니다.

　즈키는 의자에 고쳐 앉아 종이를 들여다봅니다.

　"흠?"

톱니바퀴가 복잡하게 얽히고설킨 구조도가 몇 페이지에 걸쳐 그려져 있습니다.

"그렇군!"

즈키의 눈이 반짝반짝 빛납니다.

"카이저가 고치려 했던 건……."

벌떡 일어서는 바람에 의자가 콰당 소리를 내며 뒤로 넘어갑니다.

"카를레온의 시계탑!"

즈키는 공방 입구까지 달려가 현관문에 달린 창문 너머로 시계탑을 바라봅니다. 캄캄한 밤, 어둠 속에 몸을 드러낸 시계탑은 곧 철거될 운명을 맞아 철제 구조물로 둘러싸여 있습니다.

"늦지 않았을까?"

즈키는 몸을 돌려 이쪽 세계로 달려갑니다.

✿

목요일 아침을 맞았습니다. 드디어 내일이 프리츠 수리 마감일입니다.

피피는 작업대에 누워 있는 프리츠 앞에 서 있습니다. 오늘까지 수많은 생각이 스쳐 지나갔지만 지사마가 한 말만은 피피의 귀에 박혀 사라지지 않습니다.

카이저는 피피에게 뭘 전해주고 싶었던 걸까요?

내일이 장인시험인데 아직까지 답을 찾지 못해 초조하고 불안합니다. 지사마의 작업대를 흘깃 봤더니 어디선가 본 듯한 종이가 보입니다. 갈색 봉투와 편지지 여러 장입니다.

피피는 편지지를 손에 들고 숨을 삼킵니다.

카이저 슈미트 씨

"할아버지에게······?"

귀가 뜨거워지고 심장이 쿵쾅댑니다.

만년필로 쓴 옅은 푸른색 글자가 종이를 빽빽이 채우고 있습니다. 여백에 인쇄된 글자는 한자이지만 편지는 피피의 나라 말로 쓰여 있습니다. 피피는 의자에 앉아 외국에서 할아버지에게 보내 온 편지를 읽어 내려갑니다.

카이저 슈미트 씨

먼 바다 저쪽의 한 번도 뵌 적 없는 분께 이런 편지를 써도 될지 고심하며 펜을 들었습니다.

저는 일본 도쿄에 사는 시노입니다.

이 오르골은 전쟁이 일어나기 전 저의 할아버지가 할머니에게 선물한 것입니다.

"오르골…… 그때 그……?"

피피는 이 공장에서 일을 시작한 첫날을 떠올리고는 다시 편지로 눈을 돌립니다.

할아버지는 전쟁터에서 돌아가셨고 할머니 혼자서 어머니를 키웠습니다. 그 어머니에게서 제가 태어났습니다. 할머니는 매일 밤 오르골 소리를 들으면서 젊은 나이에 세상을 떠난 남편을 떠올리며 혼자 눈물 흘렸다고 합니다.

할머니는 스무 해 전에 돌아가셨고 지금 저의 어머니 또한 병상에 있습니다. 어머니는 여생이 여섯 달밖에 남지 않았다는 선고를 받았는데 요즘 들어 부쩍 할머니가 소중히 여겼던 이 오르골 소리가 듣고 싶다는 말씀을 자주 하십니다.

어머니는 당신의 아버지를 만난 적이 없습니다. 어머니의 기억 속에 남은 아버지의 모습은 이 오르골 소리와 함께 할머니에게서 들은 이야기가 전부입니다. 어머니는 돌아가신 할머니와 할아버지의 추억을 가슴에 묻고 이 삶을 마감하고 싶다고 하십니다.

부디 할머니와 할아버지, 그리고 어머니의 추억을 되살릴 수 있기를 바랍니다.

어느새 눈물이 뺨을 타고 흐릅니다.

"그 오르골에 이런 추억이……."

피피의 머릿속에 공방에서 할아버지가 편지를 읽던 모습이 떠오릅니다. 그러다 문득 어떤 기억이 반짝입니다.

카를레온 시계탑광장의 기억입니다.

어느 늦은 밤, 피피는 할아버지의 숄을 걸치고 시계탑을 올려다봅니다. 가슴에는 프리츠를 안고 있습니다.

비바람을 맞아 색이 바랜 꼭두각시인형 사이로 할아버지의 모습이 보입니다. 할아버지가 피피에게 손을 흔들며 외칩니다.

"피피, 프리츠 가지러 내려갈게."

기억은 다른 곳으로 달려갑니다.

카를레온 중앙병원 복도입니다. 엄마가 흐느끼는 소리가 들립니다. 아빠는 엄마 어깨에 손을 얹고 있습니다.

피피가 몸을 떨며 두 사람에게 다가갑니다.

"할아버지는?"

엄마가 피피를 세차게 끌어안습니다. 숨을 삼키고 뭔가 말을 꺼내려 하지만 그 말은 울음소리로 바뀌어버립니다.

"피피……."

피피는 뒤돌아 아빠를 봅니다.

"할아버지는……."

아빠가 무릎을 꿇고 피피의 어깨를 잡습니다.

"피피, 할아버지는 돌아가셨단다."

피피의 기억은 다시 시계탑광장으로 되감깁니다.

그래, 할아버지는 그때…….

억눌렸던 기억이 마음 깊은 곳에서 꾸역꾸역 기어올라와 눈물이 되어 흘러넘칩니다. 피피는 이제 할아버지가 돌아가셨을 때 일이 또렷이 기억납니다.

"피피."

돌아보니 지사마가 서 있습니다.

"기억의 뚜껑이 열렸나보군요."

피피는 눈물을 흘리며 지사마와 마주섭니다.

"네, 할아버지는 시계탑을 수리하려고……."

지사마도 카를레온을 떠올리는 듯 생각에 잠기더니 나지막이 중얼거립니다.

"상처 입은 기억을 되찾는 것만으로는 안 됩니다."

지사마는 피피에게 소파에 앉으라 하고는 옆에 앉습니다.

"사람은 기억 깊은 곳에 진짜 추억을 숨기고 삽니다. 혹여 잊었다 하더라도 깊은 곳에 간직되어 있습니다."

"네."

피피는 눈물을 훔치며 고개를 끄덕입니다.

"중요한 건 기억해두는 것입니다. 비록 잊었다 하더라도 반드시 어딘가에서 끌어낼 수 있지요. 우리의 일은 물건을 고치는 게 아닙니다. 잊힌 추억을 끄집어내 주인에게 전해주는 것입니다."

"이 편지의 오르골은 어떻게 됐어요?"

"녹이 아주 많이 슬었지만, 다행히 아름다운 음색을 되찾았어요. 피피가 분해 작업을 한 다음 날 수리를 마치고 주인에게 보냈지요."

"다행이다."

"카이저와 우리가 하는 일이 그런 일이에요."

"네."

지사마가 피피의 눈을 보며 말합니다.

"내일이 마감일이군요."

"네."

피피가 지사마의 눈을 바라봅니다.

✿

"지사마."

지사마 혼자 카를레온의 옛 지도를 훑어보고 있는데 즈키가 문틈으로 얼굴을 내밉니다. 얼굴은 수척하고 수염도 제멋대로 뻗쳤지만 눈빛만은 또렷합니다.

"어쩐 일인가요, 즈키."

"피피는?"

"카이저가 세상을 떠났을 때를 생각해냈습니다."

"시계탑이죠."

즈키가 손에 든 설계도를 지사마 앞에 펼칩니다.

"카이저 공방에서 이걸 찾았습니다."

"피피의 기억도 똑같습니다. 카이저는 시계탑을 고치려 했다고……."

즈키가 라이터를 꺼내 담배에 불을 붙입니다.

"두 세계를 구할 방법이 시계탑에 숨겨져 있군요."

지사마는 안경을 고쳐 쓰고는 설계도를 살펴봅니다.

"카이저는 도대체 뭘 하려고 했던 걸까요?"

"일요일이면 시계탑이 철거되고 동시에 공방도 파괴됩니다."

"자, 어떻게 할까요? 우리가 저쪽으로 가더라도 공방 밖으로는 나갈 수 없고."

"그것 때문인데요."

즈키는 목 뒤로 손을 넘기면서 눈꼬리를 치켜올렸습니다.

"뭡니까?"

"그게 좀 말하기가 그런데."

즈키의 얼굴이 지사마에게 다가오더니 귓속말로 속삭입니다. 잠시 후 지사마의 눈이 동그래지더니 입가에 씁쓸한 미소가 번집니다.

"즈키는 또 저에게 그런 역할을 떠넘기는군요."

"미안합니다."

즈키가 씩 웃자 지사마가 머리를 벅벅 긁습니다.

✿

금요일 아침이 밝았습니다.

피피는 침대에 앉아 토코가 쓰던 옆 침대를 바라봅니다. 직공들로 꽉 찼던 침실에 피피 혼자만 남았습니다. 처음 아시토카 공작소에 온 날을 떠올려봅니다. 토코의 옆얼굴을 보며 가슴이 두근두근 뛰었던 일, 말수는 적지만 친절한 직공들, 하루 일을 마친 뒤 미시즈가 만들어준 맛있는 저녁을 배불리 먹고 잠자리에 들며 숨소리의 합창에 귀 기울이던 일.

모든 것이 아주 오래된 옛일 같기도 하고 바로 어제 일 같기도 합니다.

지난밤 피피는 즈키 일기장에 이런 글을 남겼습니다.

내일 장인시험을 봐요.

할아버지가 돌아가시던 순간이 오늘 기억났어요.

그때를 생각해내지 못하면 내일 시험을 볼 수 없을 것 같았거든요.

일에서 중요한 것은 정리정돈과 기억.

많은 것을 가르쳐주셔서 정말 고맙습니다.

즈키에게선 아무런 답장이 없습니다.

식당에 피피 혼자 앉아 있습니다.

프라이팬과 그릇이 쓸쓸히 빛납니다. 테이블에 파란색과 흰색 무늬가 어우러진 접시 덮개가 놓여 있습니다. 덮개를 열자 호화스런 아침식사가 나타납니다.

초록색, 빨간색, 노란색 채소가 듬뿍 들어간 오믈렛과 구기자 열매를 뿌린 샐러드. 간 고기와 채소를 이겨 넣어 만든 레버케제에는 올리브오일로 볶은 파슬리를 수북이 곁들였습니다.

직접 짜 먹는 오렌지주스와 사과 콤포트. 우유는 냄비에 들어 있고 데우는 방법까지 미스가 손으로 꼼꼼히 적어놓았습니다.

한 입 한 입 꼭꼭 씹어 먹습니다. 희미하게 쓴맛이 느껴지는 건 피피의 얼굴이 눈물을 머금고 있기 때문이겠죠.

그릇을 씻어 정리한 뒤 피피는 중앙홀로 향합니다.

엘리베이터를 타고 오층 버튼을 누릅니다.

엘리베이터의 둥근 창으로 이층 직공실이 보입니다. 나무 작업대가 늘어선 방은 텅 비어 정적만 감돕니다. 오층까지 올라가는 시간이 유난히 길게 느껴집니다.

장인시험에 합격하면 이 공장에서 일할 수 있을까요? 시험에 떨어지면 정말 저쪽 세계로 돌아가야만 할까요? 아빠와 엄마, 카를레온을 떠올리지 않은 날은 없습니다. 하지만 이 공장에서 일하고 싶은 마음이 간절합니다.

지사마의 방문을 두드립니다.

"피피예요."

잠시 침묵이 흐른 뒤 지사마의 목소리가 흘러나옵니다.

"들어오세요."

무거운 문을 밀고 안으로 들어갑니다. 지사마는 파이프를 물고 의자에 앉아 있습니다. 조명 아래에서 프리츠의 황금빛 몸통이 은은히 빛납니다.

"안녕하세요."

"자. 그럼 시작하기 바랍니다."

"네."

양철 외관은 거의 완성했습니다.

기쁠 때는 기쁘게, 슬플 때는 슬프게 보이는 프리츠의 표정을 만들기 위해 그동안 피피는 양철판을 두드리는 작업을 반복했습니다.

잘 닦인 부품들이 쟁반에서 반짝입니다. 짓밟혀 뭉개지고 자갈이 뒤섞인 부품 하나하나를 오랜 시간에 걸쳐 원래 형태로 되돌려 놓았습니다. 없어진 부품은 방대한 자료실에서 가장 비슷한 것을 골라 가공해 만들었습니다.

지난 이틀 동안은 사라진 초록색 눈을 만드는 일에만 꼬박 매달렸습니다. 깊고 맑은 프리츠의 초록색 눈은 처음부터 새로 만들어야 했습니다. 장난감 박물관에 갔을 때 봤던 수달 헝겊 인형의 눈에서 힌트를 얻었습니다. 수달인형의 눈이 나무에서 나오는 진액으로 만들어졌던 게 떠올랐습니다.

피피는 나무 진액을 유리병에 넣어 빛깔 차이를 확인하면서 여러 차례 색을 입히고 닦으며 기억 속에 남아 있는 프리츠의 눈을 만들었습니다.

지금까지 한 번도 겪은 적 없는 집중력이 온몸을 휩씁니다.

톱니바퀴와 회전축이 잘 맞도록 몇 번이고 조정합니다. 기름을 조금씩 치고 망치로 형태를 정돈하면서 분해와 조립을 반복합니다. 몸통과 손발을 접합하는 데 애를 많이 먹었습니다. 회전축으로 연결되었는데 아무리 조립해도 부드럽게 움직이지 않습니다. 어깨와 몸통을 임시로 고정하고 작업을 진행했는데 양쪽이 잘 맞물리기까지 몇 시간이 걸렸습니다.

그동안 지사마는 내내 그림을 그리고 있습니다.

"휴우……."

마지막 하나 남은 회전축의 나사를 조이고 피피는 나직하게 숨을 내쉬었습니다. 이것으로 움직이는 부분은 모두 연결했습니다. 프리츠를 쫙 펴서 눕힌 뒤 오른팔을 천천히 당겨봅니다. 그러자 왼팔이 따라 움직입니다. 왼쪽 다리를 굽히자 오른쪽 다리가 뒤로 움직이며 프리츠가 마치 춤을 추듯 몸 전체를 서서히 비틉니다.

"좋았어."

드디어 마지막 공정, 잃어버린 프리츠의 한쪽 눈을 끼워 넣는 일만 남았습니다. 나무 진액으로 만든 초록색 눈동자를 거즈

위에 올려놓고 분무기를 뿜어 닦습니다. 투명한 나무 진액 표면에 피피의 얼굴이 비칩니다.

핀셋으로 초록색 눈을 집어 꾹 밀어넣습니다. 손에 조금씩 힘을 주며 눈구멍 지름과 똑같은 크기로 갈고 닦은 안구를 밀어넣습니다. 똑딱 하는 소리와 함께 눈동자가 자리를 잡습니다.

순간, 피피는 천장을 올려다보며 눈을 감았습니다. 눈꺼풀 위로 할아버지의 얼굴이 깜빡거리는 것 같습니다.

눈을 떠 프리츠를 내려다봅니다. 두 눈에 생명을 품은 프리츠가 희미하게 미소 짓는 것 같습니다.

피피는 조금 물러서서 전체를 다시 살펴봅니다. 불빛에 비친 프리츠는 피피가 마음속에 그리던 모습 그대로입니다. 작업대로 다가가 부품의 맞물림을 하나하나 다시 확인합니다.

"좋았어, 됐어."

모든 게 잘 맞춰졌다는 확신이 들었습니다. 할아버지가 남긴 소중한 친구가 드디어 생명을 다시 얻었습니다.

얼굴을 들어 확대경을 벗고 지사마를 바라봅니다.

"지사마."

천천히 고개를 드는 지사마의 모습이 흐릿해지며 두 겹으로 보입니다.

"다 됐어요."

지사마가 일어나 파이프를 문 채 피피 쪽으로 걸어옵니다.

해야 할 일은 다 했습니다. 프리츠라면 누구보다도 잘 안다고 자부할 수 있습니다. 기억을 총동원했고 떠올릴 수 있는 모든 것을 재현했습니다.

지사마는 조금 떨어진 곳에서 프리츠를 바라보다가 가까이 다가와 뚫어져라 응시합니다. 그의 옆얼굴에서 아무 생각도 읽을 수 없습니다. 온몸이 쪼그라드는 듯하고 목구멍 깊숙한 곳에서 뜨거운 뭔가가 자꾸 치밀어 오릅니다. 길고 긴 침묵이 이어집니다.

지사마가 등을 펴며 천천히 피피를 바라봅니다. 피피는 침을 꿀꺽 삼키고 지사마의 말을 기다립니다. 지사마가 둥글고 커다란 눈으로 피피를 똑바로 쳐다보며 입을 뗍니다.

"불합격입니다. 저쪽 세계로 돌아가십시오."

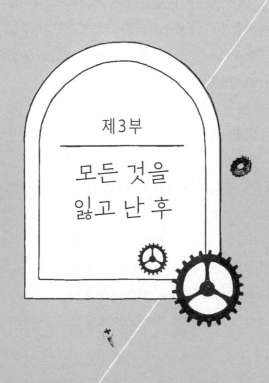

제3부

모든 것을
잃고 난 후

제15장
귀향

갱 앞에 선 피피는 흘러가는 한트베르커 거리를 바라봅니다. 새까만 공장에서 피어오르는 연기와 단조로운 기계소리만이 거리를 메우고 있습니다. 쿵쿵 울리는 기계 소리는 꼭 괴물 숨소리 같습니다.

이 거리를 걷는 일은 이제 두 번 다시 없겠지요. 아시토카 공작소에서 일하는 날도 이제 두 번 다시 오지 않겠지요.

장인시험이 끝나고 어떻게 되었는지 피피의 기억은 조각났습니다. 지사마 방을 뛰쳐나온 뒤로 언제 잠이 들고 어떻게 아침을 맞았는지 기억이 나지 않습니다.

귓가에선 줄곧 지사마의 목소리만 메아리칩니다.

'불합격입니다. 저쪽 세계로 돌아가십시오.'

억울함과 후회와 절망이 파도처럼 밀려듭니다.

도대체 뭐가 부족했을까? 할아버지는 나에게 무엇을 전하려 했을까?

갱에는 아무도 없습니다. 먹이를 찾아 날아들던 새들이 지저귀는 소리도 들리지 않습니다. 처음 이곳에 도착했을 때 시끌벅적하던 광경이 먼 옛날 일로만 느껴집니다.

피피의 품속에는 기름종이로 싼 프리츠만 안겨 있습니다. 그동안 정들었던 작업복, 구두, 공구 가방은 가지고 돌아갈 수 없습니다.

장인 거리를 눈으로 쫓던 피피는 저쪽 세계로 가는 입구로 몸을 돌립니다. 처음 이쪽 세계에 왔을 때 지나갔던 삼각형 공간이 나옵니다. 빛의 입구가 있는 교회처럼 생긴 곳으로 발을 들여놓습니다. 이제 저 어둡고 긴 계단을 올라가면 카를레온으로 돌아가게 됩니다.

피피가 없는 동안 저쪽 세계는 어떻게 변했을까요? 짐작이 안 갑니다. 아빠와 엄마는 어떤 얼굴을 할까요? 학교에는 어떤 얼굴을 하고 가면 좋을까요? 외톨이로 지내는 일상이 다시 시작되는 걸까요?

천장 높이 피피의 발소리만 크게 울려 퍼집니다.

"이런저런 일이 있기 마련이지."

귀에 익은 목소리에 피피는 발을 멈춥니다.

저쪽 세계와 이쪽 세계를 잇는 통로에 서로 마주보며 놓인 의자 한쪽에 즈키가 앉아 있습니다.

"즈키."

"자, 앉아라."

즈키는 손을 휘이휘이 흔들며 눈앞의 의자를 가리킵니다.

피피는 즈키와 조금 떨어진 반대쪽 의자에 앉아 고개를 떨굽니다.

"장인시험에…… 떨어졌어요."

즈키가 쓰윽 피피를 노려봅니다.

"어제는 일기를 쓰지 않았더군. 매일 밤 쓰라고 했는데."

시험 전날 쓴 일기에 답장을 써주시지 않았다는 말이 목구멍까지 치밀어 올랐지만 겨우 대답합니다.

"죄송합니다……."

즈키는 아무 말이 없습니다.

"즈키."

"왜?"

"뭐가 부족했던 걸까요?"

가까스로 억눌렀던 감정이 폭발하는 걸 막을 수가 없습니다.

"즈키가 가르쳐준 대로 정리정돈을 했고 지사마가 알려준 대로 할아버지가 무엇을 전하려고 했는지 생각했어요. 할아버지가 돌아가셨을 때의 기억도 떠올랐고요."

목에 뭔가 뜨거운 것이 치밉니다.

"프리츠는 잘 움직였어요. 그리고……."

즈키는 묵묵히 앞만 바라보고 있습니다.

"지사마는…… 프리츠가 원래 어떤 모습이었는지 전혀 모르잖아요!"

눈물이 흘러나와 뺨을 적십니다. 자신이 하는 말이 얼마나 구차한지 압니다. 노력은 보답을 받는다고 믿고 싶었을까요? 아닙니다. 자기 솜씨에 자신이 있었던 걸까요? 그것도 아닙니다. 피피는 그냥 두 사람에게 조금이라도 인정받고 싶었습니다.

북받쳐 오르는 울음이 이어지는 말들을 집어삼킵니다. 눈물이 끊임없이 쏟아져 피피는 엉엉 흐느끼면서 맥없이 주저앉았습니다.

"피피."

즈키가 입을 엽니다.

머리가 어질어질해서 대답조차 할 수 없습니다.

"넌 이제 저 긴 계단을 올라 저쪽 세계로 돌아가야 해. 그럼 이쪽 세계에서 본 것, 들은 것, 경험한 것은 모조리 지워지고 말아."

피피는 멍하니 얼굴을 들었습니다.

"여기서 있었던 일 전부요……?"

"그것이 저쪽 세계와 이쪽 세계의 규칙이야."

"어떻게 그런!"

피피가 고개를 떨굽니다.

"얼굴이 말이 아니군."

즈키는 쓴웃음을 지으며 피피를 흘깃 바라봅니다.

"즈키."

"왜?"

"잊기 전에 가르쳐주세요."

"뭘?"

"할아버지가 저에게 전하려고 했던 게 뭔가요?"

"그건 나도 모르지."

"지사마는……."

"당연히 알겠지. 그것을 생각해냈다면 넌 합격했을지도 몰라. 하지만 그러지 못한 거야."

즈키의 말이 마음을 세차게 때립니다.

"즈키."

"왜?"

피피가 힘겹게 말을 쥐어짭니다.

"고맙습니다. 즈키 덕분에 이쪽 세계에 올 수 있었고 할아버지가 돌아가셨을 때의 일도 기억해냈고 프리츠도 고칠 수 있었어요. 이곳에서 배운 걸……."

결코 잊지 않겠다는 말이 목을 찔렀지만 다시 눈물이 쏟아질 것 같아 얼굴을 쳐들었습니다.

"즈키와 지사마, 모두를 만나서 그리고 아시토카 공작소에서 일할 수 있어서…… 정말 행복했어요."

피피의 눈에 맺힌 눈물이 또다시 방울방울 떨어집니다.

"피피."

즈키가 일어나 피피 앞에 섭니다.

"네."

"이걸 줄게."

즈키가 표지에 'P. S.'라고 새겨진 가죽수첩을 건넵니다.

"이건……."

아무것도 적히지 않은 새 즈키 일기장입니다. 지금껏 수십 권의 즈키 일기장에 배운 것, 생각한 것을 수없이 적어넣었습니다.

"이별 선물이야. 이쪽 세계의 물건을 가지고 가는 일은 금지 사항이지만 말이야."

"고맙습니다."

피피는 프리츠와 함께 스키 일기장을 꼭 껴안습니다.

"피피."

스키가 피피의 얼굴을 들여다보며 씩 웃습니다.

"중요한 건, 기억력이야."

그리고 빙그르 돌아 손을 흔듭니다.

"그럼."

스키는 그 말을 던지고 갱으로 표표히 걸어갑니다.

피피는 한동안 그 자리에 서 있었습니다. 지금까지 일어난 일들이 하나둘 떠올라 피피의 마음속을 가득채웁니다. 공방에서 스키를 처음 만난 일, 긴 계단을 내려와 이쪽 세계에 온 일,톱니바퀴광장 갱 앞에서 바라본 광경, 아시토카 공작소에 들어가 지사마 방을 똑똑 두드린 기억, 토코와 나눈 이야기와 직공들의 미소, 레이디·미스·미시즈·마담의 시폰케이크, 장난감 박물관에서 에르네 관장이 가르쳐준 것, 미샤와 함께 하늘을 날며 여행한 추억……. 이 모든 걸 잊게 되는 걸까요?

어느덧 해가 저물어 땅거미와 냉기가 손을 맞잡고 건물로 스며듭니다. 피피는 아무도 없는 곳을 향해 마음속으로 중얼거립니다.

"즈키, 지사마, 레이디·미스·미시즈·마담, 미샤와 메샤와 무샤, 에르네, 로노, 미야, 토코, 모두…… 안녕."

피피는 즈키 일기장을 주머니에 넣고 프리츠를 고쳐 안았습니다. 그리고 긴 계단을 한 걸음 한 걸음 올라갑니다. 한 단 한 단 올라갈 때마다 이쪽 세계의 기억이 흐릿해집니다. 그때마다 피피는 멈추어 서서 잊어선 안 돼, 잊어선 안 돼……, 몇 번이나 마음속으로 다짐합니다.

발걸음을 떼기가 괴롭습니다. 잊으면 안 되는 것을 잊어버렸을 때의 불안함, 떠오를 듯 떠오르지 않는 안타까움, 두 감정이 밀려왔다 밀려가는 사이 마음은 물에 빠져 허우적댑니다.

온 길을 돌아갈까 몇 번이고 망설였습니다. 하지만 두 발은 계단에 달라붙은 듯 돌아서지 못했고 앞으로 나아가는 것밖에 허락되지 않은 것 같았습니다.

이렇게 피피는 모든 것을 잊고 말았습니다.

✿

카를레온 시청 시장실에는 검은 요원 중 가운데 남자와 왼쪽 남자가 시장과 마주보며 앉아 있습니다.

"드디어 내일이군요."

가운데 남자가 차가운 미소를 짓습니다.

단순한 모양의 디지털시계가 오전 7시를 알려줍니다.

"앞으로 스물아홉 시간 뒤, 내일 일요일 정오에 시계탑 철거 기념식을 시작으로 카이저 공방과 구시가지의 건물도 철거 작업에 들어갑니다."

시장실 창문 너머로 보이는 시계탑 주위에서는 철거 기념 행사 준비가 한창입니다. 일꾼들이 철골 사다리를 분주하게 오르내리고 교회 주변은 테이프 절단식과 기자회견 준비로 어수선합니다.

계획은 순조롭게 진행되는 듯한데 시장은 매우 초조해 보입니다.

"카이저 공방 철거를 왜 그렇게 서두르는 거요?"

가운데 남자가 타이르듯이 말합니다.

"개혁을 완성시키기 위해서입니다. 카이저 슈미트 공방은 과거에 사로잡혀 살아가는 장인들의 정신적 지주입니다. 공방 철거가 시작되면 장인들도 더 이상 반대하지 못할 겁니다. 내일 행사는 그 절호의 기회……."

시장이 벌떡 일어서더니 남자들을 등진 채 중얼거립니다.

"너무 성급하다고 불안해하는 시민이 많아."

"걱정하실 거 없습니다. 스마트시티의 구체적인 계획이 발표되면 시장님 지지율은 급상승할 겁니다. 다음 시장 선거에서도 물라노 시장님, 시장님이 압승할 겁니다."

왼쪽 남자가 타닥타닥 키보드를 두드리자 화면에 차기 시장 선거 예상 득표율 그래프가 나타납니다. 물라노가 과반수를 차지하고 있습니다.

"흠, 그렇게 되기를 바라지만……."

"아버님이 하지 못했던 일을 시장님은 이룰 수 있습니다. 과거 아버님은 이 도시를 새롭게 재건하려 했습니다. 그 뜻을 잇는 것이 물라노 시장님, 시장님의 사명입니다."

"그건 알지."

뒤돌아선 시장은 자신 없는 표정을 지으며 중얼거립니다.

"어제 딸에게서 가슴 아픈 말을 들었소."

"따님이…… 뭐라고?"

"리나에겐 아빠와 함께한 추억이 하나도 없다고 하더군."

가운데 남자의 사각형 손목시계에서 파란 불빛이 깜빡거립니다.

"시장님, 잠시 실례하겠습니다."

가운데 남자가 자리에서 일어납니다. 시장은 뭔가 하고 싶은 말이 있는 듯했으나 말을 삼키고 얼굴을 돌립니다.

가운데 남자는 방을 나오자마자 사각형 시계를 귀에 갖다 댑니다. 시계에서 오른쪽 남자의 목소리가 들립니다.

"피피가 카를레온으로 돌아왔습니다. 기억은 완전히……."

"그런가? 하지만 방심은 금물이야. 그들이 피피를 돌려보낸 이유가 분명 있을 거야."

"예. 즈키가 무슨 일을 꾸미고 있는지 계속 조사해보겠습니다."

✿

　그 무렵 장난감 박물관에서는 소년의 모습을 한 에르네가 미샤, 메샤, 무샤와 함께 커다란 쿠션 위에 드러누워 뒹굴고 있습니다.

　미샤가 손발을 버둥댑니다.

　"우린 피피의 기억 속에서 말끔히 사라진 거야?"

　"그게 저쪽 세계와 이쪽 세계 사이의 규칙이니까."

　"미샤에게 멋진 친구가 생겼다고 좋아했는데 아쉽네."

　메샤가 털실로 목도리를 뜨면서 한숨을 쉽니다.

　"그런데 지사마는 왜 피피를 불합격시켰을까? 피피가 얼마나 열심히 했는데!"

　무샤가 사과를 우걱우걱 베어먹으며 소리칩니다.

　"지사마에게도 자기 나름대로 생각이 있을 테니까."

　에르네가 지팡이를 치켜올리자 천장에 카를레온의 모습이 나타납니다.

　신시가지에는 하늘에 닿을 듯 치솟은 고층빌딩을 짓는 건설공사가 한창입니다. 높다란 크레인들이 기린 무리처럼 목을 추켜세우고 있습니다.

시계탑 주위로는 철제 구조물이 세워지고 사람들이 철거 기념 행사를 준비하고 있습니다.

"카를레온에서는 내일 정오에 시계탑 철거 기념 행사가 시작돼. 카이저 공방도 같은 시간에 철거하기로 했대. 그렇게 되면 저쪽 세계로 가는 길은 영원히 닫히고 이쪽 세계도 사라져."

미샤가 에르네를 바라봅니다.

"피피 할아버지가 마지막에 고치려고 했던 게 저 시계탑이었다면서?"

"응. 카이저가 그렇게 해서 어떤 방법으로 두 세계를 구하려 했는진 모르겠지만."

"지사마와 즈키가 저쪽 세계로 가서 고칠 수는 없어?"

"이쪽 세계 사람은 카이저 공방 밖으로 나갈 수 없어."

"흐음."

팔짱을 낀 채 고개를 갸웃거리던 미샤가 좋은 생각이 떠올랐다는 듯 외칩니다.

"맞다! 피피가 이쪽 세계의 일을 기억해내고 시계탑을 고치면 되잖아!"

"그건 어려워. 이쪽 세계에서 지낸 기억은 모조리 지워졌을 테니까."

"그럼, 방법이 없다는 거야?"

풀이 죽은 미샤의 작은 어깨에 에르네가 다정하게 손을 얹습니다.

"하지만 즈키와 지사마가 피피를 저쪽 세계로 돌아가게 한 건 아마 그 때문인지도 몰라."

메샤와 무샤가 얼굴을 마주 봅니다.

"어? 그래서 지사마가 피피를 불합격시킨 거야?"

"피피에게 시계탑을 고치게 하려고?"

"그런데 시계탑을 고치면 도대체 무슨 일이 일어나는 거야?"

"피피는 지금 어쩌고 있을까?"

천장에 피피의 얼굴이 비칩니다. 곤히 잠든 모습입니다.

미샤가 작은 양손을 펼치며 소리칩니다.

"피피! 부탁이야. 우릴 기억해내!"

제16장
아시토카 공작소의 최후

피피는 침대에서 천천히 눈을 떴습니다.

낯익은 천장, 커튼 사이로 비쳐 드는 빛. 평소와 다를 게 없는 피피의 방입니다.

길고 긴 꿈을 꾼 듯한 느낌이 듭니다. 꿈속에서 누군가가 자신을 부른 듯도 합니다. 즐겁기도 하고 슬프기도 한, 잠에서 깨자마자 모습과 형태가 모두 사라져버리는 신기한 꿈입니다.

몸을 일으켜 눈을 비빕니다. 책상과 의자가 두 눈에 아른거립니다. 피피가 초등학교에 들어갈 때 할아버지가 만들어준 것입니다. 책상 위에 프리츠가 다리를 뻗은 채 앉아 있는 모습이 보입니다.

"안녕…… 프리츠."

프리츠의 초록색, 파란색 눈은 어딘가 먼 곳을 바라보는 듯합니다.

아래층에서 수프 냄새가 올라옵니다.

옷을 갈아입고 계단을 내려가자 엄마가 아침식사 준비를 하고 있습니다.

"잘 잤니? 피피."

"안녕히 주무셨어요, 엄마."

"아빠가 내일 일 때문에 일찍 나가야 해서 아침을 일찍 준비했어. 달걀프라이 해줄게."

"응."

피피는 테이블에 앉아 오렌지주스를 유리잔에 따릅니다.

"엄마."

"왜?"

"꿈 꿨어."

"아, 그래? 어떤 꿈인데?"

"까먹었어."

"이런, 그럴 때가 있어. 정말 좋은 꿈을 꾼 것 같은데 떠오르지 않을 때."

"응⋯⋯."

피피가 바구니에서 빵을 꺼내 버터를 발라 베어 뭅니다.

"아 맞다, 피피."

엄마가 달걀프라이를 접시에 담고는 앞치마를 벗으며 돌아봅니다.

"할아버지 공방, 오늘이 마지막이니까 중요한 게 있으면 가져오렴."

"왜?"

"왜라니. 내일부터 공사 시작하잖아."

"공사요? 무슨 공사?"

"무슨 소리야, 철거 공사지. 어제도 공방에 갔었잖아? 시계탑 철거하면서 할아버지 공방도 공사를 시작해."

발끝부터 허리까지 몸이 덜덜덜 떨립니다. 또렷하지 않은 기억이 이어집니다. 발밑 바닥이 무너지는 것 같습니다.

"내일 몇 시?"

"낮 12시. 아빠가 시장님 텔레비전 출연을 보좌하나봐. 어쩌면 텔레비전에 나올지도 몰라."

엄마 말이 끝나기가 무섭게 피피가 벌떡 일어납니다. 의자가 쾅당 소리를 내며 뒤로 넘어갑니다.

"피피, 왜 그래?"

"엄마! 공방 열쇠는?"

"뭐? 철거 작업하는 사람들이 들어가야 해서 우편함에 두기로 한 것 같은데…… 피피, 피피! 어디 가니?"

피피는 엄마의 목소리를 등 뒤로 흘리며 집을 뛰쳐나갑니다.

차가운 바람에 뺨이 찢어질 것 같습니다. 신시가지에는 건설 중인 고층빌딩이 여럿 보입니다. 겨울 하늘 아래 카를레온 성터가 윤곽을 또렷이 드러내고 있습니다.

피피는 신시가지와 구시가지를 잇는 다리를 건너 시계탑광장으로 향합니다. 철제 구조물로 둘러싸인 시계탑이 감옥에 갇힌 거대한 생물체처럼 보입니다. 광장 중앙에 철거 반대 펼침막과 깃발을 쥔 사람들이 여남은 명 앉아 있습니다. 텔레비전 카메라와 경찰 모습도 보입니다. 리포터가 마이크를 손에 들고 카메라를 향해 서 있습니다.

"내일, 일요일 정오, 카를레온의 상징이었던 시계탑 철거를 시작합니다. 개혁 정책의 하나로 결행되는 철거 공사에 일부 시민은 여전히 반대 운동을 이어가고 있습니다."

시곗바늘은 11시 59분을 가리킨 채 멈춰 있습니다.

쇠로 된 격자 모양의 구조물 사이로 비바람을 맞아 얼룩진 성인, 어릿광대, 곰 세 마리, 꼭두각시인형이 보입니다.

가슴이 철렁 내려앉습니다.

피피는 광장을 가로질러 장인 거리를 거쳐 공방을 향해 달려갑니다. 몇몇 공방에는 셔터가 내려져 있고 거리는 한산합니다. 할아버지 공방에도 덧문이 내려지고 '출입금지' 간판이 세워져 있습니다.

우편함에 손을 집어넣어 열쇠를 꺼내 문을 열었습니다. 먼지와 곰팡이 냄새가 훅 코를 찌릅니다. 공방은 텅 비었고 선반도 텅텅 비었습니다.

"할아버지……."

뭔가 소중한 것을 잊어버린 기분이 밀려옵니다. 피피는 할아버지가 즐겨 앉던 의자에 앉아 선반을 바라봅니다.

"왠지 여기서 누군가를 만났던 것 같아."

집으로 돌아오자 엄마가 걱정스런 얼굴로 피피를 기다리고 있습니다.

피피는 엄마에게 매달려 소리칩니다.

"엄마, 할아버지 공방 부수지 마!"

"피피, 갑자기 왜 그러니? 몇 번을 말했는데. 이미 결정난 일이야. 중요한 것들은 박물관에 보관할 거고, 이건 정말 명예로운 일이야."

"엄마, 부탁이야. 뭔가 소중한 게 사라지는 것 같아."

엄마는 그저 고개를 저을 뿐입니다.

"그건 엄마도 마찬가지야. 하지만 이제 과거의 추억보다는 앞으로 일어날 일만 생각하자."

피피는 자기 방으로 올라갔습니다. 침대에 앉아 한숨을 푹 내쉽니다. 어제까지의 자신과 오늘 아침부터의 자신이 다른 존재처럼 느껴집니다.

책상 위에는 프리츠가 아침에 본 모습 그대로 시선을 멀리 향하고 있습니다. 그때 프리츠 발밑에 낯선 가죽수첩이 놓여 있는 게 보입니다. 피피는 다가가서 'P. S.'라고 새겨진 글자를 손가락으로 쓰다듬었습니다. 머릿속에서 누군가의 목소리가 들린 것만 같습니다.

매일 밤, 써야지.

정신을 차려보니 피피가 손에 연필을 쥐고 있습니다.

의자에 앉아 수첩을 펴고 아무것도 적혀 있지 않은 종이에 글을 써 내려갑니다.

난 뭔가를 잊어버린 것 같아.

할아버지가 돌아가실 때의 일.

공방에서 누군가를 만났던가?

피피의 눈이 휘둥그레집니다. 다음 페이지에 동글동글한 글씨가 나타났습니다.

피피, 공장에서 배운 거 잇었니?

번개가 온몸을 훑고 지나가는 듯합니다. 머리털이 쭈뼛 서고 주위의 소리가 모두 사라집니다.

피피는 의자에 몸을 고쳐 앉고는 페이지를 넘겨 씁니다.

죄송합니다. 그런데 누구세요?

몇 초 후 희미하게 새 글자가 나타납니다.

툭하면 사과하는 버릇은 여전하구! 아무것도 기억 안 나니?
추억 수리 공장 아시토카 공작소의 스키를 모른다니!

피피의 작은 몸 깊은 곳에서 기억이 흘러나옵니다. 매일 밤 지쳐서 쓰러지듯 침대로 기어 들어가면서도 그날 배운 일, 생각한 것을 열심히 적어넣던 일. 이튿날 아침 스키의 답장을 받았을 때의 기쁨.

눈물방울이 뚝뚝 떨어집니다.

스키!

말했잖아. 중요한 건 기억력이라고.

네! 이건 어떻게?

말했잖아! 수첩은 두 개이면서 하나. 저쪽 세계로 돌아갈 때마다 잊어버리면 얘기가 나아가질 못하니까. 카이저하고는 이렇게 일지를 써서 소통했었어. 이쪽에서 먼저 시작할 수는 없어서…… 피피가 일지 쓰기를 내내 기다렸지. 늦었군!

피피가 눈물로 얼룩진 얼굴을 닦으며 빙긋이 웃습니다.

지금 한가하게 교환 일지를 쓰고 있을 여유가 없다. 피피가 해야 할 일이 있어.
네! 할게요!
내일 저쪽 세계에선 정오에 시계탑 철거 기념 행사가 열려. 카이저 공방도 철거되고. 그러면 이쪽과 저쪽, 두 세계를 잇는 길이 끊기고 아시토카 공작소는 물론 이쪽 세계 자체가 사라지고 말아.

즈키의 얼굴 너머로 지사마의 옆얼굴이 떠오릅니다.
레이디·미스·미시즈·마담, 로노와 미야, 토코와 장인들, 에르네와 미샤네 가족 얼굴이 한 장 한 장 사진첩을 넘기듯 떠오릅니다.

322

어떻게 하면 돼요?

시계탑으로 가. 카이저는 마지막까지 카를레온의 시계탑을 고치려
했어. 수리는 거의 끝난 듯한데 아직 못 다한 일이 있는 것 같아.
시계를 움직이려면 무엇이 필요한지 네가 알아봐주렴.

알겠어요!

시간이 없어. 부탁할게.

즈키의 답장은 거기서 끝났습니다.

탁상시계가 정오를 가리킵니다.

피피는 즈키 일기장을 주머니에 집어넣고 엄마한테 들킬세라
살금살금 계단을 내려옵니다. 그러고는 시계탑광장을 향해 달
려갔습니다.

"절대로 아시토카 공작소가 없어지게
놔두지 않을 거야, 절대로!"

시계탑 철거 기념 행사까지 앞으로 스물네 시간.

검은 요원들이 갱에 내려섭니다.

한 사람, 또 한 사람 늘어나는 남자들로 톱니바퀴광장이 터질 듯합니다. 저쪽 세계에서 여러 도시를 개혁한 자들이 이쪽 세계로 한꺼번에 모여들었습니다.

그 중심에 가운데 남자와 왼쪽 남자의 모습이 보입니다.

"드디어 때가 왔다."

가운데 남자가 엄숙한 목소리로 말합니다.

"동지 여러분의 부단한 개혁 노력으로 카를레온뿐 아니라 전 세계 도시가 새로 태어났다. 우리 메모리체인은 앞으로 더욱 성장해나갈 것이다. 그러나 개혁은 아직 완벽하게 이뤄지지 않았다."

남자가 몸을 돌려 광장 한쪽에 빼곡히 들어찬 검은 요원들을 둘러본 후 땅이 울리는 듯한 목소리로 소리칩니다.

"우리는 인간들의 추억을 없애고 그들의 미래를 지배하면서 번영해왔다. 지금이야말로 오랫동안 우리 계획을 방해해온 자들을 말살할 때다."

검은 군중은 모두 똑같은 얼굴로 가운데 남자의 연설을 경청합니다.

"추억 수리 공장 아시토카 공작소가 선택할 수 있는 길은 두 가지다. 우리의 지배 아래 들어오든가, 아니면 망각 저편으로 사라지든가!"

검은 군중 속에서 동조하는 목소리가 하나둘 터져 나오더니 떠들썩한 소리가 파도처럼 몰아칩니다. 가운데 남자는 만족스러운 얼굴로 광장을 둘러봅니다.

왼쪽 남자의 손목시계에서 파란 불빛이 빠른 속도로 반짝거립니다. 가운데 남자가 왼쪽 남자에게 묻습니다.

"뭔가?"

"카이저의 손녀가……."

"피피? 무슨 일인가?"

"시계탑을 향해 가고 있다고……."

"이쪽 세계의 일을 기억해냈나?"

"그런 것 같습니다."

가운데 남자의 사각형 얼굴이 일그러집니다.

"즈키의 계략인가?"

"아마도……."

"어떻게 피피의 기억을 불러냈지?"

잠시 후 가운데 남자가 왼쪽 남자에게 은밀히 속삭입니다.

"곧장 피피의 뒤를 쫓으라고 전하게."

"예, 벌써 가고 있습니다."

"교회 경비를 강화한다. 어떻게 해서든 피피가 시계탑에 못 들어가게 해야 해."

"알겠습니다."

"배는 이미 기울었는데 계속 발버둥 칠 작정인가보군."

가운데 남자는 진절머리가 난다는 듯이 중얼거리더니 검은 군중을 향해 팔을 들고 땅이 울릴 듯한 목소리로 외칩니다.

"때가 됐다. 바로 지금이 추억 수리 공장을 없앨 때다!"

광장을 가득 메운 남자들이 일사불란하게 움직이며 줄을 맞춥니다. 한트베르커 거리가 갱과 연결되려는 참입니다.

검은 군중이 외칩니다.

"추억 수리 공장을 없애자!"

"추억 수리 공장을 없애자!"

"추억 수리 공장을 없애자!"

✿

피피가 숨을 헐떡거리며 시계탑을 올려다봅니다.

머릿속에서 지워졌던 할아버지의 마지막 모습이 또렷이 되살아납니다.

'피피! 프리츠를 데리러 내려가마!'

할아버지는 그날 밤 시계탑을 고치려 했습니다. 하지만 피피가 팔에 안고 있던 프리츠를 가지러 내려오다가 발이 미끄러지고 말았습니다.

광장에는 시계탑 철거에 반대하는 사람들과 경찰 사이에 충돌이 일어났습니다.

"앞으로 스물네 시간 뒤 시계탑 철거를 시작합니다. 조례에 따라 내일 정오에는 여러분을 강제 해산시키겠습니다."

확성기 소리에 귀가 찢어질 것 같습니다. 반대하는 사람들의 분노한 목소리도 점점 커집니다.

"조례? 무슨 조례!"

"게임하라고 부추겨서 너희 마음대로 정한 거잖아!"

"시계탑이 없어지면 카를레온은 망하고 말 거야!"

교회 입구는 봉쇄되었고 반대하는 사람들이 가까이 가지 못하도록 경찰들이 가로막고 있습니다. 정문으로는 들어갈 수 없을 것 같습니다.

피피는 눈을 감고 곰곰이 생각합니다.

"맞아!"

감은 눈 위로 교회 관리인 모리의 얼굴이 떠오릅니다. 교회에는 분명 후문이 있을 것입니다. 피피는 시계탑 철거를 반대하는 사람들과 실랑이를 벌이는 경찰들 옆을 지나 교회 뒤쪽 관리실로 달려갑니다.

관리실 앞에 모리가 보입니다. 긴 빗자루를 가슴에 품고 등을 둥글게 만 채 앉아 있는 모습입니다.

"모리 할아버지!"

피피가 다가가자 모리가 얼굴을 들어 동그래진 눈으로 피피를 봅니다.

"그래, 피피구나⋯⋯."

"모리 할아버지, 부탁이 있어요! 교회 안에 들어가게 해주세요. 후문으로요."

"그건 안 돼. 시장님이 아무도 들어가지 못하게 감시하라고 했거든."

"모리 할아버지, 시계탑이 부서지는데도요?"

"아, 시계탑은 이 도시를 줄곧 지켜왔지. 그걸 부순다니 어떻게 된 일인지, 원. 하지만 반대하면 해고한대. 그러면 난 갈 데가 없어."

모리의 벌건 눈동자가 흔들립니다.

"모리 할아버지, 우리 할아버지는 시계를 다시 움직이게 하려 했어요."

"카, 카이저가?"

"네. 이 시계는 다시 움직일 수 있을지도 몰라요."

모리는 뭔가 떠올랐다는 듯이 소리쳤습니다.

"그래! 카이저는 시계를 고치려고 했어. 후문에서 매일 밤 나는……."

피피가 모리의 손을 잡았습니다.

"부탁이에요, 모리 할아버지! 후문을 열어주세요. 할아버지가 남긴 일을 해야만 해요!"

모리는 몸에 전기라도 흐른 것처럼 벌떡 일어나더니 관리실로 들어가 서랍에서 열쇠를 꺼냈습니다. 굽은 허리를 이끌고 나와 교회 뒤쪽으로 향합니다. 피피는 모리를 쫓아갔습니다.

이끼가 낀 외벽 아래쪽 벽면에 찰싹 달라붙은 나무로 된 문이 보입니다. 모리가 녹슨 자물쇠에다 열쇠를 꽂습니다. 철컥

소리와 함께 자물쇠가 풀리자 모리가 재촉합니다.

"자, 자, 빨리 누가 오기 전에."

피피는 녹이 슨 철제 손잡이를 잡았습니다. 끼이익 새된 소리를 내면서 나무 문이 열립니다.

"고마워요! 모리 할아버지."

피피가 나무 문 안으로 들어가려는 바로 그때입니다.

"피피!"

어깨를 붙잡는 억센 손길이 느껴졌습니다. 돌아봤더니 검은 양복을 입은 남자 한 명이 피피를 내려다보고 있습니다.

"누구?"

남자의 사각형 얼굴을 어디선가 본 것 같은데 머리가 뒤죽박죽 얽혀 생각이 나지 않습니다.

"피피 슈미트, 저는 카이저 슈미트 씨의 오랜 친구입니다."

"할아버지 친구요?"

"예. 할아버지와 피피의 추억이 담긴 장소인 이 시계탑에서 당신을 쭉 기다리고 있었습니다."

"추억이 담긴 장소?"

"예. 저는 할아버지가 남긴 말을 전하려고 왔습니다."

"할아버지가 저에게요?"

"할아버지는 피피를 무척 걱정하셨습니다. 할아버지가 세상을 하직하면 피피가 어떻게 살아갈지 늘 염려하셨습니다."

"아, 할아버지……."

눈물이 흘러 남자의 얼굴이 흐릿하고 일그러져 보입니다.

"카이저 슈미트 씨는 카를레온이 자랑하는 훌륭한 장인이었습니다. 하지만 슈미트 씨는 시대의 변화를 재빨리 알아채셨지요. 이 도시가 새롭게 거듭나야 한다고 하셨죠. 그리고 피피도 내일을 향해 열심히 살아가기를 바라셨습니다."

"하지만 전……!"

피피는 주머니에서 즈키 일기장을 꺼내 자신이 무엇을 하려는지 설명하려고 했습니다.

그때 마지막 페이지에 즈키의 새 글이 보였습니다.

검은 양복을 입은 남자를 조심할 것!

그 순간 퍼뜩 기억이 떠올랐습니다. 눈앞의 남자는 아시토카 공작소를 찾아온 세 남자 중 한 사람입니다.

피피는 남자를 뿌리치고 재빨리 문 안쪽으로 뛰어들려 했지만 엄청난 힘이 피피의 손목을 잡아끄는 바람에 무참히 끌려나와야 했습니다.

"뭐, 뭐 하는 거요!"

모리가 남자에게 매달리자 남자는 모리를 가차 없이 밀칩니다. 모리가 비명을 지르며 몸을 웅크린 채 주저앉습니다.

"모리 할아버지!"

피피가 모리에게 몸을 돌리자 남자는 자세를 낮추어 얼음처럼 차가운 미소를 띤 사각형 얼굴을 피피의 코앞에 들이댑니다.

"피피, 할아버지가 남긴 말을 전해주마."

그러면서 피피의 이마에 손을 갖다 댑니다.

"이제 할아버지는 잊고 앞만 보며 살아가거라."

온몸에서 힘이 빠지며 머릿속이 새하얗게 변합니다.

즈키와 지사마, 아시토카 공작소 장인들, 에르네 관장과 미샤, 그리고 시계탑에서 피피를 내려다보는 할아버지의 얼굴이 안개 속으로 빨려 들어가듯 사라져갑니다.

남자는 피피의 손에서 즈키 일기장을 빼앗아 검은 양복 안주머니에 넣고 사라졌습니다.

✲

"어…… 뭐지?"

아시토카 공작소 지하창고에서 물건을 정리하던 로노가 고개를 듭니다.

멀리서 땅이 진동하는 소리가 들리더니 점점 가까워지면서 공장 전체를 흔듭니다.

로노는 엘리베이터를 기다리다 못해 계단을 뛰어오릅니다.

중앙홀에 즈키가 서 있습니다.

"즈키, 이 소리는……?"

스테인드글라스 너머로 거무스레한 덩어리가 꿈틀대는 게 보입니다.

로노는 문 앞으로 다가가 정문을 열었습니다.

"이건?"

눈앞에 믿을 수 없는 광경이 펼쳐지고 있습니다. 아시토카 공작소에서 한트베르커 거리와 갱에 이르는 길이 검은 요원 무리에 뒤덮여 거대한 강물처럼 넘실댑니다.

"헉."

검은 물결은 톱니바퀴광장에서 뻗어나간 몇몇 거리에서도 밀려옵니다. 천천히 회전하는 갱에서 수천, 아니 수만은 됨 직한 검은 요원들이 무시무시한 벌레 떼처럼 흘러나와 엄청난 기세로 거리를 메웁니다.

"아…… 아……."

로노가 등 뒤로 두 팔을 뻗으며 뒷걸음질 칩니다.

검은 남자들의 물결이 아시토카 공작소 정면 계단까지 당도했습니다. 무리가 둘로 갈라지더니 안쪽에서 한 남자가 천천히 걸어 나옵니다. 이전에 공장을 방문한 세 남자 중 가운데 남자입니다.

남자는 음험한 미소를 지으며 얇은 입술을 열었습니다.

"오랜만입니다, 즈키 씨. 대표님은 계신가요?"

뒷걸음질치는 로노 뒤에 즈키가 서 있습니다.

"즈키 씨, 아무리 기다려도 답을 주시지 않아서 직접 찾아왔습니다."

남자의 목소리가 공장 전체에 울려 퍼집니다.

즈키가 콧방귀를 뀝니다.

"답이든 뭐든, 난 네 이름조차 들은 적 없다. 뭐, 이놈이나 저놈이나 다 똑같은 얼굴을 하고 있으니 누군가에게 대답했을지도 모를 일이지."

"그렇다면 다시 묻겠습니다. 저희와 함께 새로운 세상을 만드는 일을 선택할지, 아니면 이대로 망각의 저편으로 사라질지 결정하십시오."

회오리바람이 휘이잉 지나갑니다.

"한 가지 묻고 싶은데."

즈키는 왼손으로 라이터를 켜 담배에 불을 붙입니다.

"새로운 세상이란 게 도대체 뭔가? 실체도 없는 것에 그럴싸한 이름을 붙여 팔고, 누군가가 만들어 놓은 것을 자기가 한 것처럼 으스대고, 오래된 것을 부수기만 하면 새로운 것이 생겨날 거라고 착각하게 만들고, 그런 거짓투성이 일들을 하는 게 무슨 의미가 있는지 난 도무지 모르겠네."

남자의 입이 일그러집니다.

"늘 과거에 얽매여 사니 세상이 나아지지 않는 겁니다. 사람들은 과거의 상처에 사로잡혀 괴로워하고 버둥거립니다. 세상에서 일어나는 비극의 대부분은 과거의 일에서 비롯합니다."

"세상을 좋게 만들 수 있다고 말하는 건 오만이야."

남자가 싸늘한 미소를 짓습니다.

"과거에 사로잡혀 있으니 행복해질 수 없는 겁니다."

즈키가 담배 연기를 내뿜습니다.

"행복이나 불행 따위를 생각하는 것 자체가 쓸데없는 일이야. 번지르르한 말로 사람들을 현혹하고선 결국 당신네 회사만 배불리고 있지 않은가!"

"즈키 씨, 당신과는 생각이 근본적으로 다른 것 같군요. 뛰어난 경영자라고 생각했는데……."

"적어도 스스로를 뛰어나다고 생각하지 않을 정도의 주제 파악은 하고 있네만."

마주선 두 사람이 서로를 쏘아봅니다.

로노가 공장 앞으로 밀려드는 무리를 돌아봅니다. 지평선 저 너머까지 이쪽 세계는 검은 요원들로 가득합니다.

"도대체 어떻게 해야……."

중앙홀에서 톱니바퀴와 와이어가 맞물리는 소리가 덜컹 납니다. 곧이어 엘리베이터 내려오는 소리와 함께 문이 열립니다.

"지사마!"

파이프를 손에 든 지사마가 등을 꼿꼿이 세운 채 서 있습니다. 안경 위로 드러나는 지사마의 두꺼운 눈썹이 잔뜩 일그러졌습니다.

"이게 무슨 소란입니까?"

"지사마, 밖에 검은 요원들이……."

지사마가 중앙홀로 걸어옵니다. 안경에 빛이 반사되어 표정을 알아볼 수가 없습니다.

"흠…… 이런."

가운데 남자는 즈키의 존재를 무시하듯 앞으로 걸어가더니 지사마에게 머리를 깊숙이 조아립니다.

지사마는 파이프를 입에 물며 연기를 내뿜습니다.

"누구시죠?"

"만나 뵈어 영광입니다, 대표님."

"이 공장에서 저를 그렇게 부르는 사람은 없습니다."

"큰 실례를 했군요. 전 메모리체인 회사의 대리인으로 활동하고 있습니다. 저희에겐 개별 이름이 없습니다. 당신처럼 훌륭한 재능을 가진 분의 검은 그림자가 되어 일하는 것이 저희 본분이거든요."

"재능이라는 말을 그리 함부로 입에 올려선 안 됩니다. 저 자신에게 재능이 있다고 생각한 적은 한 번도 없습니다."

지사마의 눈이 남자를 조용히 응시합니다.

"제안서는 읽어보셨습니까?"

"만나서 얘기하면 될 것을 굳이 제안서까지."

가운데 남자가 싸늘한 미소를 짓습니다.

"지사마, 당신과 이 공장이 하는 일은 정말 훌륭합니다. 아직 늦지 않았습니다. 이 공장을 기계화하고 불필요한 부분을 개선해서 저희와 함께 새로운 세상을 열어보지 않겠습니까?"

지사마의 얼굴이 분노에 찬 험악한 표정으로 바뀝니다.

"시답잖은 소리! 저쪽 세계를 흉물스럽게 바꿔놓고, 사람들을 홀리고, 장인들의 길을 빼앗아놓고는 그런 말을 잘도 하는군요."

"장인들은 만족하고 있습니다. 풍족한 환경에서 창의적인 일에 마음껏 집중할 수 있으니까요."

"그리 쉽게 스스로를 인정하는 인간은 제대로 된 일을 할 수 없습니다."

남자가 텅 빈 공장을 천천히 둘러봅니다.

"하지만 당신들을 따르려는 자들은 이제 없는 듯한데요."

"어쭙잖게 일할 거라면 언제든 문을 닫을 각오가 되어 있습니다."

남자의 얼굴에서 웃음기가 싹 가십니다.

"지사마 당신도 즈키 씨와 생각이 같다는 건가요?"

"우리는 늘 둘이서 해왔으니까요."

지사마의 눈은 남자를 관통해 즈키를 쳐다보는 듯합니다.

"유감이군요!"

눈과 입이 구별되지 않는 무뚝뚝한 표정을 지으며 남자는 문으로 걸어갑니다.

"그런데 즈키 씨."

즈키는 등을 돌린 채 검은 군중을 바라보고 있습니다.

"카이저 슈미트의 손녀를 저쪽 세계로 돌려보내 카를레온의 시계탑을 수리하도록 시킨 것 같습니다만."

로노가 얼굴을 듭니다.

"헉? 피피를?"

"믿지 못할 분이로군요. 제안을 받아들이는 척하면서 시간을 벌고 있었던 건가요?"

즈키는 입을 다물고 있고, 로노가 즈키와 지사마를 번갈아 보면서 묻습니다.

"어떻게 된 일이에요? 피피가 장인시험에 불합격해서 돌려보낸 게 아니에요?"

"흠, 이제 와서 시계탑의 시계가 움직인다고 뭐가 바뀌지는 않겠습니다만……. 안됐지만 우리가 먼저 손을 썼습니다. 피피는 다시 모든 기억을 잃었습니다. 더 이상 당신들에게 도움을 줄 수 없습니다."

"세상에!"

로노의 어깨가 축 늘어집니다.

"즈키 씨, 당신이 피피에게 준 수첩도 우리 요원이 맡아두고 있습니다. 피피에게 마지막 희망을 걸었나본데 헛물만 켠 꼴이군요. 앞으로 스물두 시간 후 당신들의 존재는 사라집니다."

즈키가 천천히 몸을 돌려 묻습니다.

"한 가지 물어도 되겠나?"

"말씀하시지요."

"왜 이렇게까지 세상을 바꾸려 하지?"

"그것이 우리에게 주어진 사명이기 때문입니다."

"사명?"

가운데 남자가 아득한 눈길로 중얼거립니다.

"카를레온을 좀 더 일찍 바꿀 수 있었는데 말이죠."

남자가 문을 향해 걸어갑니다.

"사람들이 추억을 잊을수록 이쪽 세계도 사라져갑니다. 하지만 당신들처럼 옛 기억을 불러일으키려는 자들이 먼저 사라져야만 하죠."

"너희들 사업에 방해가 되기 때문이라는 건가?"

남자가 즈키의 물음에는 답하지 않고 말합니다.

"스무 시간 후 다시 찾아오겠습니다. 그때까지 우리의 제안을 받아들이지 않으면 당신들이 이 세계에서 사라지는 모습을 천천히 지켜볼 수 있겠지요."

말을 남기고 남자는 검은 물결 속으로 빨려 들어갑니다.

로노가 기듯이 다가가 공장 문을 닫습니다.

온몸이 얼어붙을 듯 차가운데도 땀이 그칠 줄 모르고 흘러내립니다.

"즈키…… 지사마……. 피피를 저쪽 세계로 돌려보낸 이유가 있었군요?"

지사마가 호수처럼 깊은 눈으로 즈키를 바라봅니다.

"뭐, 이런저런 일이 있기 마련이니까."

즈키가 머리를 벅벅 긁습니다.

"카이저는 죽었고, 카를레온의 시계탑을 고치는 일은 이쪽 세계 사람은 할 수가 없어. 저쪽 세계 사람만이 할 수 있거든."

지사마가 미소를 지으며 중얼거립니다.

"피피는 카이저의 죽음을 극복했습니다. 그리고 그 뜻을 잇기 위해 본래 세계로 돌아가야 했어요."

로노가 고개를 툭 떨굽니다.

"하지만 피피는 이제 모든 걸 잊어버렸어요. 저쪽 세계로 가는 길은 곧 닫히고 말아요. 그렇게 되면 우리도……."

고개를 든 로노의 눈이 빨갛습니다.

"우린 이대로 사라지게 되나요? 저쪽 세계에서도 이쪽 세계에서도?"

"그렇게 되겠지."

"공장 문을 닫고 나서 내내 생각해봤는데요."

"뭘?"

"진짜 행복은…… 내가 누군가에게 필요한 사람이 되는 것이라고. 그것 이외의 행복은 비록 손에 들어와도 진짜 행복이 아니라고. 전 잊히는 게 무엇보다도 무서워요."

즈키가 팔짱을 끼고 콧방귀를 뀝니다.

"흥! 행복이니 불행이니 말하는 것 자체가 아직 멀었다는 증거야. 뭐, 어이없게도 아주 이상한 행복론을 주입하려는 놈들이 우릴 사라지게 할 작정인 모양이지만."

로노는 간절한 눈빛으로 즈키와 지사마에게 애원합니다.

"이쪽 세계를 지키기 위해서라도 그들의 요구를 받아들이면 안 될까요?"

즈키가 곁눈으로 지사마를 봅니다.

"지사마가 그러고 싶다면 생각해볼게요."

"설마! 끊임없이 새로운 것만 좇고 세상을 다 가졌다는 허황한 망상 속에서 살아가는 인간을 위해 일하느니 이대로 사라지는 게 나아요."

즈키는 빙긋이 웃으며 손을 허리에 짚은 채 빙그르르 로노 쪽으로 돌아섭니다.

"로노, 마담은 지금 어디에 있지?"

"예? 레이디 · 미스 · 미시즈 · 마담 말인가요? 요즘 식당 일이 없어서 일찍 방에 들어갔습니다만…… 왜 그러세요?"

"아니, 아무것도 아니야. 에르네에게 연락 좀 해주겠나?"

"관장에게요? 알겠습니다."

로노는 구르듯이 사무실로 달려갑니다.

지사마가 파이프에 불을 붙이더니 푸우 소리를 내며 연기를 내뿜습니다.

"즈키. 아직 포기하지 않았다는 얼굴인데요."

"뭐, 이런저런 일이 있기 마련이죠."

천창으로 비쳐든 붉은 석양이 두 사람 얼굴을 빨갛게 물들입니다.

✿

피피는 해가 저무는 거리를 홀로 걷고 있습니다.

카를레온 성터는 저녁놀에 빨갛게 물들었고 거리도 온통 불에 타는 듯싶습니다. 피피의 마음은 맑게 갠 하늘처럼 상쾌합니다. 이제 그냥 앞만 보며 걸어가기만 하면 된다는 생각에 발걸음이 가볍습니다.

'이제 할아버지는 잊고 앞만 보며 살아가거라.'

피피는 검은 요원이 한 말을 할아버지의 유언이라 믿으며 마음속에 새겨넣었습니다. 시계탑과 공방을 철거하는 일도 도시를 새롭게 개혁하는 일도 지금은 매우 좋은 일이라 여깁니다.

시계탑광장을 지나 다리를 건너자 신시가지 중심가에서 여자아이 무리가 걸어오는 모습이 보입니다.

"아······."

무리 한가운데에 리나가 있습니다. 심장이 두근거렸지만 피피는 눈을 내리뜨고 그냥 지나쳐 걸어갑니다. 리나도 피피를 알아봅니다. 순간 리나의 표정이 부드러워지면서 말을 걸려는가 싶더니 다른 친구들 시선이 신경쓰이는지 눈을 내리깔고 빠른 걸음으로 걸어갑니다.

피피가 멀어져가는 리나의 뒷모습을 바라봅니다. 리나의 등은 예전보다 훨씬 작아진 느낌입니다.

피피는 방으로 돌아와 줄곧 닫혔던 창문을 열었습니다. 저녁 냉기가 휘잉 흘러듭니다. 시계탑광장에서 경찰차 사이렌소리가 들려옵니다.

피피는 책상으로 다가가 프리츠를 바라봅니다.

"프리츠, 이제 알게 됐어."

의자에 앉아 프리츠에게 말을 겁니다.

"추억에 얽매이지 말고 앞을 향해 살아가래. 그게 할아버지가 내게 전하려던 말이었대."

프리츠의 얼굴은 무척 슬픈 듯이 보입니다.

"피피! 왔니? 오늘도 아빠는 늦는다니까 우리끼리 먼저 저녁 먹자. 얼른 샤워하고 오렴!"

부엌에서 엄마가 부르는 소리가 들립니다.

"응! 알았어!"

피피는 프리츠 쪽으로 다시 얼굴을 돌렸습니다.

"앞을 향해 살아가야지. 그것이 할아버지가 바라는 바니까."

벽시계가 오후 6시를 알립니다.

시계탑 철거까지 이제 열여덟 시간 남았습니다.

그날 밤 늦은 시각.

아시토카 공작소 사층 침실에 레이디·미스·미시즈·마담이 깊이 잠들어 있습니다. 마담은 시간의 고치 속에서 밤사이 할머니에서 소녀로 돌아옵니다. 침실 문이 소리 없이 열리고 누군가의 그림자가 들어옵니다. 즈키와 아기 곰 미샤 그리고 에르네입니다.

미샤가 목소리를 낮춰 속삭입니다.

"즈키, 정말로 괜찮을까? 레이디·미스·미시즈·마담이 잘 때에는 방에 절대 들어오면 안 된다고 했잖아."

"뭐, 이런저런 일이 있기 마련이지."

"즈키, 오랜만에 날 찾기에 도대체 무슨 일인가 싶어 달려왔더니 넌 정말 무슨 생각을 하는지 도통 모르겠다니까."

말은 그렇게 했지만 에르네도 호기심 가득한 눈으로 즈키를 바라봅니다.

"곧 알게 돼."

세 사람은 천장에서 늘어뜨려진 비단을 헤치고 시간의 고치 앞에 섭니다. 즈키의 손에 작은 회중시계가 있습니다. 오 분,

십 분, 십오 분……. 즈키는 시계를 뚫어져라 보며 뭔가를 기다리는 것 같습니다. 미샤가 또 묻습니다.

"즈키, 기다리는 게 뭐야?"

덜덜덜덜 방이 흔들립니다. 덜덜덜덜 즈키가 다리를 떨기 시작한 겁니다.

"잠깐, 즈키! 그렇게 큰 소리를 내면 마담이 깬다니까."

미샤가 즈키의 옷을 잡아당겼지만 즈키는 지진이라도 일으키려는 듯 더 심하게 다리를 떱니다. 금방이라도 방이 뒤집힐 것 같습니다.

"꺅!"

시간의 고치에서 미스가 비명을 지르며 튀어나옵니다. 하얀 네글리제 밑으로 사슴처럼 쭉 뻗은 긴 다리가 보입니다.

"뭐야? 지진? 미샤…… 에르네…… 즈키! 무슨 일이야?"

"이를 어째, 깨어났네. 미안해, 미스. 난 하지 말라고 말렸는데 말이야."

미샤가 허둥지둥 변명하는데 옆에서 즈키가 머리를 벅벅 긁으며 웃습니다.

"미안해…… 미스. 부탁할 게 좀 있어서."

"뭐? 이런 시간에 깨운 걸 보니 엄청 중요한 일이 있는 모양이지?"

미스가 눈을 비비며 즈키를 노려봅니다.

"음."

즈키가 미스의 눈앞에 회중시계를 들이밉니다.

"미스, 지금 넌 스물일곱 살 하고도 석 달 오 일째 되는 나이야."

"무슨 소리야, 느닷없이. 나이를 따지고 들다니!"

미샤가 두 눈을 끔뻑거리며 두 사람의 얼굴을 번갈아 쳐다봅니다.

"넌 하룻밤 사이에 아이로 돌아가지. 자는 동안 시간을 거슬러 올라가지만 그때까지 기억은 있어, 그렇지?"

"맞아. 에르네가 말해줬나 보네."

에르네가 어깨를 움츠리며 변명합니다.

"아하하, 즈키가 갑자기 날 부르더니 너에 대해 꼬치꼬치 캐묻더라고."

즈키는 미스의 눈을 똑바로 바라보며 묻습니다.

"미스, 물라노 기억나니?"

미스의 표정이 굳어집니다.

"물론이지."

"그날 밤 일도?"

"응."

미스의 입술이 희미하게 떨립니다.

"부탁이 뭐냐면 말이야."

"뭔데?"

"그날 밤 일을 들려줬으면 해. 네 기억 속에 이 사태를 해결할 방법이 숨어 있을지도 몰라."

즈키의 말에 미스는 눈을 감습니다.

침실에 긴 침묵이 이어집니다. 다시 뜬 미스의 눈은 호수에 비친 달빛처럼 흔들립니다.

"나중에 이번 일의 대가는 톡톡히 받아낼 거야."

"물론."

"헉, 무슨 일이야? 그날 밤이라니? 빨리 알려줘!"

미샤가 발을 동동 구릅니다.

미스는 시간의 고치에 걸터앉고 즈키와 미샤는 커다란 쿠션을 끌고 와 그 옆에 앉습니다.

"옛날, 우리가 지금의 내 나이였을 때, 카를레온 구시가지에서 가슴 아픈 사건이 일어났어."

"미스는 옛날에 저쪽 세계에 살았지?"

"나는 지사마와 카이저와 함께 카를레온에서 자랐어. 물라노도 친구였지."

"물라노라면 카를레온 시장의 아버지를 말하는 거지."

"지사마와 카이저, 물라노는 함께 장인이 됐어. 하지만 얼마 후 전쟁이 일어나 도시가 파괴되고 말았지. 전쟁이 끝난 후 잿더미가 된 카를레온을 재건하려고 모두들 뛰어들었어. 그런데 도시가 차츰차츰 옛 모습을 찾아 갈 무렵, 이상한 소문이 돌기 시작했어."

"소문?"

"응. 구시가지 한 구역에는 옛날부터 그곳에 살던 사람들이 있었어. 그 구역에 사는 사람들은 장인들이 만든 물건을 밖에 내다 팔거나 사람들에게 돈을 빌려주는 일을 했어. 그런데 언제부턴가 몇몇 사람들이 이런 말을 했어. 카를레온이 가난한 이유는 그 구역 사람들이 부를 착취하기 때문이라고."

즈키가 담배에 불을 붙입니다.

"몇몇 사람의 목소리는 처음엔 작았어. 그런데 점점 수가 늘면서 커지더니 여론을 장악했어. 그리고 온몸을 검은 옷으로 감싼, 자신들을 요원이라고 칭하는 자들이 나타났어."

"요원?"

"역시 그들은 그때 그……."

즈키가 연기를 내뿜으며 손으로 미간을 짚습니다.

"그래. 참된 민의를 대행하는 것이 자기들 사명이라고 주장했지. 결국 구시가지를 부수고 새로운 도시를 만든다는 계획이 세워졌지. 물라노가 그때 그 계획의 총책임자 역할을 했어."

"왜?"

"물라노는 카를레온의 전통 기법과 새로운 기술을 조합하는 재능이 있었거든. 그 능력을 노리고 요원들이 꾀어낸 거지."

"그 사람과 지사마, 그리고 피피의 할아버지는 친구였잖아."

미스가 고개를 끄덕입니다.

"요원들의 목적은 도시를 지배하는 것이었어. 물라노는 그들에게 재능을 이용당했던 거야."

"그래서 어떻게 됐어?"

"구시가지의 그 구역 사람들은 저항했어. 왜냐하면 대대로 그 마을에 살았고 그들이야말로 장인들이 생산한 물건을 전 세계에 알리고 내다팔아 마을을 풍요롭게 한 장본인이었으니까. 하지만 요원들은 구시가지 철거 계획을 강행했어. 투표 결과 찬성이 다수라고 거짓말을 하면서."

"어디선가 들어본 얘기로군."

즈키가 콧방귀를 뀝니다.

"그리고 어디랄 것도 없이 도시 곳곳에서 그 구역 사람들이 카를레온을 파괴하려 한다는 소문이 돌기 시작했어."

미스가 얼굴을 듭니다.

"잊을 수 없는 밤이 다가왔어. 그날 밤은 거리란 거리가 온통 개 짖는 소리로 시끄러웠어."

에르네가 지팡이를 치켜들자 천장에 그날 밤 일이 비칩니다.

✿

    카를레온 구시가지 후미진 곳에 있는 광장입니다. 한가운데 우물이 있어 구시가지 사람들의 사랑방 노릇을 하는 곳입니다. 멀리서 타이어가 돌바닥을 구르는 소리가 나더니 트럭 여러 대가 광장에 멈춥니다. 검은 두건을 쓰고 복면으로 얼굴을 가린 남자들이 줄줄이 내립니다.

    소음을 듣고 한 건물에서 빵집 주인이 나옵니다. 주인과 검은 옷을 입은 남자들은 뭔가 이야기를 나누다가 목소리가 커지더니 결국 언쟁을 벌입니다. 툭, 둔탁한 소리와 함께 빵집 주인이 털썩 고꾸라집니다.

    성난 소리가 광장을 휩쓸고 남자들은 집집마다 밀고 들어가 주민들을 광장으로 끌어냅니다. 성난 남자들의 손에는 검은 권총이 번쩍입니다.

    검은 두건을 쓴 남자가 쓰러진 빵집 주인을 발로 차면서 외칩니다.

    "이 남자가 먼저 공격했어!"

    또 한 남자가 쉰 소리로 고함을 지릅니다.

    "너희는 자기들 뱃속만 채우면서 우리를 착취했어."

또 한 남자가 갈라지는 목소리로 외칩니다.

"대화를 하려고 왔는데 그럴 마음이 전혀 없나보군!"

돌바닥에 무릎 꿇려진 노인이 떨리는 목소리로 말합니다.

"뭔가 오해가…… 우린 아무것도……."

"입 닥쳐!"

한 남자가 라이플 총을 겨눕니다.

"마을을 바꿔야 해. 그걸 막는 자는 누구든 가만두지 않을
거야!"

남자는 흥분해서 노인의 관자놀이를 총구로 찌릅니다.

"멈춰!"

유달리 크고 또렷한 목소리가 광장의 공기를 가릅니다. 시계
탑광장으로 이어지는 거리 입구에 두 남자가 서 있습니다. 한
남자는 눈썹이 짙고 머리카락이 밤색입니다. 두꺼운 안경 너머
로 긴 속눈썹, 동그란 눈이 반짝거립니다. 또 한 남자는 눈이
파랗고 머리카락은 은색입니다. 주머니가 여럿 달린 가죽조끼
를 입고 있습니다.

은발의 남자가 일직선으로 앙다문 입을 열더니 또랑또랑한
목소리로 외칩니다.

"한 마을에 사는 사람들끼리 이러면 안 되지!"

빵집 주인이 피 흘리며 쓰러져 있는 것을 본 눈썹 짙은 남자의 얼굴이 일그러집니다.

"어떻게 이런 짓을……."

그리고 홱 얼굴을 듭니다.

"이러지 말고 함께 살아갈 길을 찾아보자!"

우두머리로 보이는 두건을 쓴 남자가 앞으로 나섭니다.

"꺼져, 장인들. 너희가 나설 데가 아니야."

은발의 남자가 침착한 목소리로 대답합니다.

"이렇게 한들 아무것도 바뀌지 않아. 복수가 복수를 부를 뿐이야."

우두머리 남자가 소리칩니다.

"카를레온은 다시 태어날 거야! 혁명이다! 전쟁은 끝났지만 아무리 열심히 일해도 생활은 전혀 나아지지 않았어. 하지만 봐. 이 자들은 우리가 만든 것을 팔아 얻은 돈을 이리저리 굴려서 자기들 배만 채우고 있다고!"

은발의 남자가 단호하게 대답합니다.

"그래도 이래선 안 돼. 함께 해결해야지."

무리 속에서 목소리가 튀어나옵니다.

"이 자들과는 함께할 수 없어!"

"맞아! 카를레온의 순수혈통이 더럽혀지지 않게 이 자들을 내쫓아야 해!"

눈썹이 짙고 머리카락이 밤색인 남자가 한 발 앞으로 나섭니다.

"그런 방식으로는 해결이 안 돼!"

흥분한 남자들이 두 사람을 에워쌉니다.

우두머리 남자가 낮은 목소리로 겁을 줍니다.

"혁명을 막는 자는 누구든 우리의 적이다. 너희 장인들도 마찬가지야."

복면을 쓴 남자들이 두 남자에게 덤벼듭니다. 얼굴을 심하게 얻어맞고 쓰러진 은발의 남자를 밤색 머리카락의 남자가 감싸 안습니다. 열 명이 넘는 남자들이 두 남자를 때리고 발로 찹니다.

폭도로 변한 남자들은 집집마다 쳐들어가 금품과 가구를 빼앗고 창문을 깹니다. 깨진 유리 조각이 거리에 흩어집니다.

저만치서 검은 양복을 입은 남자들이 그 광경을 가만히 지켜보고 있습니다.

✿

"그때 그 두 사람이 지사마와 피피의 할아버지였구나."

미샤의 눈에서 눈물이 뚝뚝 떨어집니다.

"당시에도 요원인가 뭔가 하는 놈들이 뒤에서 조종했군. 이번에도 똑같아."

즈키가 중얼거립니다.

"두 사람은 어떻게 됐어?"

"카이저는 다행히 목숨을 구했어. 하지만⋯⋯."

미스의 입술이 파르르 떨리더니 큼지막한 눈물방울이 뺨을 타고 흘러내립니다.

에르네가 미스의 말을 잇습니다.

"지사마가 카이저의 목숨을 구했어. 그리고 이쪽 세계로 건너와 아시토카 공작소를 만들었지."

즈키가 한 발짝 앞으로 나섭니다.

"괴로운 기억을 떠올리게 해서 미안해, 미스. 그런데 그 뒤의 일을 좀 더 떠올려줬으면 해."

"그 뒤라니?"

"네가 어떻게 해서 이쪽 세계로 왔는지."

미스는 관자놀이를 누르며 얼굴을 찡그립니다.

"잘 기억이 안 나. 정신을 차려보니 지사마랑 모두 함께 이 공장에서 일하고 있었어."

"그럼 미스도 피피처럼 카이저 공방을 지나 이쪽 세계로 온 거야?"

"아니, 아니야. 그때는 카이저 공방이 생기기 전이야."

"그럼, 어떻게?"

"그 길을 좀 생각해봐. 딱 지금 네 나이 때 넌 그 길을 거쳐 여기로 왔을 거야."

미스는 혼란스러운 생각에 잠겼다가 고개를 떨굽니다.

"미안해. 생각이 안 나."

둘의 대화를 듣던 에르네가 입을 엽니다.

"길이 또 하나 있어. 즈키 넌 목적을 위해서라면 수단과 방법을 가리지 않는 녀석이지."

"그렇다고 아무거나 닥치는 대로 하지는 않아."

미샤가 즈키와 에르네의 얼굴을 번갈아 보며 소리칩니다.

"무슨 소리야? 길이 또 하나 있다니, 어디?"

에르네가 미샤의 머리를 쓰다듬으며 말합니다.

"양쪽 세계를 잇는 길은 두 개야. 하나는 저쪽 세계의 추억이 물건의 형태로 이쪽 세계로 들어오는 길."

"피피가 왔던, 카이저 공방과 갱을 잇는 길이지?"

"응, 옛날에는 공방뿐만 아니라 여기저기에 그 길이 있었어."

에르네가 미샤의 머리를 다시 쓰다듬습니다.

"또 하나의 길은……?"

즈키가 묻자 에르네가 한숨을 깊이 내쉰 뒤 대답합니다.

"저쪽 세계에서 사명을 다한 것이 오는 길, 죽은 자의 길이야."

"죽은 자의 길?"

"응, 장난감 박물관에 보관된 물건들은 모두 저쪽 세계에서 할 일을 다 마친 것들이지. 그것들은 죽은 자의 길을 거쳐 이쪽 세계로 건너와."

에르네는 시간의 고치로 천천히 걸어가 미스를 바라봅니다. 미스의 입술이 파르르 떨립니다.

에르네가 미스의 눈을 똑바로 쳐다봅니다.

"넌 지사마를 잊지 못해…… 스스로 이쪽 세계로 건너왔어."

눈물 한 줄기가 미스의 뺨을 타고 흐릅니다.

"너라면 그 길을 다시 건너갈 수 있을지도 몰라."

"그 길은 어디 있어?"

미샤가 둘을 쳐다보며 묻습니다.

"장난감 박물관 안에."

"그럼 그 길을 통과해 피피를 만나러 갈 수 있겠네?"

"그건 어려워. 저쪽 세계로 간다 해도 카이저 공방까지만 갈 수 있거든. 다른 길은 검은 요원들이 모두 닫아버렸어."

"그럼, 피피가 카이저 공방에 오기를 기다릴 수밖에 없나?"

"응."

"공방은 이제 곧 부서질 텐데? 피피가 그 전에 공방에 올지 어떨지도 모르는 일이고."

미샤는 팔짱을 낀 채 머리를 굴리더니 동그란 주먹으로 손바닥을 칩니다.

"맞아! 편지를 쓰면 어떨까?"

"피피는 모든 기억을 잃어버렸어. 편지를 남긴다 하더라도 우리를 기억하지 못하면 의미가 없어."

즈키가 연기를 내뿜으며 말합니다.

"수첩도 그 남자들이 빼앗아갔어. 피피가 이쪽 세계를 떠올릴 단서가 있으면 좋을 텐데……."

"아! 어쩌면 좋지?"

미샤가 머리를 북북 쥐어뜯습니다.

"갔다 올게."

미스가 손으로 눈물을 훔치며 얼굴을 듭니다.

"피피가 다시 우리를 떠올릴 수 있게 해야지."

즈키가 일어섭니다.

"부탁할게. 그 길을 지나갈 수 있는 사람은 너뿐이니까."

미샤가 소리칩니다.

"하지만 어떻게 장난감 박물관까지 갈 거야? 밖은 이미 새까만 남자들이 장악하고 있는데!"

그때였습니다. 발코니 창문을 똑똑 두드리는 소리가 납니다. 커튼 틈새로 커다란 그림자가 꿈지럭거립니다.

"뭐야? 그 남자들 여기까지 온 거야?"

미샤가 살금살금 발코니로 다가가 커튼을 홱 젖히니 커다란 독수리 두 마리가 날개를 퍼덕이고 있습니다.

그 옆에 메샤와 무샤가 미소를 지으며 서 있습니다.

"메샤! 무샤!"

메샤가 미샤를 껴안으며 미스를 향해 빙긋 웃습니다.

"자, 빨리 타. 시간 없어!"

무샤가 크고 듬직한 팔을 내밉니다.

"검은 요원들이 푸라우엔 거리를 지나 장난감 박물관까지 뻗어가고 있어. 자, 미스, 가자!"

미스가 네글리제를 나풀거리며 시간의 고치에서 내려옵니다.

"이게 마지막 기회군."

"그렇지."

즈키가 씩 웃습니다.

미샤가 하늘을 향해 기도하듯 외칩니다.

"피피! 할아버지 공방으로 꼭 와줘!"

이쪽 세계가 사라지기까지 앞으로 여덟 시간 남았습니다.

제17장

추억 수리 공장

타타타타타타······.

피피는 창유리를 흔드는 소리에 눈을 떴습니다. 집 상공을 굉음이 훑고 지나갑니다. 무거운 몸을 일으켜 창문을 열었더니 헬리콥터가 가루눈이 흩날리는 잿빛 하늘을 뚫고 시계탑 쪽으로 날아갑니다.

도시는 평소 휴일과는 다르게 들썩거리고, 벌써 시계탑광장 쪽으로 걸어가는 사람들의 행렬이 보입니다.

계단 아래에서 피피의 아빠와 엄마의 말소리가 들립니다.

"그럼, 다녀올게."

"잘 다녀와. 드디어 오늘이네."

"응. 텔레비전 중계방송 녹화해둬."

거실 텔레비전에서 리포터의 목소리가 들립니다.

'오전 6시 45분 카를레온 네트워크 〈선데이 모닝 뉴스〉입니다. 앞으로 약 다섯 시간 후, 정오가 되면 카를레온의 상징이었던 시계탑 철거를 알리는 기념 행사를 시작합니다.'

피피는 책상 앞 의자에 앉았습니다.

"프리츠, 안녕?"

프리츠는 슬픔에 잠긴 눈으로 피피를 빤히 바라봅니다.

"왜 그래, 프리츠? 뭔가 슬픈 일이라도 있어?"

피피는 왠지 기분이 착 가라앉은 느낌입니다. 눈을 감고 할아버지의 말을 떠올려보려 합니다.

'이제 할아버지는 잊고……'

그다음 말이 나오지 않습니다.

눈을 뜨자 프리츠의 초록색 눈과 파란색 눈이 피피를 바라보고 있습니다. 프리츠의 오른쪽 눈에 얼굴을 갖다 댑니다.

"어, 이건 프리츠 눈이 아닌데?"

오른쪽 초록색 눈이 왼쪽 파란색 눈과는 다른 것 같습니다. 초록색 눈에는 기포가 섞여 빛이 일그러지는 모양도 왼쪽 눈과 달랐습니다.

댕, 댕, 댕, 댕, 댕, 댕, 댕.

할아버지가 남긴 벽시계가 아침 7시를 알립니다.

"프리츠. 할아버지 공방이 부서지기 전에 마지막 작별 인사를 하러 가자."

피피는 프리츠를 책가방에 집어넣고 집을 나섭니다. 엄마는 텔레비전 뉴스를 보느라 피피가 밖으로 나가는 것을 알아차리지 못합니다.

시계탑광장으로 향하는 다리에 긴 행렬이 생겨났습니다. 카를레온강에는 배가 정박해 있고 행사를 구경할 수 있게 건물 테라스마다 새하얀 천이 깔린 테이블을 마련해놓았습니다.

철골로 둘러싸인 시계탑 주위에는 트럭 여러 대와 경찰차, 소방차가 대기하고 있습니다. 피피는 기념 행사를 준비하는 사람들로 시끌벅적한 광장을 지나 장인 거리로 달려갔습니다.

공장 대부분이 문을 닫아 장인 거리는 한산합니다. 할아버지 공방은 철제 울타리로 둘러싸이고 정면에 종이가 붙어 있습니다.

인기척은 없습니다. 피피는 울타리 사이로 몸을 밀어넣었습니다. 문은 잠겨 있지 않습니다.

피피는 공방으로 들어갔습니다. 전등 스위치를 켰는데 전원을 끊어놨는지 불이 들어오지 않습니다.

어두컴컴한 공방에서 한 발짝 두 발짝 발을 옮깁니다. 그런데 이게 왠일일까요? 휑뎅그렁한 공방과는 어울리지 않게 맛있는 냄새가 풍깁니다.

"이건……?"

할아버지의 작업대 위에 파란색과 하얀색이 어우러진 무늬의 식탁 덮개가 놓여 있는 게 보입니다. 작업대와 식탁 덮개 사이에 갈색 편지봉투가 끼어 있습니다.

"뭐지?"

피피가 식탁 덮개를 들어올립니다.

하얀 접시 위에 큼지막한 시폰케이크가 놓여 있습니다. 입안 가득 침이 고입니다.

진한 벌꿀냄새, 연갈색 케이크에서 올라오는 달콤한 향에 현기증이 일 것만 같습니다.

편지봉투를 들어 꽃잎 모양의 밀봉 부분을 떼자 연분홍색 종이가 나옵니다. 피피는 떨리는 손으로 종이를 펴고 빠르게 읽어 내려갑니다.

피피. 이 편지를 읽고 있다는 건 공방에 왔다는 거겠지.

만나서 천천히 얘기를 나누고 싶지만 시간이 없어서 편지를 썼어.

카를레온 시계탑으로 가서 카이저가 마지막에 하려고 했던 일을 마저 해다오.

즈키, 지사마, 로노와 미야, 에르네, 미샤, 메샤, 무샤, 아시토카 공작소의 모두가 피피를 다시 만나게 되기를 바라고 있어.

레이디·미스·미시즈·마담

"레이디·미스·미시즈·마담……."

피피는 의자에 앉습니다. 입속에 침이 고이고 배에서 꼬르륵 소리가 납니다.

누군지도 모르는 사람이 두고 간 편지와 케이크. 그러나 케이크를 맛보고 싶은 마음이 모든 생각을 물리칩니다.

포크를 쥐고 케이크를 떠서 한입 베어 물자마자 폭신한 케이크 감촉이 입안을 채우면서 벌꿀의 달콤한 맛이 혀에서 목구멍으로 달려 내려갑니다.

피피는 눈을 감습니다.

그리운 맛이 입속 가득 번지고 한입 머금을 때마다 기억 저편 어슴푸레한 공장이 선명한 세계로 바뀌어갑니다.

눈앞에 수많은 테이블이 늘어선 식당이 펼쳐집니다. 파란색, 노란색, 빨간색 작업복을 입은 직공들이 웃으면서 피피를 보고 있습니다. 식당을 나와 커다란 엘리베이터가 있는 홀로 걸어갑니다. 로노와 미야, 직공들이 피피 앞을 지나갑니다.

엘리베이터가 한 층 올라갈 때마다 직공들이 작업대에서 일하는 모습이 보이고, 망치와 드릴 소리가 들립니다. 수족관에서는 즈키가 다리를 떨며 이리저리 왔다 갔다 분주하게 서류정리를 합니다. 복도를 천천히 걷는 마담의 뒷모습과 파이프를 입에 물고 작업대에 앉아 있는 지사마의 옆얼굴.

마지막 남은 케이크 조각을 삼킨 후 피피는 깊디깊은 한숨을 내쉽니다. 저쪽 세계에서 일어난 일, 만난 사람들, 아시토카 공작소에서 배운 모든 것이 피피의 마음속에 또렷하게 되살아납니다.

"할아버지, 잊어서는 안 되는 거였네요."

피피는 일어나서 공방을 둘러보며 중얼거립니다.

"앞만 보며 살아가선 안 돼. 기쁜 일도, 슬픈 일도 잘 닦아서 아름다운 추억으로 바꾸지 않으면……."

피피는 일어나 프리츠가 든 책가방을 어깨에 멥니다.

"가자, 프리츠. 할아버지가 마지막으로 하던 일을 마저 끝마쳐야지."

정오까지 앞으로 네 시간 남았습니다.

아침 햇살이 갱과 한트베르커 거리를 비춥니다.

검은 양복을 입은 남자들이 아시토카 공작소를 빽빽이 에워싸고 있습니다. 검은색 물감이 아름다운 풍경화를 까맣게 덧칠해놓은 것 같습니다.

아시토카 공작소 정문 현관에서 로노가 검은 무리를 내려다봅니다. 두려워했던 광경이 눈앞에 펼쳐집니다. 갱에서 뻗어나온 거리가 이미 몇 개 사라졌고 갱에서 공장으로 이어지는 한트베르커 거리도 윤곽이 희미해지고 있습니다.

즈키가 로노 옆에 섭니다.

"이제 곧."

"즈키, 어디 계셨어요? 저것 좀 보세요! 갱이, 한트베르커 거리가 사라지고 있어요. 이 공장도 이제 곧……."

"뭐, 이런저런 일이 있기 마련이지."

"지사마는요?"

"방에 있어. 지사마는 아마 마지막 순간까지 작업대 앞에 있을 거야."

"다른 사람들은요?"

"지사마랑 같이."

로노가 힘없이 웅얼거립니다.

"즈키, 이제 끝이네요."

"안 될 일은 뭘 해도 안 되고, 될 일은 뭘 하든 되는 법."

"즈키, 저기!"

검은 무리가 쩍 갈라지며 가운데 남자가 계단을 올라옵니다.

남자는 현관 앞에 멈춰 서더니 여유 만만한 얼굴로 공장을 훑어보며 일직선으로 찢어진 상처처럼 생긴 눈을 치뜹니다.

즈키가 오다리로 걸어가 남자와 마주섭니다.

"자, 즈키 씨, 마음은 정하셨습니까?"

"지사마도 나도 옛날부터 옹고집이어서 말이야. 지사마는 손이랑 도구만 있으면 된다는군."

즈키는 태연한 얼굴로 남의 일처럼 말합니다.

남자는 얼음장 같은 미소를 띠더니 무표정한 얼굴로 돌아갑니다.

"그럼 아시토카 공작소가 이 세상에서 사라지는 모습을 천천히 지켜보기로 하죠."

남자는 뒤로 돌아 두 팔을 펼치고 외칩니다.

"추억 수리 공장을 없애자!"

검은 무리가 고함을 지릅니다.

"추억 수리 공장을 없애자!"
"추억 수리 공장을 없애자!"
"추억 수리 공장을 없애자!"

✦

시계탑 철거 행사까지 이제 두 시간 남았습니다.

시계탑광장으로 달려가는 피피의 입에서 입김이 쉼 없이 새어나옵니다. 돌바닥에 가루눈이 덮여 몇 번이나 미끄러질 뻔했지만 보이지 않는 힘이 피피의 등을 밀어주는 것 같습니다.

이제는 시계탑에서 할아버지 모습을 마지막으로 봤던 때가 또렷이 기억납니다. 할아버지는 시간이 멈춘 카를레온의 시계를 고치려다 어둠 속에서 발을 헛디뎠습니다.

시계탑에 올라가면 할아버지가 마지막에 무엇을 하려 했는지 알 수 있을지도 모릅니다. 저쪽 세계와 아시토카 공작소를 지킬 수 있을지도 모릅니다.

광장은 시계탑 철거 행사를 보러 나온 구경꾼들로 발 디딜 틈이 없습니다. 피피는 군중 속을 헤엄치듯 빠져나와 교회 입구에 섰습니다.

입구에는 밧줄이 처져 있고 경찰들이 서 있습니다.

"부탁이에요. 들여보내주세요!"

피피는 밧줄을 부여잡고 몸을 앞으로 내밀며 소리쳤습니다.

경찰관이 흠칫 놀라며 무뚝뚝하게 내뱉습니다.

"뭔 소리냐. 말도 안 되는 소리 하지 마라."

"시장님 허가 없이는 시계탑에 들어갈 수 없어. 위험하니까 저리 가!"

피피는 인파에 휩쓸리면서 교회 뒤쪽으로 돌아갑니다. 관리인 모리에게 다시 한번 부탁해 후문으로 들어가는 방법을 시도해보려 합니다.

그러나 관리실에 모리는 없고 나무 문에는 자물쇠가 채워져 있습니다.

"어쩌지?"

광장으로 돌아가려는데 시청사 꼭대기층 창문으로 물라노 시장과 아빠의 모습이 보입니다.

"아빠!"

피피 목소리는 상공을 나는 헬리콥터의 굉음에 묻혀 사라집니다.

만족스러운 얼굴로 광장을 내려다보는 시장 뒤로 방송국 직원이 중계방송 준비를 하고 있습니다.

"아빠한테 부탁하면……?"

문득 그런 생각이 떠올랐지만 만약 아빠가 피피의 말을 들어준다 하더라도 물라노 시장은 받아들이지 않을 것입니다.

"그래!"

피피는 몸을 돌려 뛰어갑니다.

✿

물라노 시장의 집은 신시가지에 높이 치솟은 고층아파트 최
상층입니다.

일층에는 호텔처럼 안내데스크가 있고 경비원이 스마트폰을
만지작거리고 있습니다.

"아저씨! 물라노네 집에 들어가게 해주세요!"

"시장님 댁? 거긴 왜? 시장님은 지금 시청에 계셔. 12시부터
시계탑 철거 행사가 있어서 말이야."

"아니, 그게 아니고요, 시장님이 아니라……."

"미안하지만, 펜트하우스에는 들어갈 수 없단다."

경비원은 스마트폰에서 눈도 떼지 않은 채 고개만 젓다가, 피
피의 등 뒤에 누가 나타나는 것을 보고는 미소를 짓습니다.

"다녀오세요."

돌아보니 리나가 서 있습니다.

"피피? 여기서 뭐 해?"

"리나!"

핑크빛 뺨에 예쁘고 생기 넘치던 리나의 얼굴이 지금은 핏기 하나 없이 핼쑥합니다. 가슴에 태블릿 피시를 안고, 어깨에 걸친 가방 틈으로 교과서와 참고서가 보입니다.

피피는 머뭇거리다가 리나에게 다가갑니다.

"리나, 부탁이 있어!"

리나의 눈이 동그래졌다가 풀리며 얼굴이 점점 굳어집니다.

"갑자기 무슨 소리야? 나 지금 학원 가야 해."

"시장님에게, 그러니까 너희 아빠한테 시계탑을 부수지 말라고 해줘!"

"무슨 말이야? 그게 가능할 거 같니?"

"하지만 그렇게 해야만 해."

"내가 말해도 소용없어. 아빠는 내 말에 관심 없으니까."

"그럴 리 없어. 시장님은 리나의 아빠잖아?"

"아빠는…… 그냥 아빠일 뿐이야. 나에 대해 아무것도 몰라."

리나는 말하기 괴로운 듯 얼굴을 돌렸습니다.

"리나, 그걸 아빠한테 제대로 말해봐."

"말해도 소용없으니까 안 하는 거야!"

피피가 한 발짝 다가섭니다.

"아니, 아니야."

"뭐가 아니라는 거야?"

"나도 전에는 그렇게 생각했어. 아무도 모른다고. 하지만 거기서 일하면서 이런저런 일을 배우다 보니까 내 마음을 전하려면 용기가 필요하고 뭐든 하지 않으면 알 수 없다는 걸 알았어."

"뭐? 일하다니, 어디서?"

"우리의 추억을 수리해주는 곳."

"잠깐 피피, 너 괜찮니? 할아버지가 돌아가신 뒤로 이상해진 거 아냐?"

피피가 리나의 손을 잡습니다.

"두렵다고 가만히 있어선 안 돼! 자기 마음을 제대로 말하지 않으면 아빠도 누구도 알지 못해! 난 리나가 좋았어. 함께 놀고 싶었어. 하지만 말 못 했어!"

리나의 입술이 파르르 떨립니다.

"피피, 난 피피에게 못된 짓을 했어……."

피피의 눈에 그렁그렁 눈물이 맺히더니 뚝뚝 떨어집니다.

"괜찮아! 프리츠는 내가 고쳤으니까."

피피는 책가방에서 프리츠를 꺼내 보여주며 눈물로 뒤범벅된 얼굴을 들어 빙긋 웃습니다.

리나의 긴 속눈썹이 파르르 떨리더니 커다란 눈망울에서 눈물이 한 줄기 흘러내립니다.

"나도 피피랑 놀고 싶었어. 그런데 아빠가 안 된대. 옛날에 할아버지가 피피 할아버지랑 싸워서…… 아빠는 그 일이 늘 화가 난대……."

피피가 리나의 손을 꼭 잡습니다.

"좋은 추억이든 나쁜 추억이든 마음속에 가둬두어선 안 돼. 기쁜 일도 슬픈 일도 제대로 마주보고 아름다운 추억으로 바꿔나가야 해. 그래야만 앞으로 나아갈 수 있어. 정리정돈을 하는거야."

리나가 눈물을 훔치며 웃습니다.

"정리정돈은 뭐야……?"

"호호 뭔가 청소하는 거 같지?"

"응."

피피가 리나의 눈을 똑바로 보며 말합니다.

"리나, 부탁이 있어. 꼭 해야만 하는 일이야. 같이 하지 않을래?"

리나도 피피의 눈을 바라보며 고개를 끄덕입니다.

우는지 웃는지 싸우는지 이야기 나누는지 도통 알 수 없는 두 사람의 모습을 경비원이 얼떨떨한 표정으로 바라봅니다.

✱

즈키와 로노가 엘리베이터에서 내려 지사마의 방으로 향합
니다.

지사마는 작업대 앞에서 묵묵히 펜을 쥔 채 일하고 있습니
다. 레이디와 에르네, 미샤, 메샤, 무샤도 함께 있습니다.

"빨리 여기서 나가지 않으면……."

로노가 기어들어 가는 목소리로 모두를 둘러보며 말합니다.

메샤가 독수리 날개를 쓰다듬으며 고개를 푹 숙입니다.

"이제 도망칠 곳이 없어."

무샤가 메샤의 어깨를 감쌉니다.

"이제 끝이네요. 우린 이곳에서……."

미샤가 소파에서 뛰어내리며 소리칩니다.

"아직 아냐! 레이디 덕분에 피피가 전부 기억해냈으니까! 분
명 피피가 시계탑을 고쳐놓을 거야!"

로노가 어깨가 축 처져서 말합니다.

"하지만 시계탑을 고친다고 뭐가 달라질까요? 이미 개혁은
시작되었고 카이저 공방이 부서지고 나면 저쪽 세계로 가는 길
도 닫히고 마는데. 시계가 움직인들 무슨 의미가 있을까요!"

지사마가 펜을 움직이는 손을 멈추지 않은 채 낮은 목소리로
말합니다.

"의미가 있을까 없을까 그게 문제가 아닙니다. 카를레온의
시계를 다시 움직이는 것, 그것이 카이저의 뜻이었습니다. 피피
는 그 뜻을 잇는 겁니다."

레이디가 다리를 바동거리며 중얼거립니다.

"정오까지 앞으로 삼십 분 남았네. 지사마, 아까부터 계속 뭘
하고 있어?"

"일하고 있는데요."

"졌다! 이런 상황에서도 일을 하다니, 제정신이야?"

"카이저도 마지막까지 일을 했으니까요."

지사마가 얼굴을 들어 후훗 웃습니다.

소파에 몸을 맡기고 있던 에르네가 호기심 가득한 얼굴로 즈
키의 옆얼굴을 바라봅니다.

"자, 즈키, 어떻게 할 셈인가?"

즈키는 호주머니에서 라이터를 꺼내 담배에 불을 붙이더니
말했습니다.

"에르네, 저쪽 세계 좀 보여줘."

"행사 시작 삼십 분 전입니다. 이제 슬슬 시작할까요?"

피피 아빠가 〈카를레온 네트워크〉 기자를 향해 말합니다.

수염이 무성한 기자가 카메라맨과 리포터에게 손가락으로 동그라미를 만들어 신호를 보냅니다. 마른 몸집에 신경질적으로 보이는 프로듀서가 날카로운 목소리로 전화를 걸고 있습니다. 그 옆으로 검은 요원 세 사람 중 하나인 오른쪽 남자의 모습도 보입니다.

물라노 시장이 양복 단추를 잠그며 창문 앞에 섭니다.

"이제 시계탑 철거 기념 행사가 전국에 방송되면 카를레온의 명성이 더욱 올라가겠군."

"시장님, 조금 오른쪽으로…… 시계탑이 보이도록 구도를 잡겠습니다."

카메라맨이 모니터를 들여다보면서 시장이 선 위치를 바로잡습니다.

광장은 카메라를 든 기자들과 몰려드는 군중으로 발 디딜 틈이 없고 공중에서는 헬리콥터의 굉음이 귀를 찌릅니다.

"이쪽?"

"예, 조금만 더 왼쪽으로…… 앗?"

카메라맨이 갑자기 소리를 지릅니다.

"왜 그래?"

시장이 눈살을 찌푸립니다.

"저기."

피피의 아빠가 창문 밖으로 몸을 내밀어 카메라맨이 가리키는 방향을 쳐다봅니다.

광장에 믿을 수 없는 일이 일어났습니다.

"피피!"

피피와 시장의 딸 리나, 그리고 아이들이 손에 손을 잡고 한 걸음 한 걸음 교회를 향해 행진하고 있습니다. 구경꾼들은 아이들이 행진할 수 있게 양옆으로 갈라서 길을 내줍니다.

교회 앞에 진을 치고 있던 리포터와 카메라맨이 아이들 앞으로 달려가 카메라를 들이댑니다.

"무슨 일이야?"

시장이 피피의 아빠 옆으로 와서 창밖을 보다가 눈이 휘둥그레지며 소리칩니다.

"리나잖아! 왜 저기에……."

"뭐야, 뭐야. 이러다가 다른 채널에 시청자 다 뺏기겠군!"

프로듀서가 시장실에 맞춰진 중계방송 화면을 다른 것으로 바꿉니다. 화면에 피피와 리나, 아이들의 얼굴이 나타납니다.

"왜 리나가 저기에! 이봐 슈미트, 리나 옆에 있는 애는?"

"피피예요. 제 딸입니다!"

"도대체 이게 무슨 일인가!"

시장실이 들썩거립니다.

검은 요원이 방을 뛰쳐나가 엘리베이터로 달려갑니다.

여성 리포터가 마이크를 잡고 아이들 대열에 다가갑니다.

"여러분, 지금 뭘 하시나요?"

아이들이 손을 풀지 않은 채 멈춰 섭니다.

"부탁이에요! 시계탑을 부수지 마세요!"

리나의 카랑카랑한 목소리가 울려 퍼지고 광장 여기저기서 웅성거리는 소리가 퍼져갑니다.

시장은 입이 딱 벌어져 창밖으로 몸을 내밀고 소리칩니다.

"리나! 거기서 뭐 하는 거니! 당장 집으로 돌아가."

군중과 기자들이 시장을 발견하고는 시청사를 향해 카메라와 스마트폰을 들이댑니다. 텔레비전과 스마트폰 화면에 허둥거리는 시장의 모습이 나타납니다.

리나가 시청사를 올려다보며 외칩니다.

"아빠! 교회로 들어가게 해줘! 피피가 꼭 해야 할 일이 있대!"

리나의 눈에 눈물이 그렁그렁합니다.

"그게 무슨 소리니? 이제 곧 행사가 시작돼. 위험하니까 빨리 거기서 나와!"

"싫어! 이제 아빠가 시키는 대로 하기 싫어!"

"뭐라고?"

"개혁이 시작되고 나서 아빠도 엄마도 카를레온도 모두 이상해졌어. 부탁이야! 예전의 아빠로 돌아와!"

말문이 막힌 시장을 향해 사람들이 카메라를 들이댑니다. 사진을 찍는 소리가 잔물결처럼 퍼지고 카를레온의 텔레비전, 컴퓨터, 스마트폰 화면에 물라노 시장과 리나의 모습이 비칩니다.

피피가 몸을 떨며 리나 옆으로 다가갑니다.

"아빠! 할아버지는 시계탑을 수리하려고 했어. 그 시계는 아직 움직여! 그러니까 안으로 들여보내줘!"

"그게 무슨 말이야, 피피! 위험하니까 거기서 나와!"

경찰들이 앞으로 나와 아이들을 에워싸려고 합니다. 광장에 긴장이 감도는 바로 그때였습니다.

"기, 기다려!"

허리가 굽은 자그마한 남자가 비틀비틀 걸어와 경찰들을 막아섭니다. 교회 관리인 모리입니다. 긴 빗자루가 창이라도 되는 양 꽉 쥐고 서 있습니다.

"모리 할아버지!"

"이 아이들에게 손대기만 해봐! 가만있지 않을 테니까!"

경찰들이 다가가려 할 때마다 모리는 긴 빗자루를 휙휙 휘둘렀습니다.

"시계탑은 이 도시를 쭉 지켜왔어! 난 봤어! 모, 모두들 검은 옷을 입은 남자들에게 속고 있다고. 시계탑이 없어지면 이 도시는 끝이야! 아이들도 아는데 너, 너, 너희는 왜 몰라!"

"모리 할아버지!"

피피는 앞으로 걸어나가며 리나의 손을 힘주어 잡았습니다. 다시 아이들은 한 걸음 한 걸음 시계탑을 향해 걷기 시작합니다. 교회 앞을 메운 사람들이 갈라서며 아이들이 나아갈 길을 열어줍니다.

시장실 전화가 울립니다.

수화기를 귀에 댄 비서의 얼굴이 파랗게 변합니다.

"시장님, 전화가 폭주하고 있답니다! 모두 시계탑 철거에 반대한다고……."

"이게 도대체 무슨 일이 일이야? 메모리체인은 뭘 하고 있나?"

"그게…… 조금 전부터 보이지 않습니다."

"으흐흑."

카메라를 향해 피피와 리나, 아이들이 호소합니다.

"시계탑을 부수지 말아요!"

"마을을 부수지 말아요!"

"부탁이에요! 안으로 들어가게 해주세요!"

드디어 군중 속에서도 아이들의 호소를 지지하는 목소리가 나옵니다.

"아이들을 들어가게 해줘!"

"시계탑을 부수지 마!"

"신성한 교회를 모독할 작정이야?"

"시장은 시민의 소리를 무시하지 마라!"

광장뿐만 아니라 카를레온이 온통 들썩거립니다.

"알았어! 알았으니까……."

시장은 창문에서 떨어질 듯이 몸을 쑤욱 내밀고는 경찰을 향해 손짓했습니다.

풍채 좋은 중년의 경찰이 나와 교회 문을 엽니다.

리나가 외칩니다.

"피피! 빨리!"

피피가 책가방을 고쳐 메며 시계탑을 올려다봅니다.

"리나, 모리 할아버지, 모두 고마워요!"

피피가 교회로 뛰어들어 갑니다.

윤곽이 점차 희미해지는 아시토카 공작소를 바라보는 가운데 남자의 얼굴에 득의양양한 미소가 번집니다. 오랜 시간 준비해온 계획이 이제 완벽하게 실현되려는 순간입니다.

　　"드디어 추억 수리 공장이 사라질 때가 됐군."

　　남자의 손목시계에서 불빛이 깜빡거립니다.

　　"뭔가?"

　　손목시계 저편에서 떠들썩한 소음에 뒤섞여 오른쪽 남자가 외치는 소리가 띄엄띄엄 들립니다.

　　"피피가 시계탑으로 향하고 있습니다!"

　　"뭐라고?"

　　"피피만이 아닙니다. 물라노 시장 딸이랑 아이들이……."

　　"피피의 기억은 다 지워졌을 텐데!"

　　"예, 분명히."

　　"즈키의 계략인가? 못 가게 막아!"

　　"하지만 지금 카를레온 전체, 아니 온 나라 전체가……."

　　남자의 얼굴이 점점 새파래집니다.

　　"무슨 수를 써서라도 피피를 막아!"

"예, 지금 교회 뒤쪽으로 가는 중……."

오른쪽 남자의 목소리는 거기서 끊겼습니다.

가운데 남자의 화난 얼굴에서 초조한 기색이 엿보입니다. 아시토카 공작소로 눈을 돌리니 문 앞에 즈키가 서 있습니다.

"즈키, 이제 와서 무슨 수작을 벌이려는 거지?"

즈키는 한 손에 라이터를 들고 담배에 유유히 불을 붙이면서 가운데 남자를 뚫어져라 쳐다봅니다.

✿

교회 내부는 할아버지 공방과 갱을 이어주던 삼각형 공간과 똑같이 생겼습니다.

피피는 예배당의 긴 의자 사이를 달려 제단 옆에 있는 작은 문을 열고 들어갑니다. 그곳은 돌로 만든 탑 안쪽으로, 나선형 돌계단이 시계탑까지 이어줍니다.

한 단 한 단 계단을 뛰어 올라갈 때마다 저쪽 세계에서 배운 것, 만난 사람들의 얼굴이 눈앞에 또렷이 떠오릅니다.

"잊지 않을 거야! 아시토카 공작소에서 배운 것, 즈키랑 지사마가 가르쳐준 것, 레이디·미스·미시즈·마담, 로노와 미야, 토코, 에르네, 미샤랑 메샤랑 무샤…… 그리고 할아버지, 절대 잊지 않을 거야!"

계단 끝에 다다르자 시계탑으로 올라가는 나무 사다리가 보입니다. 책가방을 고쳐 메고 두 손으로 단단히 사다리를 붙잡았습니다. 손잡이가 반질반질해 손이 미끄러질 것만 같습니다.

시계탑 꼭대기에 이르러 바닥 출입구로 얼굴을 내밀자, 차가운 바람이 피피의 머리카락을 세차게 휘젓고 갑니다. 양손으로 바닥을 잡고 몸을 들어올린 뒤 주위를 둘러봅니다.

수많은 톱니바퀴가 복잡하게 얽혀 있습니다. 큰 것은 피피의 키만 합니다. 종탑에는 큰 종, 중간 크기 종, 작은 종 세 개가 매달려 있습니다.

 피피는 바람에 날아갈 듯한 몸을 추스르며 톱니바퀴, 진자 등의 부품을 하나하나 살피면서 걸어갑니다.

 "괜찮아. 시계는 다시 움직일 거야! 할아버지가 부품을 다 닦아놓았어."

 구리로 된 톱니바퀴는 은은히 빛나고 부품 곳곳에는 기름이 빈틈없이 발라져 있습니다.

 아시토카 공작소에서 일의 기초를 배운 피피의 눈에는 부품 하나하나가 잘 맞물려 시곗바늘로 이어져 있는 게 확연히 보였습니다.

 '피피, 프리츠를 데리러 내려가마.'

 할아버지의 마지막 말이 머릿속에서 울립니다.

 피피는 꼭두각시인형 받침대에 올라탔습니다. 시계탑 문이 열려 있어 저 아래 광장에 몰려 있는 사람들이 훤히 보입니다.

 시계를 둘러싸고 커다란 원을 그리는 받침대 레일을 따라 걷기 시작합니다. 선두에 선 성인들, 어릿광대, 곰 세 마리가 피피를 지켜주는 듯합니다. 레일 맨 끝에 옴폭 팬 두 군데가 보입니다. 할아버지와 함께 시계탑을 올려다보던 기억이 되살아납니다.

"이곳이 프리츠가 있던 곳……."

피피는 어깨에서 가방을 내려 덮개를 열었습니다.

프리츠가 피피를 올려다봅니다.

"할아버지…… 이곳이 프리츠한테는 추억의 장소겠죠."

피피는 가방에서 프리츠를 꺼냈습니다.

그때 피피는 알아차리지 못했습니다.

등 뒤로 검은 요원이 다가오는 것을…….

✿

물라노 시장과 피피의 아빠는 인파를 헤치고 시계탑 아래로 다가갔습니다. 피피의 엄마도 그곳에 있습니다.

"여보, 피피는?"

"시계탑 위에……."

"아니, 왜 피피가……."

"모르겠어. 아버님이 시계를 움직이려 했다면서……."

"아버지가……?"

카메라맨과 기자들이 시장을 에워쌉니다.

"물라노 시장님! 시계탑 철거를 중지하시나요? 구시가지의 스마트시티 계획을 반대하는 목소리도 커지고 있는데요."

"따님은? 아이들의 말은 어떻게 생각하십니까?"

"개혁 실행에 반대하는 항의 전화가 쇄도한다고 들었습니다만……."

시장은 신음소리를 내더니 피피의 아빠를 향해 외칩니다.

"당신 딸은 도대체 무슨 일을 벌이는 거야!"

눈에는 핏발이 서고 양 어깨가 부들부들 떨립니다.

"아빠."

시장이 돌아보니 리나가 서 있습니다.

"리나!"

리나가 눈물이 그렁그렁한 눈으로 시장을 쳐다봅니다.

"리나, 도대체 왜 그러니? 모두 다 널 위해서, 이 도시의 미래를 위해 하는 일이야."

"아냐. 아빠가 하려는 일은 다 틀렸어."

"그게 무슨 소리니?"

리나가 작은 주먹을 꼭 쥔 채 시장의 눈을 똑바로 보며 말합니다.

"난 이전처럼 아빠와 놀고 싶을 뿐이야. 다른 사람들도 그래. 개혁을 시작하고부터 모두 짜증만 내고 정신없이 바빠졌어. 이 젠 웃는 법도, 이야기하는 법도 잊어버렸어."

"리나……."

"개혁 같은 건 필요 없어! 모두가 예전처럼 그냥 이 광장에서 놀면 좋겠어! 부탁이야. 예전의 아빠로 돌아와줘!"

"난……."

시장은 털썩 주저앉았습니다.

눈물을 글썽거리며 그 모습을 바라보던 피피의 엄마가 아빠 의 손을 잡으며 말합니다.

"여보, 피피를 부탁해."

"어?"

엄마는 몸을 돌려 달려갑니다.

"여보! 어디 가는 거야?"

아빠의 질문에 엄마는 뒤도 돌아보지 않고 외칩니다.

"나도 해야 할 일이 있어!"

✿

차디찬 바람이 시계탑에 휘몰아칩니다. 피피는 프리츠를 꼭 껴안으며 검은 요원을 바라봅니다. 남자가 차가운 미소를 지으며 피피에게 한 발 한 발 다가옵니다.

"그 인형을 내게 넘기렴."

피피가 고개를 저으며 한 걸음 물러섭니다.

쾅 소리와 함께 바닥에 깔린 널빤지 하나가 떨어져나갑니다. 판자는 바람에 날려 광장으로 떨어집니다.

피피는 두 발에 힘을 주어 굳건히 버티면서 남자를 향해 외칩니다.

"왜 모든 사람의 추억을 빼앗으려는 거야?"

남자가 한 발짝 더 다가오며 기분 나쁜 미소를 짓습니다.

"그러지 않으면 불행해지니까……."

"아니야. 남과 비교하고 남의 행복을 질투하면 절대 행복해질 수 없어. 추억은 누군가에게서 뺏는 게 아냐. 자신의 추억을 아름답게 하는 일만이 앞을 향해 나아갈 길을 열어 줘!"

"아시토카 공작소에서 쓸데없는 것만 배웠나보군. 하지만 다 끝났어. 저쪽 세계는 이제 곧 사라진다. 너희의 마지막 발악도 모두 허무하게 끝이 날 거야."

피피가 굳센 얼굴로 남자를 노려봅니다.

"그렇게는 안 돼!"

"안됐지만 네가 믿고 따르는 즈키, 지사마, 아시토카 공작소 놈들은 여기 없어."

피피가 프리츠를 꼭 껴안으며 소리칩니다.

"있어! 즈키도 지사마도 다른 사람도 모두, 그리고 할아버지도…… 항상 나랑 같이 있어!"

"흥, 꽤 끈질긴 꼬마군."

남자가 피피를 향해 우악스럽게 팔을 뻗는 순간이었습니다.

"뭐야 이게! 으아아아아악!"

남자의 얼굴이 구겨진 종이처럼 일그러집니다. 남자는 몸을 뒤로 젖히며 가슴을 마구 쥐어뜯습니다.

아슬아슬한 순간에서 가까스로 벗어난 피피는 고통으로 절규하는 남자 옆을 재빨리 지나쳐 구석으로 몸을 피합니다.

남자의 새까만 양복 가슴께에서 불꽃이 피어오르더니 남자의 몸은 눈 깜짝할 사이에 불길에 휩싸였습니다.

"으아아아아아!"

피피는 프리츠를 꼭 껴안은 채 검은 요원이 불에 타는 모습을 부르르 떨며 바라봅니다. 돌풍이 시계탑 안을 한바탕 휘몰 아치고 지나가자 재가 된 남자는 흔적도 없이 사라졌습니다. 남자가 있던 자리엔 남자가 피피에게서 빼앗아간 가죽수첩만 이 남아 불타고 있습니다.

"즈키……."

피피는 일어서서 프리츠를 양손으로 들어올렸습니다. 햇빛을 받아 반짝거리는 양철 로봇은 성스럽고 숭고해 보였습니다. 피 피는 받침대의 옴폭 팬 곳에 프리츠의 두 다리를 꽉 끼워 넣었 습니다.

✿

"어떻게 됐나? 도대체 어떻게 됐냐고! 피피는, 시계탑은 어떻게 됐어?"

가운데 남자가 사각형 시계를 향해 소리를 지릅니다. 그러나 손목시계 저편에서는 아무 대답이 없습니다.

남자의 얼굴은 까맣게 어두워지고 땀이 흥건합니다.

"도대체…… 뭐가……?"

남자는 얼굴을 들어 아시토카 공작소를 바라봅니다.

공장 입구에 즈키가 손에 라이터를 든 채 서 있습니다.

"즈키! 도대체 무슨 짓을?"

즈키의 다른 손에는 불붙은 가죽수첩 하나가 있습니다.

시계탑에서 흘러나온 황금빛 띠가 사방으로 뻗어나갑니다. 교회로 뛰어 들어가려던 피피의 아빠, 시장, 경찰, 리나와 아이들, 모리는 그 숭고한 빛에 눈을 뜨지 못합니다.

사람들이 외치는 소리가 들립니다.

"봐! 시계가 움직여……!"

시장과 아빠가 광장으로 돌아와 시계탑을 올려다봅니다.

믿을 수 없는 일이 일어났습니다. 오랫동안 멈췄던 시곗바늘이 천천히 움직입니다.

"헉……."

시장은 한 발 두 발 뒷걸음질칩니다.

초침이 똑딱똑딱 움직이면서 한 바퀴 돌자 긴바늘과 짧은바늘이 숫자 12에서 한데 겹쳐집니다.

댕, 댕, 댕…….

카를레온 시계탑의 종이 울립니다. 시끌벅적하던 광장에 다른 소리가 멈춥니다. 사람들은 시계탑을 올려다보며 종소리에 귀를 기울입니다. 종소리는 카를레온뿐 아니라 주변 도시에까지 퍼져나갔습니다. 바쁘게 걸어가던 사람들이 우뚝 멈춰 섭니

다. 스마트폰과 컴퓨터에 코를 박고 있던 사람들도 얼굴을 들어 귀를 기울입니다. 오랫동안 들리지 않았던 카를레온의 종소리가 텔레비전와 인터넷을 통해 전 세계에 울려 퍼집니다.

꼭두각시인형이 움직이며 레일 위를 행진합니다.

물라노 시장의 마음속에 돌아가신 아버지가 떠오릅니다. 어릴 적 아버지의 기름투성이 손에 안기던 기억이 떠오르면서 눈물이 뺨을 적십니다.

피피의 아빠의 머릿속에는 개혁이 시작되기 전, 어린 피피와 엄마 그리고 장인어른 카이저와 함께 교외로 소풍 갔던 일이 떠오릅니다.

리나의 마음속에는 피피 손을 잡고 카이저 공방을 엿보던 일, 해가 질 때까지 함께 놀던 일이 되살아납니다.

모리도 경찰들도 리포터도 아이들도, 저마다 간직한 아름다운 추억 속에 잠깁니다.

시계탑과 그 주위를 도는 인형들을 올려다보는 사람들의 얼굴에 웃음이 번지고 눈물이 얼룩집니다. 괴로운 일, 슬픈 일로 움츠러들었던 사람들조차도 아름답게 닦인 추억을 되살려냅니다.

시계탑 위에서 광장을 내려다보던 피피가 받침대 위의 인형들에게 눈을 돌립니다. 인형들을 따라 뱅글뱅글 돌면서 행진하는 프리츠의 얼굴은 틀림없이 웃는 것처럼 보였습니다.

꽃

　같은 시간, 아시토카 공작소 지하실에도 뜻밖의 사건이 일어
났습니다.

　주인에게 잊혀 반품된 인형과 장난감들이 선반에서 꿈틀거리
기 시작합니다. 덜컹덜컹 선반을 흔들더니 장남감이 줄줄이 날
아오릅니다. 장난감 수백 아니 수천 개가 거대한 물줄기처럼 공
장 지하에서 지상으로 뿜어져나옵니다.

　로노가 발코니에서 몸을 내밀며 외칩니다.

　"저건……!"

　장난감들은 거대한 소용돌이를 이루더니 공장을 에워싸고
있던 검은 요원들에게 날아갑니다. 남자들이 장난감 폭풍에 휩
쓸립니다.

　지사마 방에 함께 있던 레이디, 미샤, 에르네가 발코니로 뛰
어 나옵니다.

　"뭐야, 무슨 일이야?"

　"지하창고에 보관했던 장난감이에요!"

　사람들의 기억이 되살아나면서 추억이 담긴 장난감들도 숨
을 되찾은 것입니다.

"저걸 봐!"

미샤가 갱을 가리킵니다.

희미해져가던 한트베르커 거리의 윤곽이 다시 또렷해지고 갱으로 이어지는 길들이 하나둘 모습을 되찾기 시작합니다.

"피피! 해냈구나."

에르네가 저쪽 세계의 모습을 발코니 벽에 비춥니다.

카를레온에서는 종소리가 울려 퍼지는 가운데 사람들이 각자의 추억에 젖어 있습니다. 시계탑에는 환히 웃는 얼굴로 광장을 내려다보는 듬직한 피피의 모습이 보입니다.

"어떻게 이런……?"

"시계탑 종소리가 카를레온의 기억을 되살렸어. 카이저가 죽으면서 희망이 사라진 줄 알았는데 피피가 그 뜻을 이었군."

"이쪽 세계도 구할 수 있다는 말인가요?"

로노가 긴장이 풀려 주저앉습니다.

"해냈어! 해냈다고! 피피, 대단해!"

무샤는 날뛰는 미샤를 끌어안아 목말을 태우고 메샤는 무샤의 팔을 꼭 잡습니다.

레이디는 흰 원피스를 펄럭거리며 벽에 비친 피피의 얼굴을 바라봅니다.

"고마워, 피피. 다음에 만나면 세상에서 최고로 맛있는 시폰 케이크를 만들어줄게."

그렇게 웅얼거리는 레이디는 소녀가 아닌 스물일곱 살하고도 석 달 오 일째 되는 날의 모습입니다.

에르네가 긴 백발을 휘날리며 웃습니다.

"나이가 든다는 건 좋은 일이야. 추억이 늘어나는 만큼 남은 미래가 아름답게 보여. 이제 다시 두 세계의 앞날을 즐길 수 있겠군……."

"아, 저건!"

로노가 소리를 지른 채 얼어붙습니다. 모두 로노의 눈길이 향한 곳을 돌아보고는 말문이 막힙니다.

"어어, 어어어어……."

온몸에서 뱀처럼 생긴 촉수가 뻗어나온 괴상한 덩어리가 공장 정문 계단으로 천천히 올라옵니다. 덩어리 안에는 가운데 남자의 얼굴이 있습니다.

"왜…… 왜…… 왜 또 이런 일이……."

땅을 뒤흔들 듯이 절규가 울려 퍼집니다.

"집요한 녀석이군."

즈키는 뒷머리를 북적북적 긁더니 괴이한 덩어리 앞으로 다가갑니다.

덩어리는 즈키의 다리를 붙잡으려고 버둥댑니다.

"우린…… 그냥…… 부를 착취당하는 자들에게…… 행복을…… 되찾아주려 했을 뿐이야."

"아직 모르는 듯하니 가르쳐주지."

즈키가 덩어리를 내려다봅니다.

검은 남자의 얼굴이 덩어리 속에서 떠올랐다가 사라지고 다시 떠올랐다가는 사라지면서 부글부글 거품이 끓는 소리가 납니다.

"행복은 남에게서 뺏을 수 있는 것도, 누군가를 짓밟아서 얻을 수 있는 것도 아니야. 눈앞의 일을 하나하나 해나가다 보면 어느 순간 손에 들어오지. 남을 부러워하고 타인의 행복을 빼앗으려는 자가 가장 불행한 자야. 열 살짜리 아이도 이해하는 것을 너희는 수십 년, 수백 년이 지나도 모르는구나!"

그러고는 발을 번쩍 들어 검은 덩어리를 푹 밟습니다.

덩어리는 사방팔방으로 흩어지더니 돌바닥에 검은 얼룩을 남기고 사라집니다.

즈키가 얼굴을 일그러뜨리며 외칩니다.

"아이고고고고, 허리야!"

하늘 높이 솟은 태양이 아시토카 공작소를 비춥니다.

검은 요원들은 한 명도 남김없이 사라지고 사람들의 아름다운 추억이 되살려낸 풍경이 곳곳에 퍼져갑니다.

지사마가 움직이던 펜을 놓고 일어섭니다. 등을 꼿꼿이 펴고 발코니까지 나와서는 즈키를 향해 소리칩니다.

"합격이네요."

즈키가 허리를 쓸며 대답합니다.

"예, 피피 슈미트를 아시토카 공작소 장인으로 인정합시다."

미샤가 외칩니다.

"야호! 축하해, 피피!"

모두가 환성을 지르며 피피의 이름을 부릅니다.

"피피! 피피! 피피!"

그 소리는 카를레온까지 가닿을 듯이 메아리칩니다. 여기서 피피의 모험과 장인 수업 이야기는 일단 막을 내립니다.

피피가 카이저 슈미트가 끝내지 못한 일을 마침내 해내자 저쪽 세계 사람들의 추억이 되살아나면서 이쪽 세계의 모습도 완전히 바뀌었습니다.

직공들은 아시토카 공작소로 돌아왔고 재건 작업이 시작됐습니다. 직공들 속에 토코의 모습도 보입니다.

토코는 즈키와 지사마 앞에 머리를 숙입니다.

"저…… 정신이 나갔던 것 같아요. 기계의 힘을 빌려도 재미있지가 않았어요. 손을 움직이고 머리를 써야만 일이 된다고 생각합니다. 이미 늦었는지도 모르지만……."

즈키는 콧방귀를 뀌고는 씩 웃습니다.

"견습생부터 다시 시작하는 거야, 토코!"

토코는 활짝 웃으며 큰 소리로 대답합니다.

"네! 열심히 하겠습니다!"

가장 먼저 해야 할 일은 추억을 되찾은 사람들의 소중한 물건을 다시 보내주는 것입니다. 아시토카 공작소에서 수리한 물품이 주인에게로 돌아갈수록 이쪽 세계도 풍성하고 아름답게 바뀌어갔습니다.

모든 물품을 주인에게 보내준 뒤 지사마는 새 공장 건설에 착수했습니다. 지사마가 그린 '새 아시토카 공작소'의 설계도는 마치 꿈의 공장 같습니다. 장난감 박물관과 이어져 박물관과 공장이 한데 아우러진 건물로 탈바꿈했습니다.

박물관을 찾은 사람이 공장도 둘러볼 수 있고, 일을 하다 지친 직공들이 장난감 박물관에서 놀면서 새로운 아이디어를 떠올릴 수도 있답니다.

카를레온 또한 몰라보게 바뀌었습니다. 시계탑 철거를 취소하고 구시가지를 문화유산으로 남기기로 결정했습니다. 무엇보다 사람들이 놀란 일은 물라노 시장이 마치 딴 사람처럼 돌변해서 개혁을 그만두고 마을 복원과 유지에 앞장선 것입니다. 개혁파의 상징이던 물라노 시장이 방침을 바꾸자 카를레온에 투자했던 자본가들이 격렬하게 저항했지만 시장은 한 발짝도 물러서지 않았습니다.

카를레온 밖에서는 시장이 다음 선거에서 참패할 것이라는 소문이 돌았습니다. 하지만 많은 이들의 예상을 깨고 물라노 시장은 압승을 거뒀습니다. 다시 물라노를 시장으로 선출한 카를레온 시민들은 이렇게 말합니다.

"과거를 소중히 여기는 사람은 자신의 잘못을 인정하고 다시 태어날 수 있으니까."

시장은 피피의 아빠를 카를레온 재건 프로젝트의 팀장으로 임명했습니다. 아빠가 주도하는 재건 프로젝트의 목적은 오랜 세월에 걸쳐 전해내려온 장인들의 기술과 신기술을 융합하고 발전시켜 다음 세대에 전하는 것입니다.

애초의 개혁안이 취소되고 투자자가 모두 손을 떼면서 경제가 일순간 얼어붙었지만, 새로운 결단을 높이 평가하는 목소리가 커지면서 카를레온에서 생산한 물건을 찾는 수요가 점점 늘어났습니다. 성장만을 추구하는 전략에 막막함을 느끼던 전 세계 도시에서 전통과 혁신의 조화를 배우러 카를레온을 찾아왔습니다.

카이저 슈미트 공방도 아슬아슬하게 철거 위험에서 벗어났습니다.

피피가 시계탑을 고치던 날, 피피의 엄마는 공방으로 달려가 철거업자를 내쫓고 '출입금지'라고 적힌 종이를 이렇게 고쳐 썼습니다.

고장 난 장난감과 물건,
추억을 수리합니다.
카이저 슈미트 수리 공방

엄마의 마음속에도 돌아가신 아빠 카이저와 함께한 아름다운 추억이 되살아났습니다.

지사마는 피피에게 장인시험에 합격했다고 알렸습니다. 하지만 피피는 아직 열 살입니다.

즈키와 지사마는 고심을 거듭한 끝에 피피에게는 특별히 예외를 두어서 임시 장인으로 임명하고 열여섯 살이 되면 정식 장인으로 지사마 밑에서 일하도록 허락했습니다.

그럼 이제 피피는 카를레온을 떠나 아시토카 공작소에서 살아야 하는 걸까요? 그건 아니랍니다.

이쪽 세계와 저쪽 세계를 사람과 물건이 오가려면 양쪽을 이어줄 사람이 필요합니다. 그 역할을 맡게 된 피피는 열여섯 살이 될 때까지는 엄마, 아빠와 함께 살면서 할아버지의 공방에서 일하기로 했습니다.

공방에서는 아기 곰 미샤가 함께 일합니다. 미샤에게 자립심을 키워주려고 세계 곳곳을 여행하게 한 메샤와 무샤가 바라던 일이기도 하지요.

미샤는 두 세계 모두에서 매우 중요한 존재가 되었지만 이것은 또 다른 이야기에서 다루기로 하죠.

✿

피피는 저쪽 세계와 이쪽 세계를 잇는 삼각형 공간에 서 있습니다.

눈앞에 즈키가 있습니다.

"즈키, 또 올게요."

"응. 얼른 듬직한 장인이 되렴. 지사마도 이제 나이가 있어서 말이야."

즈키는 손을 허리에 대고 씩 웃습니다.

"즈키."

"응?"

"아시토카 공작소와 이쪽 세계는 카를레온 사람들이 추억을 되살려서 사라지지 않은 거죠?"

"카이저의 뜻을 네가 이어받은 덕분이라고도 말할 수 있지. 뭐, 자기가 해냈다고 내세우지 않는 너의 겸손한 태도는 높이 평가하마."

"네, 그런데 한 가지 이해가 안 되는 게 있어요."

"뭐냐? 얼른 얘기해. 난 돌려서 말하는 거 싫어한다."

"즈키는 언제 지사마를 만나 이쪽 세계로 오셨나요?"

즈키가 눈살을 찌푸립니다. 머리를 벅벅 긁으며 다리를 떨기 시작합니다.

"쓸데없는 생각은 하지 말라고 했잖아."

"네, 하지만 지사마 방으로 가는 복도에 걸린 사진 속에 지사마와 할아버지, 리나의 할아버지는 있는데 즈키 모습은 안 보여서요."

"흠."

즈키가 씩 웃습니다.

"이런저런 일이 있기 마련이지."

그 모습을 지사마와 레이디·미스·미시즈·마담, 에르네, 미샤, 메샤, 무샤가 지사마의 새 작업실에서 지켜보고 있습니다.

이번 작업실은 장인들의 작업실과 같은 구역에 있어서 장인들이 자유롭게 오가며 지사마가 일하는 모습을 볼 수 있습니다. 토코와 장인들은 눈을 반짝거리며 추억의 물품을 마주하고 있습니다.

벽에는 새 그림이 걸려 있습니다. 피피가 프리츠를 수리하는 동안 지사마가 그리던 그림입니다.

땀을 흘리며 프리츠를 고치는 피피의 옆얼굴.

그 옆으로 카이저 슈미트의 모습이 보입니다.

✿ 이시이 도모히코 글

일본의 에니메이션 회사 스튜디오 지브리의 프로듀서이자 소설가이다. 1977년 도쿄에서 태어나 독일 뉘른베르크에서 어린 시절을 보냈고, 고등학교에 가서 연극을 공부했다. 2년간 해외를 방황하다가 1998년, 스튜디오 지브리에 입사했다. 전설의 프로듀서 스즈키 도시오에게 일을 배우며 〈센과 치히로의 행방불명〉 〈하울의 움직이는 성〉 등의 작품에 참여했다. 현재 미야자키 하야오 감독의 최신작 제작에 관여하고 있다. 이 책으로 우리나라에 처음 소개되었다.

✿ 양지연 옮김

서강대학교에서 정치외교학, 북한대학원에서 문화언론학을 전공했다. 공공기관에서 홍보와 출판 업무를 담당했고 지금은 좋은 책을 우리말로 옮기는 번역가로 일하고 있다. 하루 중 잠자기 전 아이와 함께 그림책 읽는 시간이 가장 행복한 엄마이기도 하다. 옮긴 책으로는 《이게 정말 마음일까?》《만약의 세계》《보통이 아닌 날들》《어이없는 진화》《채플린과 히틀러의 세계대전》《왜 전쟁까지》 등이 있다.

추억 수리 공장

1판 1쇄 발행 | 2020. 9. 28.
1판 3쇄 발행 | 2022. 2. 19.

이시이 도모히코 글 | 양지연 옮김

발행처 김영사 | 발행인 고세규
편집 김인애 | 디자인 고윤이
등록번호 제 406-2003-036호 | 등록일자 1979. 5. 17.
주소 경기도 파주시 문발로 197 (우10881)
전화 마케팅부 031-955-3100 | 편집부 031-955-3113~20 | 팩스 031-955-3111

값은 표지에 있습니다.
ISBN 978-89-349-9265-3 03830

좋은 독자가 좋은 책을 만듭니다. 김영사는 독자 여러분의 의견에 항상 귀 기울이고 있습니다.
전자우편 book@gimmyoung.com | 홈페이지 www.gimmyoungjr.com

이 도서의 국립중앙도서관 출판예정도서목록(CIP)은 서지정보유통지원시스템
홈페이지(http://seoji.nl.go.kr)와 국가자료공동목록시스템(http://www.nl.go.kr/kolisnet)에서
이용하실 수 있습니다. (CIP제어번호 : CIP2020039741)